L'ENSOLEILLÉE

DU MÊME AUTEUR

Les Genêts de Saint-Antonin, Les Nouveaux Auteurs, 2014

Dany Rousson

L'ENSOLEILLÉE

Roman

Terres de France

PRESSES DE LA CITÉ

ISBN 978-2-258-13664-9

Presses de la Cité un département **place des éditeurs**

place des éditeurs

1

Au bout du chemin, le cortège atteignit la lourde grille austère. En ce jour d'octobre 1980, les habitants de Saint-Côme étaient là pour accompagner un ami. Ils étaient tous quasiment silencieux, mis à part quelques paysans qui discutaient à voix basse des vendanges à peine achevées.

Perdue dans ses pensées, Clarisse Fabre promena son regard sur l'assemblée. Ces visages lui étaient familiers, pour les avoir côtoyés depuis son enfance. Pour eux, elle était « la petite ». Elle aimait bien ce surnom affectueux qui avait une consonance spéciale dans leurs bouches. Son ami Momo le boulanger, la charcutière, le menuisier, la maîtresse d'école, jusqu'au doyen de Saint-Côme, ils avaient tous fait le déplacement pour dire au revoir à Grégoire Fabre, son oncle. Agée de vingt-six ans, cette jeune femme aux longs cheveux flamboyants, à la peau claire constellée de taches de rousseur, entrait dans le cimetière où reposaient déjà ses parents. De là où ils étaient, elle était certaine qu'ils la couvaient de regards protecteurs. Ils auraient sûrement voulu lui rendre son joli sourire et son air mutin.

Le cortège s'arrêta devant une pierre tombale très sobre, simplement ornée d'un médaillon encadrant la photo d'un jeune couple heureux. On pouvait y lire *Antoine et Colette Fabre*. Ils étaient beaux, les yeux pétillants d'amour, la vie qui s'offrait à eux. Malheureusement, le destin en avait décidé autrement, alors qu'ils n'avaient que vingt-six et vingt-sept ans.

Clarisse avait peu de souvenirs d'eux : juste quelques flashs, des odeurs, des couleurs... Elle revoyait les cheveux blonds de sa mère. Elle aimait les caresser et y enfouir son petit nez d'enfant pour respirer le parfum de fleur d'oranger. Elle avait oublié son visage, seules les photographies lui remémoraient la pâleur de son teint. Originaire du nord de la France, Colette Fabre avait su envelopper sa fille d'une douceur discrète et rassurante, lui chantant souvent des comptines pour la consoler. Sa voix claire résonnait encore dans le cœur de Clarisse comme une lueur d'espoir à jamais présente.

Contrairement à sa femme, Antoine Fabre était extraverti. D'un caractère enjoué, il adorait faire le clown et provoquer les éclats de rire de sa fille. Elle passait beaucoup de temps sur ses genoux, se serrant tout contre lui. Elle n'oublierait jamais ses bras chaleureux.

Antoine avait un goût prononcé pour la musique. Après la guerre, il avait découvert le jazz, qui avait accompagné son adolescence et sa vie de jeune homme. Il était considéré comme l'intellectuel de la famille. Il avait poursuivi ses études et était devenu journaliste au *Midi Libre*, le quotidien régional. Les siens étaient fiers de sa réussite. Avec Colette, ils formaient un couple amoureux et équilibré. Leur fille aurait sûrement vécu heureuse auprès d'eux, si elle en avait eu le temps… Le drame était arrivé le 30 septembre 1958, à cause d'un épisode cévenol d'une rare intensité qui s'était abattu sur le Gard.

A cette époque, Colette et Antoine habitaient un appartement au centre de Nîmes, avec leur petite fille de quatre ans. Ce jour-là, ils l'avaient confiée à la meilleure amie de Colette car Antoine avait réservé longtemps à l'avance des places pour aller écouter un orchestre de jazz qui se produisait à Uzès. Impatients, ils décidèrent de s'y rendre malgré le mauvais temps.

Alors qu'ils étaient en route, ils furent surpris par l'intensité de la pluie. La situation s'aggrava subitement. La visibilité était très mauvaise. Les voitures roulaient au pas dans les gorges du Gardon. Le long de la route, plusieurs d'entre elles étaient arrêtées, le moteur noyé. Ils découvrirent un Gardon très haut, impressionnant, gonflé par les eaux descendant des Cévennes. Il était quasiment impossible de distinguer la route. Après avoir passé le pont Saint-Nicolas, Antoine vit au dernier moment le véhicule qui venait de s'immobiliser devant eux. Afin de l'éviter, il donna un coup de volant qui envoya leur voiture dans un profond fossé rempli d'eau.

Ces 29 et 30 septembre puis les 3 et 4 octobre suivants, le bilan des inondations dans le Gard fut de trente-six morts. Le couple fit partie des victimes, laissant derrière lui une famille endeuillée.

Aujourd'hui, dans le cimetière de Saint-Côme, Clarisse accompagnait une dernière fois son oncle Grégoire Fabre, qu'une tumeur au cerveau venait d'emporter à cinquante ans. Ce vigneron robuste comme un taureau, fort en gueule, cachait sous sa carapace un cœur généreux. Enfant du pays, il y comptait de nombreux amis. Son savoir-faire et son sens du travail ne laissaient personne indifférent. Il était jeune homme lorsqu'il avait repris en main la cave familiale. Très investi physiquement et financièrement, il n'eut de cesse de la moderniser sans jamais négliger la qualité de son vin. En alliant des cépages de grenache, syrah, carignan et cinsault pour les vins rouges, et de grenache blanc, chardonnay et viognier pour les vins blancs, la Cave des Hautes Vignes s'était forgé, au fil des générations, une véritable réputation de qualité.

La générosité de Grégoire se ressentait non seulement dans ses produits, mais aussi dans son comportement. Il n'avait jamais été en reste d'aider l'un ou l'autre, offrant son amitié sans compter. Enfermé dans le célibat à la suite d'un chagrin d'amour, il n'avait jamais cherché à refaire sa vie. Eperdument épris d'une fille de Collias pendant cinq ans, il avait eu du mal à supporter leur séparation. Elle ne rêvait que de la ville et d'une vie trépidante, lui de la cave et des vignes de Saint-Côme. Pour se préserver, ils avaient préféré rompre.

Grégoire vivait au mas, auprès de sa mère et d'une amie de celle-ci. Après le décès de son frère cadet et de sa belle-sœur, il avait naturellement demandé la garde de sa nièce qu'il adorait. Comme il était presque la seule famille qui restait à l'enfant, elle lui fut confiée officiellement. A Clarisse, il avait tout donné, son amour, son attention, une vie simple mais heureuse, une éducation et la notion des vraies valeurs. La sincérité, l'honnêteté, le courage et la générosité étaient les maîtres mots de la maison, devenus des règles incontournables. Il l'avait mise sur de bons rails, guidée dans ses choix, encouragée sans cesse.

Clarisse n'oublierait jamais que, grâce à lui, elle était devenue une jeune femme épanouie, pleine d'entrain et de projets.

Une brise fraîche la ramena à la réalité. Elle écoutait vaguement le pasteur rendre hommage à cet homme qu'il connaissait si peu. Bien que protestant convaincu, Grégoire n'était pas pratiquant. Il ne s'était rendu au temple que pour les grandes occasions, préférant garder sa foi pour lui.

Une main serra le bras de Clarisse. C'était Yvonne Fabre, sa grand-mère paternelle. Cette femme, âgée de soixante-dix-sept ans, enterrait son fils. Digne et droite, solide comme le roc, elle était de la trempe de celles à qui la vie a infligé de lourdes épreuves, et qui repartent de plus belle, la rage au ventre. Sa forte nature s'était révélée à la mort de Louis, son époux, fin 1942, tué alors qu'il plastiquait un pont avec d'autres résistants.

Au moment de la mobilisation générale, Yvonne avait retroussé ses manches et continué de faire tourner la cave. Il avait bien fallu nourrir ses jeunes enfants. Elle avait poursuivi son labeur jusqu'à ce que Grégoire soit en capacité de reprendre l'affaire. Elle s'était alors plongée dans la comptabilité.

A soixante-dix ans, elle avait fini par laisser sa place à Clarisse, mais était toutefois présente tous les jours à la cave car elle ne pouvait s'en passer. Elle avait besoin de sentir les lieux, entendre le vin chanter, garder le contact avec cet endroit qui avait été sa vie durant tant d'années. La Cave des Hautes Vignes avait été dirigée de main de maître avec passion et courage. Depuis plusieurs semaines, c'était Mathurin Joffre, l'ouvrier agricole et ami des Fabre depuis plus de trente ans, qui s'en occupait. La famille lui vouait une confiance absolue, et une amitié sans limites était née entre Grégoire et lui. Surnommé « le Piche[1] » à cause de sa dégaine débraillée, il vivait dans une petite caravane à l'arrière du grand bâtiment agricole. Malgré l'insistance de Grégoire et d'Yvonne, il avait toujours refusé de loger au mas, sans doute trop attaché à

1. Une personne négligée. Vient de l'argot méridional.

une existence solitaire. Aujourd'hui, il s'était joint à la famille pour accompagner son ami jusqu'à sa dernière demeure.

Près d'Yvonne marchait Anna, celle qui l'avait accompagnée durant les années difficiles et qui avait tout vécu avec elle depuis l'école communale.

Anna la douce, Anna la joie, celle qui réconfortait tout le monde avec ses plats de pâtes, en bonne Italienne qu'elle était. Elle seule avait vu pleurer Yvonne les soirs de grande tristesse. Elle avait toujours su trouver les mots, les gestes, les petites attentions qui rendent la vie plus supportable.

Elle était veuve de guerre elle aussi. Disparu en mai 1940, son mari Emile Privat l'avait laissée seule avec ses trois enfants, âgés alors de treize, dix et neuf ans : Roland, Pierre et Lisette. Demeurant à l'époque dans un minuscule logement au centre du village, Anna s'était trouvée dans une situation très difficile, son époux n'ayant laissé à sa famille que des dettes. Son emploi de femme de ménage ne lui permettait pas de joindre les deux bouts. Anna se démenait pour nourrir ses enfants, et elle-même ne mangeait pas tous les jours. C'était une véritable misère. C'est à cette époque qu'Yvonne leur avait ouvert sa porte. Le mas était assez grand pour tous. Les enfants d'Yvonne et les enfants d'Anna avaient à peu près le même âge. Ils se retrouvèrent à cinq, âgés de huit à treize ans, vivant ensemble, allant à l'école ensemble, expérimentant la vie ensemble… Pour eux, ce fut une grande fête. Pour les deux amies, le quotidien resta compliqué mais la solitude fut brisée.

Elles s'organisèrent : Anna s'occupait de la grande maisonnée pendant qu'Yvonne travaillait à la cave l'esprit plus tranquille. Anna l'Italienne, qui avait toujours rêvé d'une famille nombreuse, fut comblée ! Les gamins cavalaient dans tous les sens, dans les grandes pièces du mas. Elle s'occupa de cette fratrie recomposée qui lui rappelait son enfance, entourée de ses nombreux frères et sœurs. Elle reprisa les pantalons troués des plus grands et resta la confidente des plus jeunes. Ce remue-ménage lui faisait chaud au cœur. La vie reprit le dessus. Anna entretint le potager abandonné depuis le départ de Louis, ce qui mit du beurre dans les épinards en cette dure période de guerre. Ensemble, les deux femmes devinrent plus fortes pour faire face aux difficultés.

Clarisse baissa la tête vers le cercueil mis en terre. Un sanglot monta à sa gorge, impossible à retenir. Yvonne la prit par les épaules pour la réconforter. Grégoire allait beaucoup lui manquer. Elle avait du mal à réaliser qu'elle ne l'entendrait plus siffler dès le matin, qu'ils ne se baladeraient plus tous les deux dans la garrigue de Saint-Côme, guettant les perdreaux qui se dandinaient en famille au bord des chemins. Ils ne resteraient plus de longues minutes à écouter les oiseaux piailler et à les regarder virevolter au-dessus de leurs visages émerveillés. Ils n'observeraient plus le soleil couchant sur les vignes, ni les nuages orangés qui montent, annonçant du vent pour le lendemain. Ils ne partiraient plus à la cueillette des cèpes et des girolles, les sens en éveil à force de humer leur parfum de terre et de sous-bois. Ils ne se lanceraient plus dans leurs parties d'échecs effrénées, complices et heureux d'être toujours réunis. Le regard protecteur de Grégoire ne se poserait plus sur elle. Clarisse se sentit démunie devant cette absence.

Quelqu'un la fixait depuis un moment. Elle releva la tête et croisa le regard pénétrant de Gaspard. Gaspard Lacombe ! Le Gaspard qu'elle avait aimé des années durant. Son visage avait changé. Il ne ressemblait plus au jeune homme qui l'avait quittée trois ans auparavant pour les forêts canadiennes. Sa carrure s'était élargie. Il avait mûri. Ça lui allait bien.

A sept ans déjà, elle savait qu'il n'était pas comme les autres garçons de son âge. Discret, peu bavard, il ne fanfaronnait pas devant les filles. Elle et lui avaient toujours eu en commun ce besoin profond de se retrouver entourés d'arbres. Le bois des Fontenelles était leur refuge, pendant que les autres enfants préféraient jouer dans les terrains vagues ou la garrigue environnante. Ils passaient le plus clair de leur temps dans les pins, à y construire des cabanes, à observer les oiseaux et les paysages. Clarisse était bien la seule personne que ce garçon solitaire acceptait à ses côtés. Elle l'amusait avec sa volonté de grimper toujours plus haut sur les branches. Aucune fille ne lui ressemblait. Elle l'appelait « Gaspard des Fontenelles ». Il aimait bien ça. Il lui disait souvent : « Respire la nature. » La fillette lui prenait alors la main. Leurs yeux brillaient en regardant au loin.

Gaspard était l'un des petits-fils d'Anna, le fils unique de Lisette, la cadette de la famille Privat. Mariée à Jacques Lacombe, un camarade de lycée, ils avaient depuis longtemps quitté la région pour la Bretagne. Déjà très attaché à sa grand-mère, l'adolescent s'en était encore un peu plus rapproché après le départ de ses parents.

Egarée dans ses souvenirs, Clarisse réalisa soudain que Gaspard avait disparu. Une fois de plus... pensa-t-elle avec fatalité.

Les obsèques terminées, l'assistance se dirigea lentement vers la sortie puis, petit à petit, se dispersa et disparut. Un vol de corneilles passa bruyamment au-dessus de la haute grille du cimetière. La tramontane apporta une fraîcheur soudaine, chargée d'humidité et de larmes, qui glaça les os des trois femmes. Après un long recueillement sur la tombe de Grégoire, d'un pas lent, elles repartirent serrées les unes contre les autres en direction du mas.

Ce jour-là, le soir sembla tomber plus vite qu'à l'accoutumée, recouvrant les cœurs de mélancolie et de chagrin.

2

Le lendemain, à l'heure où l'aube se lève doucement sur la campagne endormie, Clarisse partit vers le bois des Fontenelles. Les sentiers étaient jonchés de pignes[1] abandonnées aux écureuils gourmands. L'air embaumait la sève. Ce parfum de pinède si familier la rassurait et l'apaisait. Au milieu d'un amas de broussailles, un marcassin, surpris par sa présence, détala à toute vitesse. Le jour transperçait le sombre sous-bois de ses rayons blanchâtres. On aurait dit un décor de cinéma… Sous ses pieds, les feuilles de chêne crissaient dans un ultime soupir. Elle écoutait les bruits de la forêt avec toujours autant de bonheur. Elle les connaissait, les attendait, les espérait. Après s'être imprégnée de la moiteur ambiante, Clarisse grimpa jusqu'au Roc au Loup. Elle emprunta l'étroit passage creusé au fil des siècles par le temps et l'eau, puis levant les yeux vit se dresser au-dessus d'elle l'énorme rocher blanc.

1. Des pommes de pin, transcription de l'occitan « pinhas ».

Des légendes plus farfelues les unes que les autres avaient couru sur sa forme en tête de loup hurlant à la mort... L'histoire que les habitants racontaient avec fierté à leurs enfants était celle d'Emile Loup, maréchal-ferrant du village au XVIIIe siècle. Comme dans de nombreux bourgs de la région, les habitants de Saint-Côme étaient en majorité protestants, traqués par des catholiques devenus fanatiques depuis la révocation de l'édit de Nantes. Durant de longues décennies, ils furent massacrés et persécutés à cause de leur religion. A l'image des camisards cévenols, de nombreux paysans se révoltèrent pour défendre leur famille, leur vie et leurs biens. Au village, ce fut le vigoureux Emile Loup qui entraîna ses compagnons dans la rébellion. Pendant des années, ils protégèrent Saint-Côme et ses alentours de la folie meurtrière de leurs opposants. Emile Loup devint un héros local, jusqu'à son arrestation et sa mort sur la roue. La légende dit que, le lendemain de son exécution, les habitants du village découvrirent l'énorme rocher blanc, ayant pris la forme, pendant la nuit, d'une tête de loup. Par quel sortilège était-ce arrivé ? Certains évoquaient des sorcières et des mages, à en faire frémir les plus jeunes. Les plus rationnels pensaient que les intempéries et le fort mistral avaient sculpté le roc de calcaire depuis bien longtemps mais qu'à la disparition d'Emile Loup, les Saint-Cômois voulurent y voir un signe. On raconte encore que, des hauteurs de Saint-Côme, il veille sur le village et ses âmes, les préservant de l'intolérance et de la folie des hommes.

Clarisse adorait cette histoire. Elle trouvait exceptionnels ces combattants qui avaient affronté la mort de si nombreuses fois pour défendre leur liberté. Pour la petite fille qu'elle avait été, Emile Loup avait pris le visage de son oncle Grégoire, sa force protectrice et son affection.

Clarisse s'assit sur l'imposante forme, comme elle avait l'habitude de le faire à chaque fois qu'elle montait jusqu'ici. De là, on voyait toute la garrigue à gauche, Saint-Côme au centre, à droite un tapis de vignes, dans le fond des champs d'oliviers. Plus près, en dessous du roc, le bois des Fontenelles, et, juste à l'orée du bois, le mas.

Le jour s'était complètement levé maintenant. Le soleil perçait l'horizon. Un vol de grives virevolta sur la garrigue, narguant les chasseurs cachés derrière leurs affûts. Elle soupira. Aujourd'hui, elle était venue sans Grégoire... Il n'aurait pas voulu qu'elle soit si triste et il aurait eu raison. Elle ne devait se souvenir que des bons moments passés auprès de lui. Ce ne serait pas difficile, ils étaient si nombreux...

Elle resta un peu plus à regarder vivre Saint-Côme, respira la puissance de la nature et redescendit sans se presser vers le mas.

Quand elle entra dans la grande cuisine, ça sentait bon le pain grillé. Anna avait déjà préparé le petit déjeuner. Vêtue de sa robe fleurie, elle s'activait devant la cuisinière. A l'inverse d'Yvonne, Anna était une femme coquette malgré son âge avancé. Les cheveux teints toujours correctement coiffés, elle se maquillait peu mais tous les jours. A son amie qui se moquait de ce travers, elle rétorquait qu'elle voulait être agréable à regarder.

Clarisse embrassa affectueusement Anna.

— Où étais-tu passée, ma douce ?

— J'étais allée faire un tour dans le bois, répondit-elle en se servant un grand bol de café et une tartine de beurre salé. Mamé est déjà partie à la cave ?

— Oui. Elle aussi avait besoin de retrouver son Grégoire ce matin…

Clarisse hocha la tête, pensive.

— Comment était-elle ?

— Lourde de peine. Mais tu la connais, même si l'épreuve paraît insurmontable, elle va réagir.

— Oui, c'est un roc.

— C'est la vie qui l'a ainsi faite, et elle n'a pas été tendre avec elle !

— Tu as raison. Comment une mère peut-elle supporter le départ de ses enfants ?

— Elle supporte pour ceux qui restent.

Bien sûr. Clarisse savait qu'elle tenait une grande place dans le cœur d'Yvonne. Elle lui avait dit un jour qu'elles étaient faites du même bois. Pourtant la jeune femme ne se sentait pas aussi robuste que sa grand-mère… Clarisse se leva, lava son bol et le rangea dans le placard.

— Tu viendras dîner avec nous ?

— D'accord, ma petite Anna, je serai là ce soir.

Elle sortit de la maison et se dirigea vers l'ancienne grange à deux cents mètres de là. C'était son chez-elle depuis six ans déjà. Lorsqu'elle avait commencé à travailler comme comptable à la cave, Grégoire lui avait proposé de restaurer le vieux bâtiment pour en faire un logement. Ce n'était pas la place qui manquait au mas, mais il était bien conscient qu'elle avait besoin de son indépendance. Clarisse avait trouvé l'idée géniale ! Avoir son chez-soi sans quitter vraiment la maison de famille, c'était ce qu'elle pouvait imaginer de mieux. Elle avait remboursé mois après mois les frais des travaux et s'était installée avec bonheur dans la grange.

C'était ici que Gaspard l'avait embrassée pour la première fois. Elle n'oublierait jamais ce premier baiser. Il l'avait rejointe le soir tombé et avait passé la nuit avec elle. Personne n'était dupe autour d'eux, encore moins Yvonne et Anna, toutes heureuses des amours de leurs petits-enfants. Pour tous, le couple Clarisse-Gaspard était une évidence. Mais le jeune homme, désireux de parcourir le monde, avait repris sa liberté. Ils s'étaient sans doute connus trop tôt… Avec le temps, Clarisse s'était résignée, s'interdisant de voir en Gaspard autre chose qu'un ami d'enfance.

Elle observa sa maisonnette, immobile. Comment pouvait-on autant s'attacher à des murs ? Pourquoi s'y sentait-elle aussi bien ? Cette grange était son havre de paix, mais elle était plus encore. Clarisse ne pouvait expliquer cette sensation d'appartenance à un lieu. Elle avait souvent pensé qu'elle était trop sensible.

Ce qu'elle ignorait, c'est que cette grange avait été le témoin de son histoire alors qu'elle n'était âgée que de quelques jours...

3

Yvonne avait peu dormi. Depuis la disparition de Grégoire, le sommeil l'avait quittée. Son corps lui paraissait plus engourdi qu'à l'accoutumée. Elle devait se faire violence pour se lever le matin et ne pas inquiéter son entourage. Devant les siens, elle cachait sa lassitude, essayait de sourire et continuait à plaisanter. Mais en réalité, un voile gris flottait sur son cœur. Une étoffe de peine et de tristesse que le destin, sournois, avait tissée patiemment année par année. Longtemps, elle avait lutté avec une volonté de fer, se croyant indestructible. Mais à l'automne de sa vie, Yvonne avait changé. Sa détermination et son enthousiasme la quittaient petit à petit. Elle se sentait fatiguée. Lasse de lutter et de supporter les blessures que la vie lui imposait. Allongée dans son lit, elle n'avait pas à faire semblant et pouvait se laisser aller. Le regard rivé au plafond, elle pensa à cette existence parsemée d'épreuves et à la perte des siens…

Tout d'abord, la vie lui avait pris Louis, alors qu'elle n'avait que trente-neuf ans. Ils s'étaient rencontrés au mariage de sa cousine. Elle avait vingt ans et aucune envie de tomber amoureuse. A cette époque, elle travaillait à la réglisserie locale, comme ouvrière. Les journées d'usine étaient longues et pénibles, mais la fierté de rapporter son salaire chez ses parents la rendait heureuse. Elle aimait l'idée d'être libre et rêvait d'indépendance. Le jour de leur rencontre, Louis Fabre était entouré par une poignée de filles qui ne le quittaient pas. Ce beau célibataire de vingt-cinq ans avait une indéniable prestance. Il était issu d'un milieu modeste, comme Yvonne. Sa démarche désinvolte, son visage fin, ses yeux clairs et ses cheveux blonds plaisaient aux femmes. Le travail de la terre avait élargi ses épaules et sculpté son corps élancé. Il travaillait dur aux champs et aidait son père à la cave familiale. Les Fabre avaient entrepris de créer leur propre cave à vin, projet assez ambitieux pour l'époque. Yvonne le revoyait comme si c'était hier…

Au cours du mariage, elle avait senti son regard sur elle. C'est vrai qu'elle était jolie dans sa robe mauve… Secrètement flattée, elle n'avait pourtant rien laissé paraître. Plus tard dans l'après-midi, alors qu'elle bavardait avec des amies, il s'était approché d'elle, avait entamé la conversation et lui avait dit qu'il souhaitait mieux la connaître. Elle s'était méfiée de ce tombeur et n'était pas décidée à succomber à ses charmes comme toutes celles qui se pavanaient à ses côtés. Elle n'était pas de ce bois-là et l'avait envoyé promener. Une semaine plus tard, alors qu'elle rentrait chez elle à bicyclette après sa journée de travail, son pneu creva. Sur le chemin désert, le vélo à la main, elle avait marché plusieurs kilomètres quand elle avait croisé un homme à moto. Celui-ci s'était arrêté plus loin, puis avait fait demi-tour. Elle ne l'avait reconnu que lorsqu'il avait ôté ses lunettes. C'était Louis. Il l'avait ramenée jusque chez elle, ils avaient discuté longuement et s'étaient revus les jours suivants. Yvonne avait dû admettre qu'elle s'était trompée. Louis Fabre n'était pas un séducteur. Il était bien mieux que ça. Elle avait découvert un jeune homme discret, intéressant et attentionné. Ils s'étaient vus régulièrement. Celle qui avait décidé de ne jamais se marier avait épousé Louis dix mois plus tard, passionnément amoureuse. Ils avaient vécu de belles années au mas. Les jeunes gens partageaient la bâtisse avec les parents de Louis. Ces gens du cru avaient vu d'un bon œil la venue de cette belle-fille volontaire et courageuse. Yvonne avait aimé en eux leur sincérité.

L'arrivée de Grégoire, puis plus tard d'Antoine, avait comblé la famille tout entière. Des garçons ! Le nom de Fabre ne se perdrait pas. Peut-être reprendraient-ils le chai familial ? Et puis une ombre avait plané sur Saint-Côme et sur la France. La déclaration de guerre de la France à l'Allemagne le 3 septembre 1939 avait ravivé de terribles souvenirs. Depuis ce jour, le père de Louis avait cessé de parler, rongé par ses vieux démons de combattant de la Grande Guerre qui avait quitté les siens pour défendre son pays. Le Gard resta en zone libre jusqu'en 1942. Lorsque les Allemands envahirent l'arrière-pays, Louis, alors en permission, rejoignit le maquis des Cévennes. Lors d'une énième opération de sabotage, il fut tué par les explosifs qu'il transportait. Ses amis résistants descendirent à Saint-Côme pour avertir Yvonne, qui fut ravagée par une douleur qu'elle crut insurmontable. Mais, pour ses fils, elle releva la tête. Ils comprirent que leur père ne reviendrait pas quand les miliciens déboulèrent au mas. Ils fouillèrent partout, bousculèrent Yvonne qui ne se laissa pas impressionner. Les enfants avaient hurlé et le père de Louis avait débarqué dans la cour avec son fusil de chasse. Il n'eut pas le temps de s'en servir, car il fut froidement abattu devant les siens. Les miliciens partis, ils restèrent là, anéantis, devant le corps de cet homme courageux qui baignait dans son sang. Les garçons gardèrent toute leur vie cette image en mémoire. La mère de Louis, inconsolable depuis la mort de son fils unique, mourut trois mois après le meurtre de son mari. Ce fut une terrible période pour Yvonne qui ne s'était jamais sentie aussi triste et aussi seule.

Pourtant, elle dut vite réagir. Les garçons retournèrent très rapidement à l'école. L'institutrice, une amie de la famille, sut veiller sur eux avec beaucoup d'attention. Les copains aidant, leurs journées furent moins sombres. Au mas, Yvonne s'occupa des poules, des lapins, de la maisonnée et de la cave. Elle connaissait déjà le travail de vigneron, car elle aimait rejoindre Louis sous les voûtes centenaires. Il lui avait parlé longuement des différentes étapes de la vinification. Elle ne s'était jamais lassée de l'entendre, lui qui était autant amoureux de son métier qu'il l'était de sa femme. Il lui disait souvent : « J'aime ton caractère bien trempé. Tu es comme mon vin, puissante et délicate à la fois. » Ah... Louis, comme il lui manquait ! Ce mas à moitié vide, sans le papé et la mamé Fabre, sans lui, comment avait-elle trouvé la force de continuer ? Elle décida d'aller frapper à la porte d'Anna pour lui proposer de venir vivre au mas. Cette dernière, bouleversée, ne sut que dire. Yvonne se souviendrait toujours de ce qu'elle avait dit à son amie.

— Viens, j'ai du mal à m'en sortir toute seule. Tu pourrais t'occuper du mas et des enfants et moi, cela me permettrait d'être plus présente à la cave. Avec ton courage et le mien, nos enfants ne manqueront de rien ni de personne.

Anna avait beaucoup pleuré, touchée par cette main tendue. Elle accepta. Deux jours après, elle s'installait avec ses enfants.

Yvonne ne put continuer seule au caveau. Elle fut aidée quelques années par le vieil Armand, un ami du papé, et par un voisin viticulteur, en période de vendanges. Mais dès la Libération, elle dut s'organiser autrement. Le vieillard, incapable de soulever du poids, se résigna à rester chez lui. Grégoire, alors âgé de quinze ans, fut d'un grand secours. L'adolescent demanda à arrêter l'école pour travailler à la cave mais sa mère ne voulut pas en entendre parler. Etudier lui paraissait la seule échappatoire à une vie trop rude. « Apprends un métier, donne-toi la possibilité de choisir et on en reparlera après. » Grégoire fut désemparé, il savait bien qu'Yvonne ne reviendrait pas sur sa décision. Alors, durant la semaine, il devint apprenti mécanicien dans un garage à dix kilomètres de Saint-Côme et, soir et week-end, il rejoignait la cave le cœur en fête. Il dut patienter plusieurs années avant d'imposer son choix.

C'est au début de l'année 1946 qu'Yvonne décida d'embaucher un ouvrier agricole. L'activité de la cave nécessitait de nouveaux bras. Elle choisit un jeune homme de dix-huit ans, menu mais volontaire, venu tout droit de la Drôme. Aguerri aux travaux de la vigne, Mathurin Joffre impressionna Yvonne par sa maturité. Très vite, il la seconda efficacement. Au départ un peu jaloux, Grégoire se lia rapidement avec cet aîné qui partageait la même passion que lui. Le temps et l'amitié aidant, il le surnomma « le Piche » à cause de sa chemise qui bâillait toujours de son pantalon trop large. Lorsqu'il eut fini son apprentissage et obtenu son diplôme, il choisit de travailler à la cave. Yvonne respecta son choix, comme elle l'avait promis. Elle comprit qu'elle avait bien fait car Grégoire s'y épanouit de jour en jour. Il était visiblement heureux. Par ailleurs, son savoir-faire en mécanique leur rendit bien des services. Dans la vie, toute expérience est utile, pensa-t-elle.

Le mas vécut au rythme des cris et des rires de la jeunesse. L'enthousiasme de la paix retrouvée gagnait tout le pays. On parlait de nouveau d'avenir, on faisait des projets. La fille d'Anna, du même âge que Grégoire, partit à l'Ecole normale pour être institutrice. Cela fit la fierté de sa mère, arrivée en France en 1911, à l'âge de huit ans, ne parlant pas un mot de français. Les autres enfants, plus jeunes, continuèrent leurs études au village. La vie coula plus paisiblement à cette époque-là. Yvonne en gardait une nostalgie profondément ancrée dans le cœur.

Ce matin, en se réveillant, elle avait pensé : Les temps étaient difficiles mais les enfants étaient tous là…

La porte de sa chambre s'entrouvrit : Anna passa sa tête pour la prévenir, avec son bel accent, qu'il était temps de se lever et que le déjeuner était prêt.

4

Un après-midi, le téléphone sonna. Une voix joyeuse retentit à l'autre bout du fil. Héloïse, une amie d'enfance de Clarisse, était à Saint-Côme pour quelques jours. Elle l'invitait à venir la rejoindre au bar Le Petit Bonhomme, établissement tenu par sa famille depuis plus de trente ans. Heureuse de l'entendre et de la savoir au village, Clarisse n'avait pourtant pas le cœur à sortir de chez elle.

— Je suis désolée, je n'ai pas pu venir à l'enterrement. Impossible d'avoir ma journée, j'avais toutes les commandes à passer avant mes congés de Noël…

— Ça n'a pas d'importance. Tu sais, que tu sois là ou pas ne fera pas revenir mon oncle.

— Je voulais t'accompagner. Viens au café, ne reste pas seule chez toi ! Je ne peux pas partir, je dois rencontrer un commercial, mon père me l'a demandé… Allez, ça me ferait vraiment plaisir de te voir.

C'était réciproque. Depuis qu'Héloïse travaillait dans un restaurant gastronomique de Montpellier,

Clarisse la voyait beaucoup moins. Ses horaires de travail ne lui permettaient pas de venir au village autant qu'elle l'aurait voulu. Mais Héloïse aimait son métier et s'accommodait de ses contraintes. Elle partageait en colocation avec un collègue cuisinier un petit appartement situé dans le centre-ville, tout près de la place de la Comédie. Dès que son emploi du temps le lui permettait, Clarisse l'y retrouvait le temps d'un week-end. Les deux filles sortaient en boîte de nuit jusqu'au matin, se défoulaient jusqu'à épuisement, riaient comme des adolescentes qu'elles n'étaient plus et bavardaient inlassablement. Elles se quittaient toujours avec regret.

Clarisse enfila son pull, sortit sa vieille bicyclette rouge du garage, et fila en direction du village. Les rayons du soleil de l'après-midi caressèrent son visage. Les paupières mi-closes, elle profita de cet instant de douceur, les cheveux au vent. Elle longea les grandes vignes du bas, puis emprunta le sentier de l'Ermitage avant d'arriver sur la place de Saint-Côme. La terrasse du bar était plein sud ; quelques personnes lézardaient devant un café, profitant de la clémence du temps. Clarisse entra dans la grande salle. Immédiatement, la mère d'Héloïse vint l'embrasser. Elle indiqua à la jeune femme la réserve où sa fille marchandait avec un négociant en liqueurs. Elle décida de l'attendre en buvant un thé au fond du bar. Elle observa ce lieu familier où les gens du village aimaient à se retrouver. A la radio, les Bee Gees montaient dans les aigus avec leur *How deep is your love*. Accoudés au comptoir, deux amis racontaient une récente histoire de chasse à un troisième.

— Ce matin, on remontait sur le plateau avec nos chiens quand on a vu un lièvre détaler devant nous. Tu nous connais, on n'a pas l'habitude de les laisser filer…

Son ami intervint d'un ton blagueur :

— Oui, enfin, surtout moi. Toi, tu ne vois pas un lapin à trois mètres !

— Oh, n'exagère pas, je l'ai bien vu, ce lièvre…

— Sûrement, il t'est passé entre les jambes ! Un peu plus, tu marchais dessus.

— En attendant, je l'ai eu !

— Un miracle.

— Bon, ne l'écoute pas, je continue. J'ai eu le lièvre, une jolie bête d'au moins quatre kilos. En se retournant, plus bas, on a aperçu la fourgonnette du père Fernand. On s'est dit que ça devait être ses chiens qui avaient levé le lièvre. Comme on est des gars honnêtes, on l'a déposé sur le capot de sa voiture. Puis, une demi-heure plus tard, on l'a croisé, tout content. Il nous a remerciés et invités demain soir à récupérer la moitié du lièvre chez lui. On a apprécié. Tu sais comme il est radin, le bougre… Mais voilà qu'en redescendant dans la combe, on a rencontré le Jules qui cherchait ses chiens partis après un lièvre ! Quand on lui a raconté l'histoire, il était fou : « Le salaud ! Il a pas eu honte de le prendre ? Putain, demain il peut vous payer l'apéro et même sortir les olives, ce vieux rat ! En plus, il n'a plus de chien de chasse en ce moment. Son vieux Porcelaine est mort la semaine dernière... »

Les trois chasseurs rirent de bon cœur. Le troisième questionna :

— Alors, qu'est-ce que vous allez faire ?

— Qu'est-ce que tu veux qu'on fasse ? Demain, on ira chercher la moitié du lièvre chez le père Fernand et on l'apportera au Jules.

— Ça vous fera deux apéros.

Clarisse sourit. Elle aimait bien entendre ces histoires racontées avec verve par des gens du pays.

Une porte claqua. Héloïse fit son apparition dans la salle, accompagnée d'un jeune homme tiré à quatre épingles. Elle fit signe à son amie, raccompagna le commercial jusqu'à sa voiture, déposa un bon de commande sur le comptoir à l'adresse de sa mère et s'avança, un large sourire aux lèvres. Plus grande que Clarisse, la jeune femme avait changé de look depuis qu'elle vivait en ville. Ses cheveux blonds courts coiffés en pétard auréolaient un visage fin sans fard. Sur son jean large taille haute flottait un sweat fluo. Les deux filles s'embrassèrent.

— Ça fait plaisir de te voir ! Merci d'être venue. J'étais coincée avec Monsieur Liqueurs en tout genre.

— Il est plutôt mignon...

— Ah, ça oui, mignon, bien bâti, avec un sourire à tomber ! D'ailleurs il m'a demandé mon numéro de téléphone à Montpellier. Je ne devrais pas tarder à le croquer.

— Tu ne changeras jamais.

— Je veux profiter de la vie. Il y a plein de beaux gars qui m'attendent. Je n'ai pas envie de me mettre au régime.

Clarisse pouffa. Elle reconnaissait bien là la philosophie d'Héloïse. Profiter de la vie, de l'amour, le plaisir avant les sentiments. Elle ne la jugeait pas, elle l'aimait trop pour ça. Et puis, chacun avait bien le droit de vivre comme il voulait, pensa-t-elle.

Elles parlèrent longtemps de Grégoire, de la rapidité avec laquelle la maladie l'avait emporté et du vide qu'il laissait. Ça faisait beaucoup de bien à Clarisse de se confier. Au mas, elle veillait à ne pas accabler sa grand-mère avec son chagrin. Auprès de son amie, toujours là pour l'écouter, elle pouvait ouvrir son cœur. Elles avaient grandi ensemble depuis la maternelle. Deux inséparables.

Héloïse, cadette d'une famille de six enfants, avait toujours été un boute-en-train. Elle était celle qui dessinait les caricatures de ses professeurs sur les tableaux noirs juste avant la classe, qui déposait des boules puantes sous leurs bureaux. Souvent punie, elle sortait des heures de retenue avec un large sourire aux lèvres, imperturbable. Quand ses parents désabusés lui faisaient la leçon sur son comportement, elle répondait : « J'ai besoin de m'amuser ! » La jeune femme s'était un peu assagie mais restait tout de même espiègle.

— Tu veux un Monaco ?

Clarisse acquiesça. Sa camarade alla se servir au comptoir et revint avec deux verres à bière. Elles aperçurent leur ami Momo qui entrait dans le bar et lui firent signe de les rejoindre à leur table. Il leur adressa un clin d'œil, commanda une pression et se dirigea vers elles en souriant. Le « petit Momo », comme l'appelaient les gens du village, venait de fêter ses vingt ans. Dernier enfant d'une famille de quatre, Benjamin Morel avait été surnommé ainsi depuis son plus jeune âge. De taille moyenne, les yeux rieurs, une bouche charnue qui dévoilait généreusement ses dents du bonheur et une carrure d'homme en devenir le faisaient paraître plus jeune que son âge. Ses cheveux châtains toujours en bataille et son allure désinvolte lui donnaient un air de Gaston Lagaffe du Sud. Tous l'appréciaient pour sa gentillesse et sa bonne humeur contagieuse. Depuis plusieurs années dans la boulange, il travaillait à L'Epi d'or chez Eugène Tavel, le seul boulanger de Saint-Côme.

— Salut, les filles !

Il leur fit la bise, en appuyant un peu plus celle de Clarisse. Elle comprit que c'était sa façon à lui de dire : « Je suis avec toi. » De la pudeur et de l'amitié, tout simplement. Il s'assit nonchalamment près d'elles en soupirant.

— Tu te lèves de la sieste ?

Le jeune homme acquiesça. Il étira ses bras et bâilla en toute décontraction.

— Elle fut excellente.

Les filles rirent.

— Je ne sais pas comment tu peux dormir avec tout le boucan que fait le père Fournier en dessous de chez toi…

En s'adressant à Héloïse, Clarisse expliqua :

— De la place, on entend sa télé à fond, à toute heure de la journée. Il est sourd comme un pot, le pauvre vieux. Depuis qu'il vit seul, c'est de pire en pire.

Momo secoua la tête en riant.

— C'est vrai qu'il est sourdingue, mais c'est mon pote. Je descends le soir chez lui, on boit des coups ensemble et quelquefois, on fume de l'herbe. Il me parle de ses motos, des virées qu'il a faites un peu partout. Il a même fait la Route 66 !

Les filles se regardèrent, étonnées.

— Le père Fournier ? T'es sûr qu'il ne te raconte pas des craques ?

— Non, il m'a montré ses photos. Il partait en bande avec des copains, le bandana sur le front, les cheveux longs au vent. Des vrais durs !

Héloïse s'étonna :

— Je n'aurais jamais pensé en le voyant aujourd'hui qu'il avait vécu de cette façon…

Momo s'anima sur sa chaise.

— Eh quoi ? Tu penses que parce qu'on est vieux, on n'a rien vécu avant ? Si tu t'arrêtais de courir et que tu prenais le temps de t'intéresser aux autres, tu ferais des découvertes.

Fronçant les sourcils, Héloïse ne voulut pas perdre la face, même si elle savait que son ami n'avait pas tort.

— Moi, je préfère les jeunes.

— Viens un soir avec moi chez le père Fournier écouter sa musique de dingue. Il exciterait un régiment de rockers, je te jure. Moi, je l'aime bien. Alors, c'est vrai qu'il est un peu bruyant mais c'est pas grave. Par amitié, je ne lui en parle pas et je mets des boules Quies pour faire la sieste. Et tout va bien ! J'ai pas l'air épanoui, non mais sans blague ?

Un sourire jusqu'aux oreilles, Momo avait encore des expressions enfantines. C'est vrai qu'il avait bonne mine. Elles le regardèrent avec l'œil attendri de grandes sœurs sur leur petit frère. Décidément, elles l'adoraient. Ils passèrent une heure de plus ensemble, puis Clarisse rentra chez elle. Retrouver ses amis lui avait fait du bien. Beaucoup de bien. Avant de retourner à la grange, elle décida de s'arrêter au mas. En arrivant dans la cour, Clarisse aperçut sa grand-mère assise sur le banc, devant la porte. Mal coiffée, les yeux rougis, Yvonne avait l'air hagarde. Cette image toucha la jeune femme qui s'empressa de venir s'asseoir près d'elle. Yvonne la dévisagea. S'abandonnant un instant, elle se ressaisit afin de ne pas craquer. Cela n'aurait servi qu'à fragiliser un peu plus la petite, il valait mieux éviter. Sa petite-fille l'embrassa et la serra contre elle.

— Tu sais que je t'aime, mamé ?

— Oh oui que je le sais ! répondit-elle en plongeant son regard dans le sien. Tu es la personne la plus belle que je connaisse. Tu te soucies de tout le monde, sans jamais te préoccuper de ta fatigue et de ta propre tristesse.

— C'est normal, mamé, nous ne sommes que toutes les deux maintenant. Tu es ma famille.

Yvonne la regarda d'un air étrange mais ne dit rien. Elle l'embrassa du bout des lèvres.

— Viens. Tu soupes avec nous ? Anna a fait des pâtes.

Elles entrèrent dans la grande pièce. Des faïences artisanales rouges et jaunes encadraient l'imposante cuisinière à bois. Anna n'avait jamais voulu s'en séparer malgré l'insistance d'Yvonne, plus éprise de modernisme que son amie. Aucun autre four n'apporterait cette saveur si particulière qu'avaient les ragoûts d'Anna. Mijotés dans la cocotte en fonte au derrière noirci, ils régalaient depuis des années la famille et les amis. Tant pis pour la corvée de bois, l'Italienne en avait vu d'autres. Des casseroles en aluminium étaient pendues après la vieille poutre, ainsi que des petits paniers en osier contenant des oignons doux du Vigan et de l'ail violet de la dernière foire d'Uzès. Au mur, un cuisinier aux couleurs d'Italie frisait sa moustache avec une mine satisfaite. Habituellement, des airs de tarentelle égayaient la pièce, mais aujourd'hui personne n'avait le cœur à écouter de la musique.

La table était mise et le parmesan fraîchement

râpé. Anna, le torchon sur l'épaule, ajouta une assiette et mit la casserole sur la table.

— Asseyez-vous vite, c'est prêt.

Clarisse s'avança d'un pas hésitant.

— Ça sent bon mais, tu sais, je n'ai pas très faim...

Sa grand-mère la prit par les épaules avec fermeté.

— Il faut manger pour garder des forces, crois-moi !

— Yvonne a raison, mange comme d'habitude. Ne change rien.

Clarisse s'assit donc à la table et goûta les pâtes d'Anna. Elles étaient fondantes et fermes à la fois. Le beurre et les œufs battus relevaient la finesse de leur pâte. Même sans faim, impossible d'y résister.

— Grégoire finissait toujours le fond de la casserole, il n'en restait jamais pour le repas du soir...

Anna, qui venait de s'asseoir à table, rappela le bon appétit du disparu.

— Ça faisait plaisir de voir à quel point il les aimait. Quand nous sommes venus vivre avec Yvonne ici, en 1942, Grégoire avait douze ans. Il m'en réclamait tous les jours, mais à cette époque, on n'avait ni beurre ni œufs, hein, Yvonne ?

— Non, on avait mangé les poules !

Nerveusement, les trois femmes se mirent à rire. Anna continua :

— Il y avait un avantage, on avait la taille fine en ce temps-là.

— Tu me diras, ça ne servait pas à grand-chose, on n'avait plus d'hommes...

Plaisanter des moments difficiles, quand c'était possible, donnait l'impression de les rendre moins lourds. Clarisse aimait entendre parler de l'ancienne vie au mas, les années de guerre, la maison pleine d'enfants, l'entraide des villageois et la volonté des femmes restées seules avec leur famille à nourrir. Yvonne redevint plus sérieuse.

— Tu te souviens que, demain, nous avons rendez-vous chez le notaire à onze heures ?

Clarisse leva un regard contrarié vers sa grand-mère.

— Ça m'ennuie toutes ces formalités !

— Il faut y aller. Ensuite, on pourra passer à autre chose.

Clarisse hocha la tête en sachant qu'Yvonne avait parfaitement raison. Bientôt, elles devraient reprendre le cours de leur vie, presque comme avant.

Après les fromages de chèvre et la crème brûlée, Anna posa sur la table une coupelle contenant des kakis. Clarisse ne put retenir une exclamation à leur vue, qui fit sourire sa grand-mère. Déjà petite, elle en raffolait. Elle plongeait son nez dans l'ouverture béante creusée dans le fruit bien mûr, et ne le ressortait que lorsqu'une paire de moustache orange se dessinait sur sa bouille ronde. Yvonne venait de retrouver cette expression enfantine sur le visage de la jeune femme et la trouva attendrissante.

— Hum ! Ça y est, ils sont mûrs ?

— Oui, depuis plusieurs jours. Ils viennent du plaqueminier qui est au bord de la vigne du fond. Je suis allée les ramasser ce matin.

— Merci, mamé !

Yvonne sourit en voyant Clarisse découper avec délicatesse le haut du fruit pour y plonger sa cuillère. Après l'avoir savouré, elle releva la tête d'un air gourmand.

— C'est curieux qu'il n'y ait que moi qui les aime dans la famille. Te souviens-tu, mamé, si mes parents en mangeaient ?

Cette question ramena brutalement Yvonne à la réalité. Son visage s'assombrit. Anna, qui s'activait à l'évier, laissa la vaisselle, s'approcha de son amie et posa ses mains sur ses épaules. Un silence pesant s'installa à table, que Clarisse interrompit avec une autre question.

— Qu'est-ce que j'ai dit ?

Dans la cuisine, le temps semblait être suspendu tout à coup, seul le tic-tac de l'horloge comtoise résonnait. Yvonne avala sa salive et lui répondit :

— Rien, ma petite, on est juste un peu fatiguées...

Clarisse se leva, les étreignit et se mit à débarrasser la table.

— Pardon. Il est tard, je vais rentrer.

— Dors ici ce soir, ça nous fera du bien de te savoir là. Ta chambre est toujours prête...

Les paroles d'Yvonne résonnèrent comme une

prière aux oreilles de la jeune femme. Elle observa son teint pâle et ses yeux humides, et décida de rester pour la nuit.

— D'accord. Je vais chercher mes affaires et je reviens.

Incapables de prononcer autre chose, Anna et Yvonne l'accompagnèrent jusqu'à la porte et la regardèrent s'éloigner.

5

A travers les persiennes, le jour s'invita sur l'oreiller de Clarisse, la tirant d'un sommeil léger. Attendrie, elle constata que, dans son ancienne chambre, rien n'avait bougé. Aux murs, les posters de Freddie Mercury et de Supertramp semblaient figés dans le temps. La tapisserie à gros motifs orange et marron commençait à se décoller dans les angles. Son vieux peignoir était toujours suspendu derrière la porte. Sa grand-mère n'avait voulu toucher à rien, prétextant que cette chambre d'adolescente donnait un peu de vie à la vieille bâtisse. Il semblait à Clarisse qu'une éternité s'était passée depuis l'époque où elle vivait là. Pourtant, ce n'était pas si loin. Elle se sentit apaisée en repensant à toutes ces belles années passées ici.

Après le petit déjeuner, Clarisse aida les deux femmes en cuisine. Anna avait prévu de faire un pot-au-feu. La soupe de légumes cuisait déjà au coin du vieux fourneau. La jeune femme attrapa l'économe et commença à éplucher les carottes.

— Quand vous reviendrez de chez le notaire, le pot-au-feu sera prêt.

Clarisse sourit.

— Je n'ai jamais rien mangé de meilleur.

Puis elle réfléchit.

— Euh… si… Tes lasagnes… Ta soupe de poisson… Oh non, tes croquants aux amandes ! Magnifiques, tes croquants, Anna !

— Gourmande ! Souviens-toi, la soupe de chez moi c'est le *cacciucco*, les croquants les *cantucci*. J'y tiens, à ma Toscane…

Clarisse sourit. Anna et sa Toscane ! Un souvenir d'enfance toujours aussi présent dans son cœur. En 1911 comme des centaines d'Italiens, la jeune Anna Barattini, âgée de seulement huit ans, un de ses frères et ses parents immigrèrent en France pour fuir la dure crise économique qui frappait la péninsule. Son père, ancien ouvrier d'usine, désespérait de retrouver du travail. Il décida que sa famille devait tenter sa chance dans le pays voisin, où il y avait une pénurie de main-d'œuvre dans l'agriculture, l'industrie et le bâtiment. Quatre de leurs enfants alors adultes restèrent au pays. Les Barattini atterrirent à Saint-Côme, accueillis par des compatriotes immigrés. Le père d'Anna trouva un emploi dans la maçonnerie. Ils purent ainsi louer une petite maison dans le village. Les enfants furent scolarisés à l'école communale. Il fallut apprendre le français et ignorer les moqueries de certains camarades de classe. Anna se souvenait très bien de cette époque. Elle avait la rage au ventre. Volontaire plus que n'importe quel élève, elle se révéla brillante. Elle lut avec frénésie tout ce qui lui tombait sous la main, de la Bible au roman-photo. L'institutrice la félicitait régulièrement devant toute la classe pour ses compositions de français. Elle s'apaisa alors, satisfaite d'avoir cloué le bec de ces idiots qui la traitaient avec mépris de « ritale ». Elle connaissait mieux leur langue qu'eux, ces pauvres incultes ! Malgré tous ses efforts pour s'intégrer, la famille Barattini n'en oublia pas pour autant l'Italie. Anna, la petite fille déracinée, rêva longtemps des collines du val d'Orcia près de Sienne, de ses vignes et ses champs d'oliviers à perte de vue. Sa belle Toscane bordée par la chaîne des Apennins et les Alpes apuanes, traversée par l'Arno d'est en ouest... Le pays du chianti, celui des ritournelles de son enfance insouciante, bien loin de la misère des adultes, sa cuisine, ses parfums, sa lumière...

Contrairement à sa sœur, le frère d'Anna ne brilla pas dans les études. Il se terra dans un silence rageur, ruminant sans cesse son désarroi d'être en France. Il en voulut longtemps à ses parents de l'avoir forcé à les suivre. Il quitta rapidement l'école et fut embauché dans une usine de Nîmes.

A dix-sept ans, Anna fit la connaissance d'un ami de son frère, Emile Privat. Il n'était pas vraiment charmant, plutôt beau parleur et exubérant. Il plut à Anna et la faisait rire. Elle tomba enceinte et ils se marièrent aussitôt. Oubliés ses projets d'études. Emile ne voulant pas la voir travailler, elle se cantonna à son rôle de maîtresse de maison. Rapidement, deux garçons virent le jour, suivis d'une fillette. Anna reproduisit chez elle l'ambiance chaleureuse de son enfance italienne. Malgré tout, elle ne fut pas heureuse dans sa vie d'épouse, Emile Privat ayant vite cessé d'être drôle. Avec le recul, elle pensa que la meilleure chose qu'il lui avait apportée, c'étaient ses enfants.

De son frère, il ne lui restait que deux photos jaunies. Il avait coupé les ponts avec sa famille depuis de nombreuses années. Sans doute était-il retourné en Italie ? Anna ne le saurait sans doute jamais.

Tirée de sa mélancolie par Clarisse, Anna sursauta.

— Tu veux que je rince les légumes ?

— Euh... non, je le ferai. J'ai fait des pains au raisin hier. Sers-toi, ils sont dans la panière.

La jeune femme ne se fit pas prier.

— Heureusement que je n'habite plus ici, sinon j'aurais pris dix kilos !

Anna l'examina sous toutes les coutures.

— Ça ne te ferait pas de mal de grossir un peu... Tu n'es pas très gaillarde.

— Je me sens très bien comme je suis, ne t'inquiète pas.

— Oui, mais les hommes aiment bien les rondeurs.

Clarisse pouffa.

— Les hommes... Le seul que j'aie aimé a fui au bout du monde, alors maintenant...

Anna hocha la tête. L'allusion à son petit-fils

Gaspard était plus qu'évidente. Si seulement elle avait pu lui dire... Mais elle avait promis. C'est alors que la jeune femme posa la question qu'Anna redoutait :

— Au fait, j'ai aperçu Gaspard au cimetière. Il est donc revenu ?

La vieille femme s'apprêtait à bafouiller un mensonge lorsque Yvonne fit irruption dans la cuisine, lui sauvant la mise sans le savoir.

— Clarisse, allons-y sinon nous serons en retard.

— Je suis prête, mamé.

La cloche de l'église sonna dix heures et demie. Elles partirent tranquillement, bras dessus bras dessous. Elles longèrent la route qui descendait au village et s'arrêtèrent un instant pour regarder les vignes environnantes. En cette fin d'automne, les feuilles passaient du doré au vermillon, ne laissant apparaître qu'un soupçon de verdure. Les rangées s'alignaient dans une élégante perspective, donnant de la profondeur au paysage. Silencieuses, les deux femmes admirèrent cette vue si familière. Elles avaient l'une et l'autre ces sillons dans le cœur depuis longtemps. Un vol d'étourneaux tourbillonna dans le ciel comme des voltigeurs en haut d'un chapiteau. Elles respirèrent le bon air où se mêlaient les parfums de terre mouillée et de bruyères odorantes. Une douce quiétude émanait de cette nature généreuse.

Il faisait encore beau pour un 29 octobre. Les

rayons du soleil caressaient leurs cheveux. Autant l'une était rousse, autant l'autre avait les cheveux blancs comme neige. Yvonne, très brune dans sa jeunesse, avait beaucoup blanchi au fil des années.

A l'entrée du village, devant l'épicerie, plusieurs groupes de personnes discutaient. Elles s'arrêtèrent pour dire bonjour à leurs amis. Certains parlaient de l'attentat de la rue Copernic à Paris. Ce drame, arrivé un peu moins d'un mois auparavant, choquait tout le monde, et tous se demandaient si les coupables seraient un jour retrouvés…

D'autres, quelques joyeux retraités, plaisantaient sur la nouvelle mode de la gym disco.

— Tu te rends compte, Jacques, même la Janine se tortille devant la télé ! Elle croit qu'elle va éliminer le ragoût de patates d'hier.

— Ne ris pas, peut-être qu'un jour elle va ressembler à Catherine Deneuve…

— Oh ben dis donc ! Je veux bien lui mettre une télé dans chaque pièce.

L'hilarité générale fit du bien à Yvonne et Clarisse. Elles profitèrent encore un peu de ce moment convivial avant de se remettre en chemin. Elles longèrent les rues étroites menant au centre du bourg et se retrouvèrent bientôt devant l'imposante porte de l'office notarial.

Maître Pujol était proche de la retraite. L'œil vif et la bedaine rebondie, il s'était attiré la confiance et la sympathie des gens du village. Arrivé de Lyon quinze ans plus tôt, tout imprégné des manies des gens de la ville, il avait cessé de courir après le temps lorsqu'il s'était mis à fréquenter assidûment l'Olympique de pétanque de Saint-Côme. Passionné, il participait à tous les concours et ne manquait pas de fêter les victoires, comme les défaites, avec ses amis boulistes.

Après avoir salué ses clientes, il s'empara d'un dossier qu'il ouvrit devant lui.

— Je vais évoquer avec vous le partage des biens de monsieur Grégoire Fabre, récemment décédé. Je dois vous informer qu'il a fait son testament il y a un mois, dès qu'il a su de quel mal irréversible il était atteint.

Yvonne était au courant de ce fait ; son fils s'était confié à elle. En tant que mère, elle avait très mal vécu cette initiative, car elle annonçait un renoncement à lutter contre la maladie. Mais au fond, elle comprenait son souci de laisser ses affaires en ordre. Le notaire reprit en s'adressant à Clarisse :

— Mademoiselle Clarisse Fabre, je vais maintenant énoncer les éléments du dossier de la succession de monsieur Grégoire Fabre qui vous concernent. Le défunt n'ayant ni épouse ni descendance, vous, sa seule nièce, êtes son unique bénéficiaire. Vous héritez donc de la propriété nommée « mas », située chemin des Fontenelles, sur la commune de Saint-Côme. Il en est laissé l'usufruit à mesdames Yvonne Fabre et Anna Privat, qui pourront y loger jusqu'à leur décès.

La jeune femme ne put s'empêcher de réagir.

— Encore heureux qu'elles y restent jusqu'à leur mort, c'est leur mas ! Ce sont elles qui l'ont fait vivre toutes ces années. Il est imprégné de leurs rires, de leurs pleurs, il respire Anna et Yvonne. Quand elles ne seront plus là, le mas n'existera plus. Il ne sera qu'une banale bâtisse sans âme...

Yvonne prit la main de sa petite-fille, émue. Maître Pujol intervint d'un ton plus doux :

— Je comprends très bien votre émotion, mademoiselle, mais je dois exposer les faits, c'est mon métier. Parler d'usufruit ne fait pas mourir les personnes concernées.

Clarisse hocha la tête. Une boule d'angoisse montait dans sa gorge à l'évocation du départ des deux femmes. Impossible à imaginer. Elle aurait volontiers abandonné tous ces biens pour leur offrir vingt ans de vie en plus ! Puis elle pensa à Grégoire qui avait tant travaillé pour valoriser son patrimoine. Elle n'avait pas le droit de réagir comme une gamine. Elle devait se redresser pour lui faire honneur. Elle respira un bon coup et fit face au notaire.

— Excusez-moi, maître.

Le notaire observa Yvonne puis revint à la jeune femme, attendri.

— Vous savez, dans mon étude, je vois plus souvent des personnes avides et perverses qui se disputent un héritage que des gens émus et sincères. Votre réaction est humaine et généreuse.

Après avoir déposé quelques feuillets à sa droite, maître Pujol reprit la parole :

— Vous reviennent également tous les terrains adjacents à cette propriété, soit dix hectares et demi composés principalement de vignes et de quelques terres à usage agricole.

Clarisse hocha la tête, pensive. Elle accueillit cette nouvelle avec un pincement au cœur. Une page de sa vie se tournait définitivement.

— Vous devenez dès aujourd'hui propriétaire du bâtiment à usage agricole et commercial, nommé la Cave des Hautes Vignes, sis chemin des Fontenelles sur la commune de Saint-Côme. Je dois vous préciser que vous n'aurez pas à vous acquitter des frais de succession en vigueur car monsieur Fabre a fait le nécessaire de son vivant.

Yvonne sourit. Il avait pensé à tout. La petite n'aurait jamais eu les ressources suffisantes pour régler cette affaire. Elle-même pensait l'aider mais ce ne serait pas nécessaire. Son Grégoire avait été bienfaisant jusqu'au bout...

— Je vous invite à signer et à parapher ces documents.

Il lui tendit un stylo, la jeune femme se leva et s'exécuta.

— Votre oncle a rajouté une suggestion au sujet de la cave. C'est un souhait laissé à votre sentiment mais qui lui tenait très à cœur. Il vous propose de vous associer avec monsieur Mathurin Joffre.

Les deux femmes connaissaient l'amitié qui unissait Grégoire et le Piche depuis toujours, mais ne s'attendaient pas du tout à ça. Clarisse mettrait un point d'honneur à respecter les dernières volontés de son oncle, bien qu'elle n'ait pas beaucoup d'affinités avec son ami. Elle s'en accommoderait.

Après avoir classé quelques documents, le notaire poursuivit :

— Voilà pour ce qui est de la succession du patrimoine ancien de Grégoire Fabre.

Yvonne serra le bras de sa petite-fille. Les formalités étaient presque terminées, il ne leur restait plus que quelques signatures. Mais maître Pujol sollicita de nouveau leur attention. Se raclant la gorge, il posa sur elles un regard énigmatique.

— Maintenant, je vais vous parler d'un legs. Il y a un mois et demi, monsieur Grégoire Fabre a reçu en donation une maisonnette située chemin de la Falaise à Sanary-sur-Mer, dans le Var. Elle vous revient également.

Les deux femmes se regardèrent, éberluées. Yvonne le questionna.

— Une donation ? Mais de qui ? Nous ne connaissons personne dans le Var…

L'homme ne put en dire plus.

— Je suis tenu par le secret professionnel et je trahirais la volonté de monsieur Fabre si je ne le respectais pas. J'espère que vous comprendrez. Cette maisonnette, d'une superficie de 66 m², bénéficie d'un petit jardin de 800 m², et se situe sur un site protégé en bordure de littoral. Voici le titre de propriété et les clés de la bâtisse.

Les deux femmes restèrent sans voix. Le notaire en profita pour continuer :

— Monsieur Fabre m'a remis, lors de la saisie de son testament, une lettre qui vous est adressée, mademoiselle.

Il sortit une enveloppe blanche de son dossier et la tendit à Clarisse. Elle reconnut l'écriture de son oncle. Ses yeux s'emplirent de larmes. Grégoire lui avait écrit. Elle chercha sur le visage d'Yvonne une réponse à ses questions. Celle-ci se referma sur elle-même comme un escargot dans sa coquille en hochant la tête en signe d'approbation. Clarisse en déduisit qu'elle connaissait déjà l'objet du courrier. Elle le regarda longuement avec attention sans le décacheter. Les joues en feu, le cœur battant la chamade, elle le serra contre sa poitrine et articula quelques mots :

— Je l'ouvrirai plus tard.

Elle signa plus de paperasse qu'elle n'en n'avait jamais signé, récupéra une partie des documents que le notaire lui donna dans une pochette noire, et y glissa la lettre de Grégoire. Il les salua chaleureusement avant qu'elles ne quittent l'étude, puis elles sortirent. La lourde porte se referma derrière elles.

Les deux femmes marchèrent quelques minutes sans parler, puis Yvonne entraîna sa petite-fille vers le chemin des Arbousiers.

— En passant par là, nous serons plus vite rentrées.

Elles passèrent devant les dernières maisons du village. Quelques chiens aboyèrent sur leur passage, sans qu'elles y prêtent attention.

— Je suis très étonnée en ce qui concerne cette maisonnette dans le Var. Où est-ce qu'il a dit qu'elle se trouvait, mamé ?

— A Sanary-sur-Mer. C'est près de Toulon. Moi aussi, je n'en reviens pas ! A qui pouvait-elle être ? Je ne vois personne, ni dans la famille ni dans les amis, qui pourrait avoir un bien là-bas... C'est à n'y rien comprendre.

Elles restèrent silencieuses pendant de longues minutes, perdues dans leurs pensées. A mi-chemin, Clarisse aborda le sujet qui la troublait :

— Mamé, tu sais ce qu'il y a dans cette lettre ?

— Je l'espère.

Yvonne n'en dit pas plus. Elle préférait que sa petite-fille lise les mots de Grégoire car il avait dû longuement les choisir. Lorsqu'elles s'avancèrent dans l'allée de la propriété, Clarisse s'arrêta.

— Je vais rentrer à la grange. Je préfère être seule pour la lire, tu comprends ?

La vieille femme lui sourit avec tendresse.

— Bien sûr. Va vite.

Avant qu'elle ne tourne les talons, elle lui prit la main.

— Je veux que tu saches que je t'aime très fort.

Clarisse la regarda, troublée.

— Je sais, mamé.

Le cœur lourd, Clarisse s'avança vers la grange. A l'intérieur, elle prit le temps de boire un grand verre d'eau, puis s'assit à la table de la cuisine, à l'endroit où la lumière était la plus vive. Elle tint l'enveloppe quelques minutes entre ses mains puis se décida à la décacheter.

6

Saint-Côme, le 27 septembre 1980

Ma Clarisse

Pardon pour les fautes d'orthographe, il y en aura sûrement. Je ne suis pas un érudit. Aujourd'hui, il est important que je t'écrive. J'ai longuement réfléchi, j'ai cherché mes mots, puis j'ai renoncé pour enfin me décider. Je ne sais pas faire de belles phrases, je vais donc laisser parler mon cœur avec sincérité, car je te dois bien ça. Je te dois la vérité.

Lorsque tu liras cette lettre, je ne serai plus là. Je sens cette foutue tumeur me grignoter le cerveau. Je dois tout t'expliquer avant de n'en être plus capable. Ta grand-mère pourrait te dire ce que je vais te raconter, car elle est au courant de tout mais c'est à moi de le faire. Ne lui en veux pas d'avoir gardé le silence pendant toutes ces années, elle me l'avait promis. Sache que je t'écris en pleine possession de mes moyens, le notaire à qui je vais confier cette lettre pourra te le confirmer.

D'abord, tu sais combien je suis attaché à toi. Tu es la fille que je n'ai jamais eue, mais tu es bien plus encore. Tu m'as apporté ton innocence, tes rires m'ont réchauffé le cœur. Ta petite main dans la mienne me faisait un bien fou ! Je me sentais plus grand, plus fort auprès de la péquelette[1] *que tu étais. Tu m'as suivi partout dans les vignes, les bois et la garrigue. Tu semblais t'imprégner de notre terre, de ses odeurs et de sa beauté. Nous avons toujours eu ça en commun. Quel bonheur de partager avec toi mes balades au rocher. Tu écoutais mes histoires les yeux remplis d'étoiles et tu en réclamais encore. Et toutes ces vendanges où tu conduisais le tracteur, assise sur mes genoux... Si tu avais été ma fille, peut-être que tu n'aurais pas été aussi proche de moi.*

Le destin nous a réunis lorsque tes parents sont morts, te laissant orpheline. Mais ce n'était pas la première fois. Je vais te raconter une histoire qui va te sembler incroyable, mais pourtant c'est bien la tienne.

Clarisse essuya ses larmes. Les mots de Grégoire la bouleversaient et la touchaient en plein cœur. Elle se leva et se passa un peu d'eau fraîche sur le visage. De quelle vérité parlait-il ? Son histoire... mais elle la connaissait son histoire ! Que voulait-il dire ? Elle se rassit à la table et se replongea dans sa lecture.

Tout a commencé le matin du 8 septembre 1954. J'avais vingt-quatre ans à l'époque. Je me levais tôt

1. La petite, argot méridional.

pour aller travailler la terre et pour aider ma mère à la cave. Les vendanges étaient imminentes. Je me souviendrais toujours du temps qu'il faisait ce jour-là : une matinée très douce de fin d'été. Elle restera pour toujours dans ma mémoire.

Après avoir avalé un café, je suis allé dans la vieille grange (ta grange, ma Clarisse) pour sortir le camion et filer au travail. En poussant le portail en bois, j'ai entendu de petits gémissements. Au début, j'ai pensé à des chatons qui seraient nés dans la nuit et qu'une chatte aurait cachés sous la bâche… Mais les bruits venaient de l'intérieur du véhicule. Quand j'ai ouvert la portière, j'ai découvert un carton sur le siège du passager. Il était garni d'un châle beige. Lorsque je me suis approché, j'ai aperçu une minuscule main qui s'agitait sous la laine. Alors, tout doucement, j'ai écarté le châle. Et là, un petit être m'a regardé. Je ne pouvais détacher mes yeux de ce nourrisson qui paraissait si fragile. Un joli minois très fin, un teint de lait et des cheveux couleur de soleil… Oui, tu comprends bien. C'était toi, ma Clarisse ! Le courant est tout de suite passé entre nous. Nous nous observions sans pouvoir détacher notre regard l'un de l'autre. Nous sommes restés de longues minutes ainsi. Tu venais d'entrer dans ma vie, pour mon plus grand bonheur.

Elle lut le passage plusieurs fois comme si elle ne comprenait pas. Peut-être ne voulait-elle pas comprendre. Grégoire l'avait trouvée dans la grange. Mais alors qui étaient ses parents ? Qui donc étaient

Antoine et Colette Fabre ? Grégoire divaguait-il en écrivant cette lettre ? Pourtant, il avait écrit qu'Yvonne est au courant. Elle se leva, prit machinalement une cigarette dans le tiroir du bureau et l'alluma sans y prêter attention. Elle sortit devant la grange et s'assit sur le rebord du muret. Elle avait besoin d'un peu de temps pour remettre de l'ordre dans ses idées. Son esprit était plus que jamais embrouillé. Elle ne parvint pas à mettre de mot sur le sentiment qu'elle éprouvait, tant elle avait l'impression que ça arrivait à quelqu'un d'autre. Pourtant, il s'agissait bien d'elle… Un courant d'air frais fouetta soudain son visage. Les paupières à moitié closes, les cheveux flottant au vent, elle frissonna. Le ciel se couvrait de nuages, poussés par le mistral. Elle rentra et reprit la lettre.

Lorsque j'ai pu te quitter des yeux, je suis sorti et j'ai regardé partout aux alentours. J'espérais apercevoir la personne qui t'avait déposée dans mon camion, mais l'endroit était bien évidemment désert. Alors je suis revenu vers toi, j'ai pris délicatement le carton et je t'ai emportée au mas. Dans la cuisine, ma mère s'activait déjà. Je me souviens qu'Anna n'était pas là. Elle était partie la veille pour accompagner sa fille à Aubenas. Dès que je t'eus déposée sur la table de la cuisine, j'ai compris que tu ne m'appartenais plus.

Ma mère a gesticulé dans tous les sens, en émettant mille hypothèses. Puis tu t'es mise à pleurer. Alors, elle t'a prise dans ses bras. Tu étais minuscule, enveloppée dans cette laine trop chaude pour la saison. C'est alors qu'un morceau de papier est tombé sur le carrelage. Une feuille arrachée d'un carnet sur lequel on avait écrit ton prénom : Clarissa Allegra.

Clarissa Allegra... Elle répéta ce prénom plusieurs fois. Ses yeux allaient d'un endroit à l'autre de la pièce à toute vitesse. Elle était une enfant abandonnée et elle s'appelait Clarissa Allegra. Impossible ! Son oncle était devenu fou. Elle ne voulait pas y croire. Ses parents étaient Antoine et Colette Fabre. Elle se leva brusquement et se mit à aller et venir, sans parvenir à se calmer. Elle poussa un cri à peine étouffé. Elle était une enfant abandonnée. Comment pouvait-on se débarrasser d'un nourrisson ? Par quels monstres avait-elle été enfantée ? Abasourdie, elle se rassit. Grégoire n'était pas fou ; c'est donc la stricte vérité. Inconsolable, elle déchiffra la suite.

Après, tout s'est passé très vite. Ma mère a téléphoné aux gendarmes. Ils nous ont longuement questionnés et ils t'ont emmenée à l'hôpital de Nîmes. Là-bas, ils se sont occupés de toi. Le lendemain, ils sont revenus poser des questions à Anna, à cause de ton prénom italien et de son absence le jour où je t'ai trouvée. Ils ont pensé qu'il y avait un lien entre elle et toi. Bien entendu, il n'y en avait aucun. Des recherches étant en cours pour déterminer l'identité de tes parents, on nous a demandé de ne pas ébruiter cet événement afin de ne pas nuire à l'enquête. C'est ce que nous avons fait. Les semaines ont passé. On nous a dit que tu avais été placée aux Mimosas, un orphelinat de Nîmes. Puis nous n'avons plus eu de nouvelles. On a espéré de tout cœur que tu avais vite trouvé une famille. Au mas, la vie avait repris son cours, rythmée par les travaux de la terre et les saisons.

Mon frère Antoine avait épousé Colette en 1950. Malheureusement, très vite, elle a fait une fausse couche qui l'a rendue stérile. Ils étaient effondrés. Désirant plus que tout être parents, ils avaient déposé dès 1951 une demande d'adoption. Les années ont passé, ils n'y croyaient plus, s'étant fait une raison. Ils devraient vivre sans enfants. Et puis, en février 1958, ils apprirent avec bonheur qu'on leur proposait d'adopter une petite fille âgée de trois ans et demi. Elle s'appelait Clarissa Allegra et avait les cheveux roux ! C'était toi ma Clarisse. Le destin a voulu que tu reviennes vivre auprès de nous. Dès que je t'ai vue, j'ai reconnu le soleil qui émanait de toi. Tu étais bien l'enfant que j'avais découverte dans la grange, âgée de seulement quelques jours. J'en étais persuadé, ta vie était définitivement ici.

Tes nouveaux parents, Antoine et Colette, n'ont pas eu le temps de profiter de leur bonheur auprès de toi. Comme tu le sais, un terrible accident nous les a pris. Et cette tragédie t'a rapprochée de moi. Tu es devenue ma Clarisse, celle que j'ai aimée de tout mon cœur. Tu dois te demander pourquoi je ne t'ai pas dit la vérité plus tôt. Antoine et Colette y étaient opposés, et moi, je t'ai jugée trop jeune, puis j'ai eu peur de te blesser…

Et le temps a passé. Avec le recul, je réalise que j'ai été lâche. Aujourd'hui, je te parle parce que je ne veux pas imposer à ma mère la lourde charge de cet aveu. Elle m'a souvent dit que ce serait important pour toi de savoir, et elle avait raison. Pardon pour la peine que je te fais. Je te devais cette vérité.

Prends soin de toi. Je serai toujours avec toi. Je t'aime fort.

Ton oncle Grégoire.

Les feuillets glissèrent des mains de Clarisse et tombèrent sur le plancher. Elle resta immobile un long moment. Le visage en feu, les pensées fusant dans son esprit, elle finit par prononcer à voix haute ces mots douloureux :

— Yvonne n'est pas ma grand-mère et Grégoire n'était même pas mon oncle...

Bouleversée, elle se leva d'un bond et sortit précipitamment de la grange avec une envie de fuir à toutes jambes, loin, très loin. Il fallait qu'elle respire. Elle s'élança vers le bois des Fontenelles, les cheveux fous, la bouche grande ouverte, cherchant l'air comme si elle étouffait, trébuchant à de nombreuses reprises. Elle ne pouvait croire à cette réalité insupportable. Les branches qui lui fouettaient le visage ne la firent pas réagir. Elle courut jusqu'à la petite grotte familière et rassurante. Là, pliée en deux, la tête contre les genoux, Clarisse aspira l'air à pleins poumons, bruyamment, comme une bête traquée. Quand elle se redressa, ses cheveux cachant en partie son visage déformé par la souffrance, ce fut pour hurler. Un cri, rauque et inhumain, sortit du plus profond de son être, monta jusqu'à la cime des arbres et résonna contre le rocher d'Emile Loup. Il transperça le silence du bois, effrayant les oiseaux cachés dans les branches. Elle y laissa ses dernières forces et glissa lentement au sol en fermant les yeux.

Son cœur battait violemment, comme pour lui rappeler qu'elle était bien vivante. Mais qui était-elle, étrangère à sa propre vie ? Elle aurait voulu ne plus penser, n'entendre que le bruissement des feuilles, ne respirer que l'odeur des arbres, ne sentir que les rayons du soleil traverser ses paupières closes. Ne plus penser, ne plus penser, ne plus penser ! Impossible ! Elle pleura longtemps. Les larmes retenues ces derniers jours ruisselaient sur son visage livide. Recroquevillée sur elle-même, elle resta là des heures durant à écouter vivre son bois. Elle pensa aux siens, à Yvonne et à Grégoire. Elle pensa intensément à eux et considéra qu'elle n'avait plus le droit de les aimer. Elle était la fille de gens capables d'abandonner un nouveau-né dans la nuit ! Une enfant sans identité véritable. Un spasme la fit vomir. Il faudrait qu'elle les retrouve pour leur dire à quel point elle les maudissait ! Ils venaient de la séparer de tout ce qu'elle avait de plus beau, de plus cher… sa vraie famille.

Dans sa tourmente, Clarisse n'entendit pas le craquement des branches. Des pas s'approchaient d'elle, avec empressement. Un homme s'immobilisa devant la grotte. Le cri perçant d'un geai se fit entendre. Un marcassin détala d'un buisson sans demander son reste.

L'homme l'observa et s'approcha doucement. Il s'agenouilla auprès d'elle, et posa délicatement une main sur sa chevelure. Elle sursauta et leva son regard douloureux vers Gaspard.

7

Il ne dit pas un mot. Emu de la trouver dans cet état, il la prit dans ses bras. A force de caresses sur son visage, Gaspard parvint à la calmer. Elle ne parla pas, épuisée de souffrance. La gardant tout contre lui, il la força à se lever. Clarisse se laissa aller sans opposer de résistance. Ils firent quelques pas avant que Gaspard ne s'arrête.

— Est-ce que ça va ?

Clarisse acquiesça, mais, cent mètres plus loin, ses jambes faiblirent. Alors qu'elle s'appuyait sur Gaspard, elle sentit ses bras puissants la soulever du sol comme si elle était une plume. Il lui sourit. Elle l'observa longuement comme si elle le découvrait, puis posa sa tête contre son épaule et ferma les yeux. Lorsqu'ils furent sortis du bois, Clarisse sentit le soleil sur ses paupières.

— Ramène-moi à la grange, s'il te plaît.

A ces mots, un sanglot étrangla la gorge de Clarisse et ses larmes coulèrent en silence. Au bout du sentier se dressait le toit de la petite maison.

— Je parie que ta porte est ouverte.

Elle hocha la tête et resta blottie contre lui. Lorsqu'ils furent devant l'entrée, Gaspard tourna la poignée et pénétra à l'intérieur.

Doucement, il déposa Clarisse sur son lit, la déchaussa et s'assit à côté d'elle. Ils ne parlèrent pas. Il s'adossa au mur tandis qu'elle enfouissait sa tête dans son oreiller. Elle s'endormit instantanément. Dans son sommeil, Clarisse agrippa la main de Gaspard, qui ne chercha pas à se dégager. Il resta à la regarder. Depuis qu'il était rentré du Canada, il ne pensait qu'à l'instant où il la retrouverait enfin. Il l'avait bien vue lors des obsèques de Grégoire, mais ce n'était ni le lieu ni le moment de l'aborder au milieu de cette foule. Il avait alors décidé d'attendre un peu. Après trois ans d'absence, ils n'étaient plus à un jour près. Le plus important c'était qu'il puisse lui parler. Gaspard avait tant pensé à elle durant tout ce temps... Pourquoi était-il parti si longtemps ? Aujourd'hui, il l'observait, endormie, ivre de peine, meurtrie comme il ne l'avait jamais vue, et toujours aussi belle. Son cœur s'emballait comme lorsqu'ils étaient enfants. Quand il montait dans les arbres et que, déterminée, elle parvenait à le rejoindre. Et une fois qu'elle était à ses côtés, elle le regardait fièrement, les yeux pétillants de malice. Combien de fois avait-il failli la prendre dans ses bras ? Mais au lieu de ça, il détournait la tête, feignant d'ignorer sa présence. C'est compliqué d'aimer à dix ans, et encore plus quand on grandit...

Quand Anna, sa grand-mère, lui avait téléphoné tout à l'heure, elle était affolée. Sa voix trahissait son angoisse.

« C'est au sujet de Clarisse. Yvonne a trouvé la lettre par terre, dans la grange. La petite doit être très mal... »

Gaspard avait serré les poings à l'autre bout du fil.

« Où est-elle ?

— Justement, on ne sait pas. Elle s'est enfuie il y a plusieurs heures maintenant. Yvonne et moi l'avons cherchée en vain autour du mas, dans le bois et chez elle. Sa voiture est toujours là. On est très inquiètes. Toi seul peux la retrouver !

— Que s'est-il passé ?

— Je t'expliquerai plus tard, retrouve-la. »

Gaspard n'avait pas hésité une minute. Il était certain qu'elle se trouvait au fond du bois des Fontenelles, dans la grotte creusée dans le rocher, celle qu'ils avaient découverte ensemble. Ils y avaient même fait l'amour, cachés par les hauts arbustes broussailleux. Peut-être avait-elle oublié ? Non, c'était impossible.

Clarisse dormit presque deux heures. Lorsqu'elle se réveilla, elle se sentit vide de toute énergie. Ses paupières brûlaient à la lumière du jour. Elle regarda longuement autour d'elle et vit Gaspard, assis à l'angle du lit. Il était immobile, attentif à ses moindres gestes. Une barbe naissante habillait sa mâchoire. Clarisse remarqua un pli entre ses sourcils. Son expérience canadienne l'avait sûrement endurci. Elle avait devant elle un homme fort et déterminé, qui n'avait plus rien à voir avec le Gaspard qui l'avait quittée. Il sortit de son silence.

— Comment te sens-tu ?

Elle soupira.

— J'ai l'impression d'être passée sous un rouleau compresseur. Comment m'as-tu retrouvée ?

Il s'approcha d'elle et continua à parler avec douceur.

— Yvonne est venue ici. La maison était vide et il y avait une lettre par terre. Elle s'est inquiétée et t'a cherchée partout avec ma grand-mère. Elles ont fini par m'appeler. Elles pensaient que je saurais où tu étais...

La jeune femme l'observait avec attention.

— Je suis désolée que l'on t'ait dérangé pour moi. Anna n'aurait pas dû.

Clarisse s'assit sur son lit et repoussa ses cheveux en arrière, d'un geste machinal que Gaspard retrouva avec tendresse.

— Au contraire. Je pensais venir te voir rapidement...

Clarisse fixa le jeune homme, incrédule.

— Vraiment ?

Il baissa les yeux, embarrassé.

— Je sais que ça peut te paraître étonnant après trois années de séparation, et je te comprends. J'attendais le bon moment pour revenir vers toi. Et puis… ce coup de fil et je te retrouve effondrée comme jamais. Qu'est-il arrivé ?

Clarisse respira profondément. Elle examina l'intérieur de sa grange, comme si le lieu lui était inconnu. Pourtant, c'était elle qui avait tout choisi ici, jusqu'au moindre objet. Cet endroit qu'elle aimait tant lui paraissait brutalement étranger. Gaspard sentit son malaise mais resta silencieux. Il ne voulait pas la brusquer. D'ailleurs, aurait-elle envie de se confier à lui ? Bien sûr, il lui avait écrit pour expliquer sa décision de partir, pour qu'elle ne soit pas trop malheureuse. Mais lui avait-elle pardonné ? Ses dernières lettres disaient qu'elle avait tourné la page. C'était peut-être ce qui avait poussé Gaspard à faire le point sur sa vie. Etait-il heureux ? Malgré le bien-être que lui procurait l'environnement magnifique des forêts boréales, quelque chose lui manquait. Plutôt quelqu'un. La Clarisse qui chantait à tue-tête quand il écoutait les oiseaux, qui s'énervait lorsqu'il ne l'écoutait pas, ou qui boudait lorsqu'il avait décidé de rester seul. Son énergie, sa spontanéité, sa présence lui manquaient. Maintenant il savait ce qu'il voulait, il en était certain. Il était revenu rien que pour elle. L'éloignement lui avait fait comprendre qu'il l'aimait comme un fou.

Lorsque Anna lui avait annoncé au téléphone la maladie foudroyante de Grégoire, il n'avait pas hésité. Il devait être auprès de Clarisse. Son patron prévenu, Gaspard avait rassemblé ses affaires et avait quitté la cabane qu'il partageait depuis plus d'un an avec un ami bûcheron. Ensuite, il avait rejoint Québec en stop. La route avait été longue, mais il était déterminé. Il avait dormi une nuit dans un motel en attendant de pouvoir prendre l'avion pour Paris. Lorsqu'il avait enfin foulé le sol de la capitale, il avait sauté dans un train jusqu'à Avignon où Anna l'attendait. Que c'était bon de la retrouver. Elle avait beaucoup vieilli, malgré ses efforts pour dissimuler son âge. Etant donné qu'il ne savait pas trop ce que Clarisse pensait de lui, il avait demandé à Anna de ne rien lui dire à propos de son retour. D'après la vieille femme, Clarisse avait eu quelques aventures, comme lui, mais rien de vraiment sérieux.

Aujourd'hui, la femme qu'il aimait était tout près de lui et c'était le principal. Peu importe le temps que ça lui prendrait à la reconquérir, il serait patient.

Quelques mots prononcés d'une voix blanche le tirèrent de ses pensées.

— C'est ici, dans cette grange…

Gaspard fronça les sourcils, sans comprendre.

— … qu'on m'a abandonnée.

Clarisse détourna le regard. Elle poursuivit d'un ton monocorde :

— Mes parents m'ont laissée ici alors que je n'avais que quelques jours.

Le jeune homme se rapprocha d'elle, les yeux plissés.

— Continue, explique-moi.

Alors la jeune femme raconta le contenu de la lettre : son oncle qui la découvre dans un carton, la page du carnet avec son prénom écrit à la main, les gendarmes, l'hôpital, l'orphelinat puis son adoption par Antoine et Colette Fabre alors qu'elle avait trois ans et demi, et son retour sur les lieux de son abandon. Stupéfait, Gaspard la prit contre lui. Il passa les doigts dans ses cheveux et caressa sa nuque. Elle se laissa faire.

— Cette histoire est incroyable ! Je comprends que tu sois aussi bouleversée, c'est tellement inattendu...

D'une voix éteinte, elle répéta cette difficile réalité :

— Je ne suis pas une Fabre. Juste une étrangère pour Yvonne et Grégoire.

En effet, il saisissait mieux sa douleur. Elle, si attachée aux liens familiaux... Comment aurait-elle pu réagir autrement ? Gaspard se détacha d'elle, posa ses mains de chaque côté de son visage et plongea son regard pénétrant dans le sien.

— Je comprends ta peine. Mais les liens du sang ne font pas tout. Depuis toujours, ces gens qui forment ta famille t'aiment sincèrement. Ce sont les liens du cœur qui comptent, le temps passé ensemble, les beaux souvenirs, ce que vous allez encore tous vivre les uns avec les autres. Ça, personne ne pourra te l'enlever, jamais ! Leur amour t'appartient, rien qu'à toi. Qu'importe le reste ! Tu ne les as pas perdus ! Pour eux, rien n'a changé.

Est-ce qu'ils auraient pu t'aimer plus si tu avais été de leur sang ?

Clarisse se laissa porter par les paroles de Gaspard. Cet homme qui causait si peu habituellement savait trouver des mots d'une grande vérité. Après plusieurs minutes de silence, elle baissa la tête et se décida à parler :

— Tu as raison, je n'aurais pas pu être plus choyée. Je ne me plains pas d'eux, c'est moi qui ne suis plus la même…

— Pourquoi ? Quelques phrases lues dans une lettre ont-elles changé ton caractère ? La Clarisse qui va de l'avant, celle qui fonce tête baissée n'existe plus ? Ma Clarisse avec son petit nez en l'air et ses belles taches de rousseur partout a-t-elle disparu ?

Elle ne répondit pas, partit vers la cuisine et se servit un grand verre d'eau. Au-dessus de l'évier blanc, la fenêtre s'ouvrait sur les vignes aux couleurs d'automne. Des grives vendangeuses tournoyaient autour des ceps, se nourrissant des derniers grains de raisin oubliés par la machine. L'épagneul du père Michel traînait comme à son habitude, la truffe au sol, reniflant les passages des lapins de garenne habitués des lieux à la tombée de la nuit. A l'horizon, une haie de cyprès se démarquait du ciel, protégeant du mistral des champs cultivés. Clarisse, devant ce tableau familier, ne ressentait plus rien. Son cœur restait engourdi et insensible à toute forme de sentiment.

Gaspard vint la rejoindre. Il posa une main sur son épaule, un peu inquiet de ce silence inhabituel.

— Ça va ?

Elle inspira profondément puis se retourna.

— Je ne sais pas.

Alors qu'il s'apprêtait à la prendre dans ses bras, elle esquiva son geste et s'éloigna de quelques mètres. Il regretta tout de suite son attitude. Lorsqu'il se retourna vers Clarisse, il la vit s'agiter, faire les cent pas au travers de la cuisine. Il sut alors que la colère l'embrasait.

— Clarisse…

— Laisse-moi ! Je ne suis pas Clarisse. Je ne suis personne. Juste un être sans intérêt que l'on jette, comme ça, dans un carton ! Je ne sais même pas ce que je fais ici.

Alors au risque de se faire rejeter, Gaspard lui saisit le bras.

— Calme-toi…

Elle planta son regard dans le sien. Elle tremblait de colère.

— Pourquoi je me calmerais ? Au nom de quoi ? De l'amour que me portent mes proches ? Je ne suis rien pour eux. Ma vie est une imposture, un mensonge !

Le jeune homme la plaqua de force contre sa poitrine. Elle résista violemment mais il ne lâcha pas prise. Elle hurla :

— Lâche-moi ! Tu n'as pas le droit. Laisse-moi comme tu m'as laissée il y a trois ans. Retourne dans tes forêts puisqu'elles valent mieux que moi. Je m'en fous. J'ai envie de rester seule. Va-t'en !

Malgré les paroles blessantes de Clarisse, Gaspard ne desserra pas son étreinte. La fureur de la jeune femme finit par s'estomper. Son corps raide se relâcha contre le sien et elle finit par s'y blottir. La chemise du jeune homme était à demi ouverte. Elle sentit l'odeur de sa peau qu'elle aimait tant auparavant. Elle se troubla et sa gorge se noua. Clarisse fondit en larmes. Ils se serrèrent fort, comme s'ils ne s'étaient jamais quittés, et restèrent ainsi de longues minutes. Il l'embrassa sur le front avec tendresse. Elle ne réagit pas, ferma les yeux en retrouvant la douceur de ses lèvres.

Des coups à la porte les tirèrent de leur torpeur. A contrecœur, Clarisse et Gaspard se séparèrent. La jeune femme se frotta énergiquement le visage, tira ses cheveux en arrière et vint ouvrir. Yvonne était là, plus désemparée que jamais. A la vue de sa petite-fille, elle soupira de soulagement.

— Ah ! Tu es là. J'ai eu tellement peur...

Clarisse remarqua les yeux rougis d'Yvonne et ses gestes très agités. Elle ne tenait plus en place.

— Ne t'inquiète pas, mamé, ça va mieux maintenant.

La vieille femme lui prit les mains, comme pour s'en convaincre. Ses yeux se voilèrent.

— Je suis désolée, ma petite fille...

— Ne pleure pas, s'il te plaît, c'est trop dur de te voir dans cet état. Maintenant, ça va aller.

Elle prit Yvonne dans ses bras, qui semblait anéantie. A cet instant, elle comprit à quel point Gaspard avait raison. Toute cette histoire ne changeait rien aux sentiments qu'elle portait aux siens. Il lui faudrait juste digérer cet abandon qu'elle ressentait comme une agression, une gifle monumentale, un violent rejet de ses géniteurs. Elle se sentait salie. Elle s'abandonna dans les bras de celle qui lui avait donné tant d'affection depuis toujours. Son cœur tapait fort dans sa poitrine. Elle embrassa Yvonne.

— Je t'aime, mamé.

Les deux femmes essuyèrent leurs larmes. Elles vinrent rejoindre Gaspard à l'intérieur.

— Merci de l'avoir retrouvée.

Gaspard offrit à Clarisse un doux sourire qui n'échappa pas à Yvonne.

La pendule du salon sonna dix-sept heures.

— Je vous laisse. Clarisse, ne reste pas seule ce soir...

Yvonne répondit spontanément, sans laisser à sa petite-fille le temps de réagir :

— Je l'emmène au mas avec moi, ça rassurera également ta grand-mère. Au revoir, Gaspard.

Le jeune homme fit un clin d'œil entendu et sortit de la grange. Les deux femmes le suivirent sur le pas de la porte. Avant qu'il ne monte dans sa Mehari orange, Clarisse articula un timide « merci ». Il lui fit un signe de la main, démarra et disparut au bout de l'allée.

Elles rentrèrent au mas et rejoignirent Anna qui

se rongeait les sangs. Soulagée de revoir la jeune femme, cette dernière décréta qu'elle allait lui faire couler un bain chaud.

Clarisse sourit.

— Je ne vais pas prendre un bain maintenant. C'est trop tôt !

— Ecoute-moi, ma douce, ça va te faire du bien.

Clarisse se laissa conduire jusqu'à la salle de bains. Une fois seule, elle se dévêtit et se glissa dans une eau très chaude délicatement parfumée. Elle allongea ses jambes et ferma les yeux. Elle pensa à Grégoire, à leurs balades dans les vignes, à leur complicité. Malgré tout, la vision d'un nourrisson abandonné en pleine nuit ne la quittait pas. Elle se laissa couler au fond de la baignoire, étourdie par le silence. Sa chevelure flottait à la surface telle de longues herbes dansant au gré des mouvements de l'eau. Elle remontait de temps en temps pour reprendre son souffle puis s'immergeait de nouveau dans ce monde de silence, où ses angoisses semblaient s'estomper. Elle observait le plafond en lambris, les longues veines sinueuses du bois verni, irrégulières comme des lignes de vie au creux d'une paume. D'infimes détails accrochaient son regard. Sur le dossier d'une chaise, des fils de couleur s'échappaient du grand drap de bain. La pendule murale égrenait les secondes. Ce n'est que lorsque l'eau refroidie la fit frissonner que Clarisse sortit de la baignoire. Elle enveloppa sa crinière rousse dans une serviette et prit le lait pour le corps d'Anna, posé entre le dentifrice et le démaquillant. Elle dévissa le bouchon et sentit le parfum de chèvrefeuille. En examinant les traits de son visage, il lui sembla évident qu'elle n'avait jamais ressemblé ni à Antoine ni à Colette. Comment ne s'en était-elle pas aperçue plus tôt ?

Elle s'habilla, sécha ses cheveux et descendit, plus détendue. Elle qui n'aimait que les douches, elle devait reconnaître que ce bain avait été salutaire. Elle rejoignit les deux femmes au salon.

— Dis donc, Anna, qu'est-ce que tu avais mis dans ce bain ? De l'opium ?

— Oh mamma mia ! C'est mon petit mélange d'huiles essentielles : lavande, camomille et marjolaine avec un peu de savon. Dans une eau bien chaude, c'est le paradis !

Yvonne taquina son amie.

— C'est une vraie sorcière. Si elle avait vécu au Moyen Age, elle aurait fini sur un bûcher.

Anna sourit.

— Ils étaient ignares et superstitieux. Les plantes sont bénéfiques si on sait les utiliser. Viens prendre un apéritif, ma petite, ça te fera du bien.

Clarisse s'assit à leurs côtés.

— Pourquoi pas ? Qu'est-ce que tu me proposes ?

— Du vin d'orange. Il est de l'année dernière.

Elle déboucha une bouteille et servit trois verres.

— Pour le souper, il y a des restes de pot-au-feu.

— Tu sais, Anna, je n'ai pas très faim ce soir.

Je suis fatiguée. Si ça ne vous fait rien, j'irai me coucher tôt.

Les deux amies avaient conscience que la jeune femme venait de vivre un véritable choc. Tout ce qu'elles souhaitaient, c'était qu'elle s'en remette le plus vite possible. Elles supportaient mal de la voir malheureuse. Clarisse eut besoin de parler de ce qui la hantait.

— Est-ce que vous n'avez jamais eu la moindre idée de l'identité de mes parents ? En 1954, ne connaissiez-vous pas des Italiens qui vivaient par ici ?

Anna répondit la première :

— Des Italiens, oui, on en connaissait, mais une Italienne sur le point d'accoucher non…

— Non, aucune. On y a beaucoup pensé à l'époque. Les gendarmes ont enquêté auprès des familles italiennes de la région, sans résultat.

Yvonne la regarda droit dans les yeux.

— Souhaites-tu rechercher tes vrais parents ?

— Je ne sais pas… Pas pour le moment. Je pense que j'aurais peur de ce que je pourrais découvrir. Sûrement des gens qui me repousseront une fois de plus. Je ne suis pas encore armée pour subir ça, c'est trop tôt.

Yvonne rassura sa petite-fille du mieux qu'elle put.

— Je comprends. Mais sache que le jour où tu seras décidée, tu pourras compter sur mon aide.

— Merci, mamé.

Clarisse retourna dans sa chambre tôt ce soir-là. Elle dormit d'un sommeil agité, peuplé de cauchemars, dont celui qui avait souvent hanté ses nuits d'enfant. Elle n'était jamais parvenue à l'analyser clairement. Elle se trouvait dans une grande cour avec de nombreux enfants qui pleuraient. Elle ne sanglotait pas, mais étouffait d'angoisse, incapable d'émettre un son. Les enfants se mettaient en rangs et franchissaient un grand porche où trônait une imposante cloche qui tintait à tout-va. Accompagnés par des adultes, ils passaient devant une maison au crépi vert décoloré par le temps. Le rêve s'arrêtait là. Personne de son entourage n'avait pu dire à quoi cela pouvait correspondre. Tout le monde pensait qu'elle avait trop d'imagination...

8

Le lendemain, Clarisse sortit du mas et partit en direction de la cave. Il était encore tôt. Le jour, tout juste levé, enveloppait d'une fine brume les paysages endormis. Au loin, un coq s'égosillait à grand-peine, s'évertuant à réveiller les habitants de la plaine. La fraîcheur du matin saisit la jeune femme. Après avoir réfléchi toute la nuit, elle avait mesuré la nécessité de se remettre debout, comme avant. Gaspard avait raison. Ces gens qui l'avaient élevée et aimée étaient sa famille. Que le destin l'eût mise entre leurs mains avait été une grande chance. Elle ne devait garder en tête que leur amour et ce qu'elle était devenue. Au diable ses géniteurs ! Il ne fallait pas qu'elle se laisse déstabiliser. Ce matin, elle se sentait fragile et elle n'aimait pas ça. Elle avait impérativement besoin de se rapprocher de ses racines, les vraies, celles du cœur. C'était à la cave qu'elle les retrouverait.

Elle aurait pu prendre ce petit chemin les yeux bandés tant elle l'avait parcouru. Bordé d'oliviers et de quelques amandiers magnifiquement fleuris au printemps, il serpentait jusqu'au bâtiment en pierre de pays. Devant l'ancien portail en bois, deux énormes tonneaux montaient la garde, avec, au-dessus, d'élégantes lettres en fer forgé : *Cave des Hautes Vignes*. Clarisse passa par la porte de service, à droite de la façade principale. En face, le bureau d'accueil où elle travaillait, accompagnée quelquefois d'Yvonne. Mais ce matin, elle n'y entra pas. Elle s'avança d'abord sous les voûtes de pierre. Dans l'allée, elle observa les lieux comme si elle les découvrait. De gros fûts de chêne méticuleusement rangés des deux côtés dégageaient un parfum de bois vieilli. Elle ferma les yeux pour mieux le respirer. Lorsqu'elle était enfant, Grégoire la soulevait et l'asseyait sur les barriques. Elle riait et disait qu'elle montait à cheval. « Tiens-toi bien », lui répétait-il en la surveillant d'un œil. Souvent, il la portait sur son dos et elle essayait de toucher le plafond. Elle avait toujours aimé cet endroit chargé d'histoire. Une fraîcheur émanait des murs épais. Trois générations de Fabre avaient usé leurs mains pour que cette cave reste authentique. Quatre avec elle. Une boule d'angoisse lui monta à la gorge. C'est vrai qu'elle n'était pas une Fabre. Peu importe, pensa-t-elle, ils voulaient que je sois des leurs, alors c'est pareil. Je suis une Fabre de cœur.

Un grincement se fit entendre. C'était la porte de service. Clarisse se retourna. Un homme déposa sa musette près de l'embouteilleuse. Sans se montrer, elle l'observa. Toujours le même pull kaki difforme, vieux mais propre, un éternel jean troué et des baskets sans âge. Les tempes du Piche commençaient à blanchir. Il sortit de sa sacoche une flasque à laquelle il but furtivement une gorgée. Tout le monde dans l'entreprise savait qu'il était porté sur la bouteille, mais son travail irréprochable n'autorisait personne à lui faire des remarques. Quand il eut rangé le flacon, Clarisse s'avança. Il se retourna.

— Bonjour.

Sans lever les yeux, il murmura.

— Je pensais que c'était Yvonne qui avait ouvert...

Tout en regardant autour d'elle, elle lui répondit machinalement :

— J'avais besoin de venir ici.

Le Piche la détailla discrètement, hocha la tête et s'éloigna de l'autre côté de la cave. A cet instant, Malek fit son entrée. Originaire d'Essaouira, il était arrivé en France dans les années 1960, avec ses parents et ses trois sœurs. Parfaitement intégré, il avait fait sa vie ici, à Saint-Côme, où il avait tous ses amis. D'un caractère agréable, Malek aimait profondément le travail de la vigne.

Il sourit dès qu'il aperçut Clarisse, comme à son habitude.

— Bonjour, Clarisse.

— Bonjour, Malek. Tu es en avance ce matin.

L'ouvrier vint lui serrer la main chaleureusement.

— C'est vrai. Comment va madame Yvonne ?

Clarisse sourit tristement.

— C'est une nouvelle épreuve. Difficile pour une mère de voir partir ses enfants. Je pense qu'elle viendra quand même aujourd'hui. Ça lui fait du bien d'être là.

Malek acquiesça. Depuis dix ans qu'il avait été embauché à la cave, il s'était lié d'amitié avec « la patronne », comme il l'appelait. Il vouait à Yvonne une réelle admiration. Quant au patron, sa mort l'avait beaucoup attristé. Il se demandait bien ce qu'allait devenir la cave sans lui. Il n'osa pas poser la question à Clarisse, pensant que le moment était malvenu. Pourtant, tous les employés se la posaient. Jean-Louis, le plus jeune d'entre eux, disait que la cave serait vendue et qu'ils allaient tous se trouver au chômage. Ce blanc-bec n'en savait rien, lui qui ne pensait qu'à faire la fête et vivait encore chez ses parents à vingt-sept ans. Il ne courait pas après le boulot celui-là. Grégoire l'avait embauché cinq ans plus tôt pour faire plaisir à son père, le boucher de Saint-Côme, qui était aussi son ami. Il n'avait pas osé le renvoyer. Malek se disait que, décidément, le patron était trop gentil. Non seulement Jean-Louis ne faisait pas son travail, mais en plus, il critiquait tout le monde. Pas un brin de reconnaissance ! Ça lui paraissait incompréhensible. Des employeurs honnêtes, un travail éprouvant mais effectué dans une ambiance familiale où chacun se soucie de l'autre, que demander de plus ? Malek ne se plaignait pas et n'avait aucune envie de quitter les Fabre. Intérieurement, il fit le vœu que tout continue et rejoignit le Piche au fond du bâtiment.

Clarisse sortit. La brume se dissipait lentement. Sur la gauche, on apercevait le village. Le clocher de l'église perçait le ciel comme un chevalier brandissant sa lance. Autour, les toitures des maisons courbaient le dos tels des soldats dociles. Cette armée figée depuis des siècles veillait sur les habitants dans un silence tranquille. Les tuiles romanes dévoilaient leurs pastels, les façades leur ton sable. Saint-Côme s'éveillait peu à peu dans la douceur d'une matinée comme les autres.

Soudain, elle entendit un sifflet admiratif. C'était Jean-Louis qui arrivait à vélo. Il posa sur elle son regard vicieux qu'elle détestait. Ses cheveux blonds mi-longs encadraient un visage carré. Fin et élancé, le jeune homme faisait preuve d'une suffisance qui paraissait à toute épreuve. Il s'enorgueillissait des nombreuses conquêtes féminines qu'il avait à son actif et avait jeté son dévolu sur Clarisse depuis plusieurs années. Quelques semaines auparavant, seuls dans la cave, il lui avait attrapé le bras et lui avait affirmé : « Un jour, tu seras dans mon lit. » Elle l'avait repoussé violemment en hurlant que cela n'arriverait jamais. Il avait alors ricané, nullement découragé. Alors qu'il s'était encore rapproché d'elle, le Piche avait surgi de nulle part. Furieux, il s'était planté devant Jean-Louis qui n'avait pas demandé son reste. Depuis, Clarisse se méfiait du jeune homme. Elle le savait sournois et faisait en sorte de ne plus se trouver seule avec lui. Un second sifflement retentit, qui la rendit folle de rage.

— Mais pour qui tu te prends, abruti ? Ce sont les chiens qu'on siffle.

Sa réaction déclencha chez lui un éclat de rire.

— Tu es très excitante quand tu es en colère… Dommage que je n'aie pas de temps pour toi !

Il posa sa bicyclette contre le bâtiment et entra, laissant la jeune femme sur les nerfs. Elle cria un « Crétin » qui resta sans réponse. Elle soupira bruyamment pour évacuer sa rage. Ils se connaissaient depuis l'école primaire, lorsque les parents du garçon venus d'Avignon avaient repris la boucherie de monsieur Gibert, parti à la retraite. Ils s'étaient retrouvés dans la même classe. Il devint vite meneur de bande. Clarisse et Gaspard, qui restaient à part, s'étaient rapidement attiré son ressentiment. Gaspard l'ignorait mais Clarisse, d'un tempérament plus sanguin, lui tenait souvent tête. Les années avaient passé. Ils étaient devenus adultes mais ils s'affrontaient toujours. Un chat tigré vint se frotter contre ses mollets. Elle se pencha et le caressa.

— Qu'est-ce que tu fais là, Finou ? Allez, retourne au village, ta maîtresse va te chercher.

Le chat ne bougea pas, miaulant et quémandant encore plus de tendresse. Mais Clarisse le laissa et reprit la direction du mas. Elle avait encore du temps et ne commençait son travail qu'une heure plus tard. Elle voulait passer un petit moment avec sa grand-mère. Au bout du chemin, elle l'aperçut qui s'activait au poulailler. Elle donnait à manger à ses poules, trois noires et quatre rousses qui déambulaient, toujours à l'affût du moindre ver de terre. La plus ancienne, âgée de huit ans, se précipita vers la jeune femme. Clarisse l'attrapa par la base des ailes et la souleva.

— Dis donc, ma vieille, tu ponds toujours à ton âge ?

Le gallinacé tordit son cou tout déplumé dans un gloussement enthousiaste. Yvonne s'approcha.

— Non, elle est à la retraite maintenant. Mais même les plus jeunes pondent peu en hiver. Dans la matinée, j'irai au jardin. Je leur rapporterai des fanes de carottes et quelques épluchures de légumes, elles s'en régalent. Elles mangent de tout, même les croûtes de parmesan.

Le maître de la basse-cour, aux aguets, dodelina fièrement de la tête en s'avançant vers elles. Clarisse ne put s'empêcher de lui lancer :

— On devrait t'appeler Jean-Louis !

Sa grand-mère, amusée, approuva.

— C'est vrai qu'il y a une ressemblance dans la démarche ! Pauvre garçon, on ne l'arrange guère...

— Pauvre garçon ! Je n'aurais jamais dit ça. Il est arrogant, désagréable, insupportable, oui ! Tout ce que je déteste. Moi, ce que j'aime, c'est la discrétion, la modestie, l'intelligence, la force et en même temps la délicatesse... Tu comprends ? Rien à voir avec cet idiot.

Yvonne ne put s'empêcher de la taquiner :

— Oui, je vois très bien. Ça ressemble beaucoup à un garçon que je connais bien et qui vient de revenir...

Clarisse se sentit sur un terrain glissant et décida de battre en retraite.

— Bon allez, assez philosophé ! Je file prendre mon petit déjeuner chez moi.

Elle tourna les talons en souriant en douce. La vieille femme rit, puis la rappela :

— Tiens, prends des œufs frais.

La jeune femme revint sur ses pas, releva le bas de son gilet et y déposa les quatre œufs.

— Merci, mamé !

Elle partit d'un pas décidé vers la grange, pensant à Gaspard. Elle y pensa si fort qu'elle relâcha un peu le bord de son pull. Un œuf s'en échappa et vint s'écraser devant ses pieds. Avec le regard d'une enfant qui vient de faire une bêtise, elle camoufla les dégâts avec quelques poignées de chiendent, juste pour qu'Yvonne ne s'en aperçoive pas, et repartit en chantonnant.

9

Rapidement, Clarisse raconta les événements qui bouleversaient sa vie à Héloïse, sa confidente de toujours. Cette dernière passa quelques soirées à la grange, afin de lui tenir compagnie et la réconforter. Elle lui suggéra de partir toutes les deux en week-end, à la découverte de cette mystérieuse maisonnette dans le Var. Après tout, il faudrait bien que Clarisse aille sur les lieux puisque cette bâtisse lui appartenait désormais. L'idée de s'échapper un peu de Saint-Côme ne lui déplut pas. Deux jours en bord de mer, même si la saison n'était pas propice à la baignade, leur ferait du bien. Il y avait si longtemps qu'elles ne s'étaient pas accordé une escapade... Les deux amies déplièrent une carte routière sur la table afin de préparer leur trajet. Clarisse calcula.

— Cent quatre-vingts kilomètres environ pour deux heures de route. Je paierai les frais d'essence.

— Pas question ! C'est toi qui vas me loger.

Clarisse plaisanta.

— Tu risques d'être déçue...

— Pas grave ! L'aventure c'est l'aventure.

Le 1er novembre, la Renault 5 d'Héloïse s'élança sur l'A54 en début de matinée. Le soleil était de la partie, ce qui était rare pour la saison. Clarisse avait longuement hésité à partir le jour de la Toussaint mais Yvonne l'avait convaincue. « Nous avons assez pleuré nos morts. Pars t'aérer, profite et n'oublie pas de prendre des photos... » En effet, la jeune femme ne savait pas du tout ce à quoi la maisonnette pouvait ressembler. L'imagination d'Héloïse galopait.

— Peut-être que tu vas découvrir une belle maison grand standing habillée de marbre et de dorures ?

Ça fit rire son amie.

— Qu'est-ce que tu voudrais que je fasse de tout ce luxe ? Ça ne me ressemble pas. Et puis je préfère laisser le marbre au cimetière ! Je m'attends plutôt à découvrir un bâtiment à l'abandon, avec des travaux à entreprendre. En tout cas, je ne vendrai jamais les terres de Grégoire pour retaper un endroit que je ne connais pas.

— On verra bien, laisse-moi rêver !

Les filles étaient tout excitées de passer ce week-end ensemble. Après être passées devant l'aéroport de Garons, elles se dirigèrent vers Arles où la circulation était dense. Plus loin sur la gauche, près de Saint-Martin-de-Crau, elles aperçurent les Alpilles. Clarisse connaissait l'endroit car des amis de Grégoire vivaient à Saint-Rémy-de-Provence, au pied de ces montagnes calcaires. Ces paysages respiraient le calme et la paix. L'itinéraire les faisait passer par Salon-de-Provence, l'étang de Berre et Marseille. La petite voiture s'engagea dans le flux de véhicules. Les embouteillages rythmés par des coups de klaxon impatients leur donnèrent du temps pour admirer le littoral. Elles aperçurent le château d'If sur l'îlot du Frioul et ses trois autres îles. Clarisse les pointa du doigt.

— Regarde, c'est la prison du comte de Monte-Cristo…

Un véhicule leur fit soudain une queue de poisson, obligeant Héloïse à freiner brusquement. Elle râla :

— Ils sont pires qu'à Montpellier ici !

Elles passèrent devant le port autonome, puis quittèrent la cité phocéenne et ses turbulences. Pour se reposer un peu, Clarisse proposa à son amie de faire une pause à Cassis. A la sortie de la ville, la montagne Sainte-Victoire s'offrit à leurs yeux, majestueuse. Le paysage changea progressivement, la nature reprenant ses droits. Elles traversèrent Aubagne, la ville de Marcel Pagnol, et descendirent la route sinueuse qui menait à Cassis. Clarisse sourit. L'air sentait le pin. Les calanques flirtaient avec la Méditerranée, d'un bleu profond en cette saison. La petite ville en contrebas offrait un panel de couleurs qu'elles admirèrent. Arrivées au bourg, elles se baladèrent tranquillement sur les quais puis s'installèrent à la terrasse d'un café. Un serveur s'avança nonchalamment.

— Qu'est-ce que je sers à ces beautés ?

Les cheveux gominés avec une banane démesurée qui lui retombait sur le front, une démarche de rocker irrésistible, le jeune homme au torse bombé ne doutait apparemment pas de son charme. Les deux filles se regardèrent et ne purent s'empêcher de s'esclaffer. Clarisse passa sa commande.

— Pardon ! Pour moi, ce sera un Monaco, s'il vous plaît.

Les lèvres pincées, il se tourna vers Héloïse.

— Deux ! S'il vous plaît, Fonzie...

A ces mots, elles éclatèrent de rire. Le garçon tourna les talons en marmonnant :

— Encore deux tourterelles de la ville qui ne savent pas reconnaître le charme d'un homme, un vrai !

Revenant sur ses pas, il continua à râler :

— Elvis n'est pas mort ! Il est là devant vous et un jour, toutes les filles seront à mes genoux.

Du fond du café, une voix de femme monta, autoritaire :

— Mario, arrête de faire ton beau et laisse ces demoiselles tranquilles ! J'attends la commande.

L'intéressé se retourna soudain, les épaules basses.

— J'arrive, maman. Si on ne peut plus rigoler...

Après avoir siroté leurs verres, les filles prirent le temps de marcher jusqu'aux calanques. Elles admirèrent la mer qui léchait les énormes roches de calcaire blanc. Dans cette nature parfumée par les pins d'Alep, elles observèrent les gabians[1] qui tournoyaient au-dessus de l'eau. Le spectacle était magnifique. Elles se promirent d'y revenir à la belle saison.

Elles reprirent la route et traversèrent Saint-Cyr-sur-Mer. Les rues étaient désertes à l'heure du déjeuner. Héloïse s'étonna de cette tranquillité automnale.

— Ça fait tout drôle de retrouver la côte aussi calme. Quand j'étais venue faire la saison d'été à Toulon il y a trois ans, il y avait des bouchons à n'en plus finir !

— Ah oui, c'est vrai que tu connais la région...

— Oui, un peu. Il faut dire que j'ai passé les trois quarts de mon été en cuisine, je n'ai pas beaucoup visité. Mais ce que j'ai vu m'a plu.

— Comment c'est, Sanary ?

Héloïse regarda son amie d'un air taquin et secoua la tête.

— Tu verras bien... Patience, nous ne sommes plus très loin.

Bandol s'annonçait. Clarisse apprécia son célèbre vignoble étagé sur des restanques, entre garrigue et pinède.

— Des vignes qui ont la mer pour horizon, c'est beau...

1. Goélands, en occitan.

Se tournant vers Héloïse, elle ajouta :

— Nous nous y arrêterons au retour. Mamé m'a commandé du rosé d'ici. J'espère que je n'oublierai pas…

Une dizaine de minutes plus tard, la R5 longea la plage de la Roche-Taillée puis celle de Georgette avant d'entrer dans le centre-ville de Sanary-sur-Mer. L'avenue du Général-Gallieni s'ouvrait sur un joli port orné d'immenses palmiers. Elles se garèrent plus loin sur la grande esplanade. Clarisse n'arrivait pas à détacher son regard des façades inondées de soleil. Toute une palette d'ocres égayait les bâtiments situés face à la mer. Et que dire de ce petit port où, mêlés aux bateaux de pêche, les petits pointus[1] aux couleurs vives dressaient fièrement leurs mâts provençaux ? D'un bleu azur, la mer scintillait jusqu'au pied de l'hôtel de la Tour, l'imposante bâtisse qui semblait veiller sur le lieu. Plus loin, un ancien kiosque à musique invitait les promeneurs à une balade romantique.

Héloïse demanda à son amie ce qu'elle pensait de cette découverte. Clarisse eut du mal à formuler sa réponse. Elle ne ressentait pas l'attachement profond qu'elle éprouvait pour Saint-Côme, sa terre et son village, mais elle avait un véritable coup de cœur.

1. Petits bateaux à voile latine et à aviron, originaires de Méditerranée.

— Toutes ces couleurs, cette gaieté, la mer si bleue… C'est magnifique.

Héloïse était heureuse d'avoir ménagé l'effet de surprise. Elle était certaine que Clarisse aimerait Sanary. Qui pouvait ne pas l'aimer ?

— Et tu verras, les gens d'ici sont simples. Ils ne sont pas guindés comme sur la Côte d'Azur. Tu as pris le plan de la ville et l'adresse de la maison ?

Fouillant dans son sac, Clarisse en sortit une lettre qu'elle déplia avec soin.

— Voilà. La maison est tout près, sur les hauteurs. On y va ?

En voiture, elles remontèrent l'avenue de Portissol avant de s'engouffrer dans des rues bordées de pins maritimes. La vitre baissée, Clarisse humait à plein nez le doux parfum des résineux. Au bout du long chemin de Bacchus, elles arrivèrent sur la plage de Beaucours, une plage en arc de cercle semblant se protéger des regards indiscrets, comme une jeune femme pudique. Des vaguelettes venaient mourir sur le sable fin avec la douceur d'une caresse. Les filles observèrent un instant cet agréable panorama, puis continuèrent leur quête jusqu'au chemin de la Falaise. Tout au bout, on pouvait voir une bâtisse tournée vers la mer. Héloïse gara sa voiture devant.

Un mur recouvert de lierre entourait le terrain, au fond, les façades blanches de la demeure. Clarisse s'approcha de la grille. Elle aperçut un petit jardin à l'abandon. Des rosiers semblaient étouffer par l'herbe haute et quelques arbres ornaient le reste de l'espace. Il n'y avait aucun nom sur la sonnette. Les amies observèrent les maisons alentour.

— Tu es sûre que c'est ici ?

Clarisse hocha la tête, tout en sortant des clés de son sac.

— Oui. Maître Pujol m'a dit qu'il s'agissait de la dernière maison. Regarde, tu vois bien que les autres sont habitées...

Au moment où elles se tournèrent vers la rue, elles virent le rideau d'une fenêtre voisine se tirer. Une femme les épiait. Clarisse fit un pas en sa direction, mais la curieuse sembla s'affoler et disparut de leur vue. La jeune femme se présenta quand même devant sa porte et sonna. Un court moment après, un homme d'environ trente-cinq ans vint ouvrir. Souriant, il lui inspira confiance.

— Bonjour. Je suis à la recherche de la maison de monsieur Fabre, Grégoire Fabre...

Son interlocuteur réfléchit.

— Non, je ne vois pas. Ce nom ne me dit rien.

— On m'a indiqué la villa Bellevue, chemin de la Falaise...

— Ah ! La Bellevue ! C'est celle-ci, répondit-il en désignant la bâtisse qui semblait abandonnée.

Après l'avoir remercié, Clarisse s'apprêtait à retourner sur ses pas quand l'homme s'adressa encore à elle :

— Mais vous savez, ça fait longtemps que personne n'y vient. Il y a quelque temps, un monsieur venait y passer le week-end, puis plus rien.

— Comment s'appelait-il ?

— Aucune idée. Une personne sans histoire. Il était peintre, je crois… Il ne m'a jamais parlé. Ce n'était sûrement pas quelqu'un d'ici.

De toute évidence, il ne pouvait s'agir de Grégoire. Sa forte corpulence aurait retenu l'attention du voisin. Clarisse sourit en l'imaginant des heures debout devant une toile, lui qui ne tenait pas en place. Grégoire si peu enclin au monde de l'art… Soudain, un hurlement se fit entendre de l'intérieur de la maison.

— Valentine, c'est Valentine ! Elle est de retour.

L'homme se retourna et cria à son tour :

— Maman, calme-toi !

Puis, faisant face à son interlocutrice :

— Excusez-la, c'est ma mère. Elle n'a jamais eu vraiment toute sa tête. C'est triste d'être comme ça, surtout à soixante et un ans !

Clarisse hocha la tête, compatissante.

— Je suis venu vivre avec elle depuis plusieurs années pour m'en occuper mais c'est dur, vous savez…

— Oui, je comprends… Je vous remercie. Au revoir !

Elle rejoignit Héloïse qui l'attendait devant la grille.

— C'est bien celle-là.

— Qu'est-ce que c'était que ce cri ?

Clarisse haussa les épaules.

— Une dame qui a perdu la tête.

— Eh ben, ça commence bien ! Beau voisinage.

En insérant la clé dans la serrure, Clarisse répondit avec empathie :

— Pauvre femme ! Qui sait comment on deviendra… ?

Elles poussèrent la grille qui grinça et pénétrèrent dans ce qui avait dû être un joli jardin. La maisonnette était apparemment modeste. Sur la façade sud, un enduit défraîchi malmené par les embruns supportait les ramures d'un rosier grimpant trop envahissant. Près de la porte d'entrée, une porte-fenêtre aux persiennes closes. Au-dessus, une tonnelle chargée d'une lourde vigne vierge d'où s'échappaient quelques grappes de raisin aux grains flétris. Une vieille chaise en paille renversée sur le gravier, seul signe d'une présence passée. Clarisse la releva et la rangea contre le mur. A l'étage, deux fenêtres aux volets d'un bleu délavé par le temps. Héloïse fit une grimace.

— Ça n'a rien d'un palace ! C'est plutôt sinistre.

Clarisse sourit en voyant la mimique de son amie.

— Je ne suis pas d'accord, ce n'est pas sinistre, c'est juste très simple et… abandonné. Mais j'aime bien ce petit jardin.

— Ça tombe bien, c'est chez toi.

— C'est vrai, j'ai tellement de mal à réaliser… Viens, on fait le tour.

Derrière, il y avait un étendage à linge et un poulailler dont la porte ouverte était bloquée par des ronces. Contre le mur du fond, une bicyclette rouillée. Le tour fut vite fait.

La porte d'entrée s'ouvrit aisément. Une odeur de renfermé leur sauta à la gorge. Un étroit couloir desservait une pièce de chaque côté. Clarisse poussa la porte de gauche qui donnait sur une petite cuisine. A sa grande surprise, la pièce était meublée. Une table en formica blanc et quatre chaises, une vieille cuisinière Arthur Martin, un buffet d'un autre âge qui renfermait un peu de vaisselle Arcopal et des verres à moutarde, un petit évier caché dans un placard. Clarisse dégagea un fenestron. La lumière de l'après-midi inonda les murs à la couleur fanée mais propre.

— Waouh, les meubles de grand-mère ! Tu pourras tout moderniser, ma cocotte.

— On n'en est pas là, continuons.

La pièce de droite était un salon assez vaste. Après avoir libéré la porte-fenêtre de ses persiennes, elles découvrirent un large canapé en tissu et en bois qui trônait devant une table basse, une haute étagère remplie de livres de poche, un tourne-disque entouré de 33 tours vinyles aux pochettes usées, un ancien poste de radio et un grand tapis d'Orient rouge.

Alors qu'Héloïse s'esclaffait au sujet des bibelots vieillots, Clarisse était debout, face au jardin, ne pouvant en détacher son regard. Elle qui était habituée aux grands espaces qui entouraient Saint-

Côme, elle se sentait malgré tout attirée par ce petit coin de verdure bordé de murs.

Au bout du couloir, un escalier en pierre donnait sur une jolie chambre. Un lit double en fer recouvert d'un dessus-de-lit blanc en crochet, une table avec deux chaises, une ancienne commode vide aux larges tiroirs, des rideaux bleus à la fenêtre et une vue imprenable sur la Méditerranée, les pins maritimes et la petite plage de Beaucours.

— Voilà, Héloïse, toute la richesse de cet endroit. Regarde. C'est sublime !

Le sourire aux lèvres, les yeux émerveillés fixés sur l'horizon, Clarisse se sentit bien, enfin. Cela faisait longtemps qu'elle n'avait pas ressenti une telle sérénité. Son amie, affairée à fureter dans la pièce, lui répondit distraitement.

— C'est vrai que c'est chouette. A côté, il y a une douche et les toilettes. L'eau n'est pas coupée, ni l'électricité d'ailleurs. Tu ne trouves pas ça curieux que les gens laissent une maison avec leurs meubles et leurs affaires ?

A contrecœur, la jeune femme se retourna.

— Ce sont les affaires de ton oncle ? demanda Héloïse.

— Non. Quelqu'un lui en a fait don un mois avant sa mort. Il n'a sûrement jamais eu le temps de venir ici et encore moins de l'aménager. Il était trop malade.

— C'est quand même fou, cette histoire…

Clarisse hocha la tête. Avec tout ce qui lui était

tombé dessus ces derniers jours, elle n'était plus à une bizarrerie près.

La chambre semblait plus entretenue que le reste de la maison, comme un cocon.

— Au lieu d'aller au camping, on pourrait dormir ici ce soir. On installerait nos sacs de couchage sur le lit… Qu'est-ce que tu en penses ?

— Mouais… OK, mais on retourne en ville pour se balader.

— D'accord.

Plus tard, alors qu'elles sortaient dans la rue pour rejoindre la voiture, Clarisse aperçut le rideau voisin se refermer brusquement quand elle tourna la tête dans sa direction.

En ville, elle découvrit avec enthousiasme les ruelles étroites et tranquilles en cette période de l'année. Après avoir dégusté une pizza au feu de bois et s'être promenées sur le quai, elles rentrèrent à la Bellevue. Les deux amies s'endormirent très vite, l'une fatiguée par la route et l'autre, envahie par un bien-être qu'elle attribua au lieu. Pourquoi se sentait-elle si apaisée dans cette maison inconnue ?

Le lendemain, le temps ne fut pas de la partie. Une pluie battante s'abattit sur la région, donnant des reflets vert-de-gris à la Méditerranée. Après s'être interrogées sur le programme de la journée, les filles décidèrent de rentrer à Saint-Côme. Vers onze heures, alors que la Renault 5 démarrait, la fenêtre de la maison voisine s'ouvrit en grand. La dame apparut et cria quelques mots en direction de Clarisse. Cette dernière descendit sa vitre pour mieux l'entendre. Les yeux emplis de détresse, l'agitée hurla :

— Valentine, ne pars pas ! C'est moi qui l'ai, ton tableau !

Intriguée, Clarisse lui dit qu'elle se trompait, qu'elle s'appelait Clarisse mais rien n'y fit.

— Je dois te le rendre, sinon j'irai en enfer !

Perturbée par ce discours incohérent, Clarisse resta sans voix. Héloïse, penchée sur elle, lui donna son avis sans détour.

— Elle est complètement cinglée !

Clarisse observa cette femme qui l'implorait du regard. Elle pensa qu'il était bien triste d'être ainsi. Elle lui sourit avec gentillesse et fit signe à son amie de démarrer. La voiture s'éloigna vers le centre du village laissant la voisine, hébétée devant sa fenêtre. Les larmes coulèrent sur les joues pâles. Le regard perdu vers la Bellevue, elle murmura son chagrin.

— Pardon, Valentine. Je voulais juste quelque chose de lui…

10

Comme prévu, Clarisse passa par le mas dès son retour de Sanary. Dix-huit heures sonnaient au clocher de Saint-Côme. Le carton de rosé de Bandol dans les bras, elle entra dans la vieille bâtisse. Des éclats de voix provenant de la salle à manger arrivèrent jusqu'à elle. En s'approchant de la porte, elle découvrit Yvonne et Anna qui se chicanaient devant le plateau de Scrabble.

— Qui gagne ?

Les deux femmes levèrent la tête en même temps. Anna répondit :

— C'est moi, comme d'habitude ! Tu vas bien, ma belle ?

— Bien sûr, tu ne mets que des mots qui n'existent pas. C'est normal que tu gagnes !

— Tu râles parce que tu perds. Je suis plus forte que toi, Yvonne, c'est tout.

— Ecoute un peu, Clarisse, est-ce que tu connais le mot « bella » en français ?

La jeune femme regarda discrètement Anna qui lui fit un clin d'œil.

— Euh…

Yvonne, triomphante, posa ses mains sur ses hanches.

— Ah, tu vois, ça n'existe pas !

Alors Anna, telle une comédienne de théâtre de boulevard, entra dans des explications rocambolesques.

— Mais si ! « Bella », c'était le nom d'anciennes poupées en silicone. Les enfants en avaient au mas. Elles portaient une petite broche dorée où c'était écrit. La poupée Bella, tu ne te souviens pas ? Oh là là, qu'est-ce que tu perds la mémoire !

Yvonne, qui n'en démordait pas, essaya de lui faire entendre raison.

— Oui, mais c'est un nom propre, pas un nom commun…

En ramenant ses cheveux derrière son épaule, l'Italienne prit un air faussement courroucé.

— Eh ben, moi, je n'aime pas ce qui est commun. C'est trop banal. Je préfère ce qui est propre ! Parce que la propreté, oui madame, ça sent bon et ça met de bonne humeur. Voilà, moi, je suis comme ça.

Yvonne et Clarisse se regardèrent avant d'éclater de rire.

— Riez, riez, en attendant j'ai gagné.

Et elle s'empressa de proposer une tranche de gâteau au mascarpone et au marsala, pour changer de conversation. Lorsqu'elle leur présenta le plat, la jeune femme ne se fit pas prier.

Elles s'attablaient à la cuisine quand le téléphone sonna. Yvonne décrocha.

— Clarisse, c'est pour toi.

La bouche pleine, elle se leva et interrogea sa grand-mère du regard. Malicieusement, celle-ci lui répondit que c'était Gaspard et s'éloigna.

— Allô ?

A l'autre bout du fil, la voix grave du jeune homme résonna dans le cœur de Clarisse. Inconsciemment, elle sourit. Cinq minutes plus tard, elle rejoignit les deux femmes qui l'épiaient en silence. Elle reprit un autre morceau de gâteau et mordit de bon cœur dedans.

— Quoi ? Qu'est-ce qu'il y a ?

Yvonne et Anna se regardèrent avec complicité et répondirent ensemble :

— Oh mais rien…

Les sourires des deux amies ne lui échappèrent pas, mais elle fit comme si elle n'avait rien remarqué.

— Alors ? Et cette propriété à Sanary ? Raconte !

Clarisse décrivit la petite maison, sa sobriété, son jardin abandonné et la magnifique vue sur la mer. Bien que la bâtisse ne soit pas vraiment belle, elle lui plaisait. Elle parla aussi de cette jolie côte méditerranéenne, où l'on se sent si bien pour flâner. Yvonne et Anna l'écoutaient attentivement, sans l'interrompre.

— J'ai pris des photos mais ma pellicule n'est pas finie…

— Oh, dommage ! Nous étions impatientes de

voir à quoi elle ressemble. Est-ce que tu as eu des renseignements sur l'ancien propriétaire ?

— Non. Je ne suis pas restée assez longtemps pour découvrir quoi que ce soit. Le voisin m'a juste parlé d'un homme qui venait y passer les week-ends, il y a quelque temps.

Yvonne était songeuse. Qui avait bien pu donner cette maison à Grégoire ? Une maîtresse qu'il aurait cachée à tous ? Pourquoi l'aurait-il fait ? Il n'avait de comptes à rendre à personne. Aurait-il eu une double vie ? Non, Yvonne connaissait trop bien son garçon, ce n'était pas dans son caractère.

Clarisse finit lentement son verre de jus de fruits, puis se leva, embrassa les deux femmes sur la joue et s'apprêta à partir. Sa grand-mère la questionna :

— Tu rentres ? Tu ne veux pas souper avec nous ?

La main sur l'estomac, elle répondit qu'elle ne pourrait plus rien manger ce soir, repue par le bon gâteau d'Anna.

— Tu travailles demain ?

— Non, c'est mon jour de repos. Demain après-midi, je vais à la pêche avec Gaspard. J'en profiterai pour finir la pellicule.

Afin de ne pas croiser leurs regards entendus, elle sortit rapidement du mas et se dirigea vers la grange. Elle devait avouer que l'invitation du jeune homme lui avait fait plaisir. Il avait téléphoné pour prendre de ses nouvelles et paraissait inquiet. Bien qu'elle ne voulût pas l'admettre, elle était heureuse qu'il se fasse du souci pour elle. Un après-midi à la pêche avec Gaspard, comme avant, quelle bonne idée ! Entre amis, bien entendu. Elle avait tellement besoin de se changer les idées en ce moment...

Lorsqu'elle eut rangé le contenu de son sac à dos, elle alluma une cigarette qu'elle fuma sur la terrasse. Le soir tombait sur les vignes du coteau. Le ciel empourpré annonçait du vent pour le lendemain. Elle admira le camaïeu de couleurs qui s'étirait jusqu'à la grande combe. Seule une haie dense de cyprès se démarquait au loin par sa noirceur. Elle aimait ce moment de la journée où la nature semblait figée. Il lui inspirait la paix. Elle ferma les yeux un instant pour profiter de ce doux moment. Un frisson la tira de sa quiétude. La fraîcheur tombait. Ce soir, elle ferait une flambée. Alors qu'elle se chargeait de bûches, un craquement la fit sursauter. Ça venait du bout du chemin. Elle écouta, mais rien de plus. Sûrement un chien errant, pensa-t-elle. Elle entra, posa le bois près de la cheminée. Après avoir fait une petite pyramide avec des pignes et du petit bois dans le foyer, elle y déposa deux rondins. Voilà, le feu était prêt à être allumé. Mais auparavant, Clarisse se dirigea vers la salle de bains où il lui tardait de prendre une douche.

L'eau chaude coula sur son corps. Elle resta de longues minutes sous le jet brûlant, détendue, oubliant le temps. En sortant, elle s'enveloppa dans un grand drap de bain blanc et fit démarrer le feu. Assise sur l'épais tapis, adossée au canapé, elle regardait les flammes. Hypnotisée par la vivacité de leur danse, elle ne parvenait pas à les quitter des yeux. Elle sursauta quand on frappa à la porte. Elle n'attendait personne. En plus, elle n'était pas en mesure de recevoir qui que ce soit, nue sous sa serviette. Elle s'approcha doucement.

— Qui est-ce ?

Une voix masculine répondit :

— C'est moi, Clarisse.

Les yeux brillants, elle ouvrit la porte. Gaspard était là, devant elle. Il la fixait de ce regard qui semblait plonger au plus profond de son âme. Il ne souriait pas et paraissait troublé. Afin de se donner une contenance, elle ironisa :

— La partie de pêche est annulée ?

Elle regretta aussitôt sa légèreté lorsqu'il secoua la tête, un peu perdu. Il avait l'air de chercher ses mots, soudain vulnérable. Lui, du haut de son mètre quatre-vingt-cinq avec sa carrure d'athlète, était tout à coup aussi timide qu'un adolescent.

— Ça m'a fait du bien de t'entendre, tout à l'heure au téléphone.

Elle lui sourit sans vouloir l'interrompre.

— J'étais sur ton chemin quand tu es sortie sur la terrasse...

Elle n'avait donc pas rêvé quand elle avait entendu du bruit.

— Mais pourquoi ne t'es-tu pas approché ?

Il tourna la tête à droite et à gauche, avant de

planter ses yeux noirs dans les siens. Il était visiblement ému.

— Tu étais si belle ! J'ai préféré te regarder.

Le cœur de Clarisse battait la chamade. Gaspard était si près d'elle qu'elle pouvait sentir son souffle sur son visage, et si troublant qu'elle en avait le cœur au bord des yeux. Ses défenses tombèrent, ses bonnes résolutions s'envolèrent. C'était l'instant où les regards éperdus s'attachent pour ne plus se quitter. Le rose aux joues et les mains tremblantes... Est-ce elle ou lui qui s'approcha le premier ? Passionnément, leurs lèvres se trouvèrent avec gourmandise et décuplèrent leur désir. Lorsque Clarisse se dégagea de lui, ce fut pour l'attirer à l'intérieur de la grange. La plaquant contre la porte, il l'embrassa fougueusement. Elle frissonna de plaisir, s'agrippant à son dos. Puis, avec passion, elle déboutonna la chemise de Gaspard. Lorsqu'elle posa ses lèvres sur son torse, il pencha la tête en arrière. Leurs cœurs s'emballèrent, leurs corps s'enflammèrent encore plus intensément. Elle fit tomber le drap de bain à ses pieds. Il découvrit ses rondeurs de femme, caressa les cheveux de Clarisse avant de les respirer avec délice. Ses grandes mains effleurèrent ses seins, puis ses hanches. Elle reprit possession de sa bouche. Qu'il était bon d'en retrouver le goût ! Elle ne se lassait pas de l'embrasser, avide de l'homme qui lui avait tant manqué. Le désir lui fit cambrer les reins. Précipitamment, Gaspard quitta sa chemise, alors qu'elle défaisait le bouton de son jean qui tomba sur ses chevilles. Les mains de la jeune femme descendirent avec audace dans le dos de Gaspard, pour saisir ses fesses fermes sous son caleçon. Ils eurent un râle de plaisir lorsqu'il entra enfin en elle. Il explora avec frénésie son corps chaud et offert. Debout, contre la porte, ils s'abandonnèrent l'un à l'autre, émus et heureux. Ils restèrent ainsi de longues minutes avant de s'étendre sur le tapis moelleux devant la cheminée.

— Viens contre moi.

Elle ne se fit pas prier. Blottie entre ses bras, elle glissa ses doigts dans ses boucles brunes. Les flammes dansaient sur leur peau et chauffaient leurs corps nus, prolongeant un moment magique. Il l'enlaça encore, avec plus de douceur qu'il ne l'avait jamais fait. Clarisse lui sourit.

— Tu as bien fait de venir.

Il écarta une longue mèche de cheveux qui cachait le sein gauche de la jeune femme.

— Je voulais t'expliquer pourquoi j'étais revenu.

Elle se redressa à demi pour mieux l'observer.

— Tu n'as pas d'explications à me donner.

— Si, je veux te dire...

Elle posa un doigt sur ses lèvres.

— Chut... Profite de ce moment. C'est tout ce qui compte.

Alors Gaspard la serra un peu plus fort. Ils restèrent l'un contre l'autre jusqu'à ce que le feu faiblisse. Il la lâcha à regret pour ajouter du bois dans la cheminée.

— Tu n'as pas faim ?

Il tourna vers elle un visage plein de tendresse.

— Si, j'ai faim de toi.

D'un air espiègle, elle le défia.

— Alors, mange-moi !

Et ils refirent l'amour, longtemps, comme pour rattraper le temps perdu.

Quelques heures plus tard, Gaspard rentrait à la bergerie. Clarisse lui avait proposé de rester pour la nuit mais il avait refusé. Il devait faire une coupe de bois tôt le lendemain et ne voulait pas la réveiller. Ils s'étaient donc donné rendez-vous en début d'après-midi, chez lui. Ils s'étreignirent une dernière fois avant de se quitter. Puis Clarisse se retrouva seule, heureuse. Elle se coucha avec son odeur, le souvenir de la douceur de ses baisers sur son corps et de la passion dans les yeux.

11

Après s'être lancée sur la longue route bordée de platanes, la 2 CV verte de Clarisse peina à monter les sinueux virages de Larnac. La route, taillée dans la roche blanche, était protégée du ravin par un long parapet en pierre. En haut, le plateau ouvrait grand ses bras aux visiteurs, déployant ses longues routes en ligne droite. D'ici, on apercevait plusieurs villages, la garrigue et ses couleurs d'automne. Clarisse tourna sur la droite et coupa le moteur. Lorsqu'elle sortit de son véhicule, elle sentit le mistral sur son visage. Elle prit le temps de contempler la vue. Du haut des rochers calcaires, un épervier planait au-dessus des chênes kermès et des lauriers-tins[1]. Il était sûrement à la recherche de sa prochaine proie. Clarisse imaginait les lapins de garenne camouflant leurs portées, tapis dans les broussailles. Non loin de là, les cris rauques d'un geai effrayèrent un écureuil roux en quête de provisions pour l'hiver. Un souffle frais caressa les

1. Arbustes des régions méditerranéennes.

cheveux de la jeune femme. Les yeux fermés, elle respira l'air parfumé, puis reprit la direction de la bergerie. Une ligne droite vallonnée s'étirait sur cinq kilomètres, bordée de pins sylvestres, de cèdres du Liban, de chênes verts et d'arbousiers. Des hordes de sangliers, friands de leurs fruits, se promenaient souvent dans les parages. Au printemps, fleurissaient des iris sauvages aux couleurs de feu et d'encre. A mi-chemin, les arbres dissimulaient une clôture. Derrière cette épaisse végétation, sur plusieurs hectares, un éleveur laissait paître ses taureaux camarguais six mois durant, dans une quasi-liberté. Ils étaient quelquefois couchés en groupe au bord de la barrière, paisibles. La pureté de leurs robes et de leurs prunelles noires était fascinante. Malgré leurs muscles puissants, il se dégageait de leurs silhouettes une impression de souplesse et de finesse étonnantes. Ici, ils regardaient passer les voitures, habitués à la présence de l'homme. Clarisse ralentit pour les admirer.

En arrivant à l'orée du bois, on pouvait admirer de loin le joli village de La Bruguière. La tour romane du XIIe siècle et la haute église découpaient l'azur du ciel. Le beau clocher rond rythmait les jours et les nuits des habitants. Au bout de la ligne droite, une grande descente ouvrait le paysage sur de grandes vignes bordées par le petit ruisseau de la Veyre. A la croisée des chemins, se dressaient les premières habitations. A gauche, le chemin du mas Mathon emmenait le promeneur vers un hameau plein de charme, surplombant un mélange savamment orchestré de terres agricoles et de pâturages. Sur la droite, le chemin du mas Pascal s'ouvrait sur une plaine vallonnée, quadrillée de sentiers menant à la Rouviérette et sa forêt de pins. Clarisse continua tout droit vers l'entrée du village. Les anciennes maisons construites en pierre de pays offraient une palette de couleurs allant du rose-orangé au brun foncé. L'oxyde de fer contenu dans ces pierres leur donnait cette particularité et cette chaleur. Une douce luminosité s'en dégageait quand les rayons de soleil les caressaient.

La 2 CV prit à gauche. Elle emprunta une longue rue bordée d'anciennes magnaneries d'un côté, et ouvrant sur un grand enclos à chevaux de l'autre. Clarisse descendit jusqu'au vieux lavoir de Longamon, doté de ses dix-sept abreuvoirs servant aux moutons. A l'écart du village, au bord des champs et des vignes, petite, authentique, en pierres sèches et tuiles romanes, la bergerie de Gaspard regardait vers le sud.

La jeune femme se gara au bord du chemin de terre, monta les rochers qui faisaient office d'escalier et poussa la vieille porte en bois. Elle trouva les lieux vides. Elle remarqua près de l'entrée les sacs de voyage que le jeune homme n'avait pas encore défaits. Son cœur se serra, Gaspard était-il juste de passage ? Elle parcourut du regard la pièce. Ça la rendait toute chose de revenir ici, dans cet endroit chargé de leur histoire. Clarisse était émue. La bergerie de Gaspard était le refuge de leur amour. Un lourd rideau rouge cachait à moitié le grand lit. La jeune femme sourit en se souvenant de la complicité qu'ils partageaient à l'époque. Combien de fous rires, de discussions passionnées, d'instants inoubliables avaient-ils vécus ici ?

Elle aimait cet endroit, son agencement et ses odeurs. Le grand poêle à bois que le jeune homme avait installé pour supporter les hivers rigoureux, les rondins de chêne fraîchement entreposés à côté, le vieux fauteuil au paillage abîmé dont Gaspard ne voulait pas se séparer… Elle s'approcha de la petite fenêtre et vit les statuettes en bois d'olivier que son ami avait sculptées à l'aide de son Opinel. Elle reconnut celle qui la représentait et sourit. Clarisse avait autrefois protesté auprès de Gaspard, qui lui avait fait un nez trop pointu à son goût. Aujourd'hui, elle l'observait avec tendresse, en admettant une réelle ressemblance. Son visage se figea lorsqu'elle revit les sacs.

Clarisse sortit de la bergerie, en fit le tour, et s'assit sur le banc près du vieil amandier. Gaspard ne devait pas être bien loin. D'ici, on pouvait voir toute la plaine de Longamon, ses champs de blé et de tournesols, ses longues vignes cultivées par plusieurs agriculteurs du village et les troupeaux de moutons et de chèvres qui broutaient paisiblement. La nature était si belle… Elle connaissait bien les habitants de La Bruguière. Ils étaient les amis de Gaspard. Le père de ce dernier était un enfant du pays, y avait grandi et avait fréquenté la classe unique. Puis il avait connu la fille d'Anna, Lisette, avec qui il s'était marié. C'est à Saint-Côme qu'ils avaient emménagé. Mais, chaque fin de semaine, il revenait à La Bruguière retrouver ses amis de toujours. Gaspard avait gardé de bons souvenirs de ce temps-là. Quelques-uns de ses copains y étaient invités, dont la petite Clarisse Fabre. A combien de fêtes du village avaient-ils participé ? Combien de feux de la Saint-Jean avaient-ils sautés, main dans la main, accompagnés de plusieurs générations de courageux ? Tous les 24 juin, les tables installées en arc de cercle sur le Plan accueillaient les villageois qui se retrouvaient à la bonne franquette, autour d'un vin rouge de pays et d'une paella géante. On chantait, on riait, on se taquinait, on dansait et on passait toujours une agréable soirée. Clarisse aimait cet esprit de solidarité qui régnait dans les petits bourgs isolés. Tous avaient un œil sur les gamins, veillant à ce que leurs bêtises ne deviennent pas dangereuses. Les aînés ne restaient jamais isolés bien longtemps, les plus jeunes se souciant de leurs besoins à chacune de leurs visites. Bien sûr, comme partout, quelques disputes pimentaient la vie du village. Elles ne s'envenimaient pas vraiment, balayées par cet esprit de camaraderie qui semblait indestructible.

Clarisse entendit un pic-vert taper sur un tronc, à la manière d'un métronome. Le bel oiseau ne se montrait pas. Méfiant, il était difficile à observer. Des bogues de châtaignes vides traînaient çà et là. Les sangliers qui en raffolaient avaient dû en faire un festin. Le sol était labouré de leurs sabots furieux trahissant leurs passages réguliers. Dans les terres du fond, deux silhouettes légèrement courbées se démarquaient. Sûrement des chasseurs. Elle reconnut Emile et Roger qui faisaient courir leurs épagneuls au bord des vignes.

Quelques jappements attirèrent l'attention de Clarisse. Elle se redressa, chercha des yeux l'endroit d'où venait le bruit. C'était Rio, le chien de Gaspard qui arrivait avec son maître sur le chemin du haut. Elle les regarda de loin. Le braque d'Auvergne gambadait, poussant du nez une vieille brebis. Le jeune homme l'aperçut et lui fit un signe de la main. Elle resta là à l'observer, sereine et souriante. Clarisse avait tant aimé cette silhouette élancée et robuste à la fois... Mais au-delà de son physique, c'était son caractère qu'elle appréciait. Gaspard le taiseux avait toujours attiré sa curiosité, elle si communicative et enthousiaste. On dit que les opposés s'attirent, ils en étaient un bon exemple. Elle descendit à leur rencontre. Il l'embrassa tendrement.

— Tu es là depuis longtemps ?

— Non, je viens d'arriver. Que fais-tu avec cette brebis ?

— Elle est à Baptiste. Elle s'est éloignée du troupeau et s'est égarée. Rio l'a vue passer dans la combe plus bas et m'a averti.

— Il est rigolo.

Elle se pencha vers le braque noir et blanc et le caressa affectueusement. Le chien, très fier, aboya vers la vieille brebis qui s'était retournée, prête à faire demi-tour. Gaspard la fit avancer dans le bon sens. Il raconta en riant que, depuis quelques jours, Rio se prenait pour un chien de berger. Mais, apparemment, il n'était pas encore au point car il manquait d'une certaine autorité. La pauvre bête bêlait, mécontente de se faire chahuter.

— Veux-tu venir avec moi ? Je vais la remettre avec les autres.

— Je te suis.

Elle accompagna Gaspard jusqu'à l'enclos du berger à trois cents mètres de là. La brebis se laissa enfermer avec plaisir, enfin débarrassée du chien. Ses consœurs l'accueillirent bruyamment. Le troupeau de Baptiste comptait deux cent cinquante têtes. Après avoir pris soin de verrouiller la barrière principale, Gaspard et Clarisse revinrent sur leurs pas.

Silencieux, ils marchaient sans se presser. Rio trottait devant eux.

— Depuis quand es-tu vraiment revenu ?

Gaspard la regarda intensément, son sourire avait disparu.

— Depuis dix jours.

Un petit avion qui venait de décoller de l'aérodrome voisin coupa le silence de la campagne. Les jeunes gens levèrent le nez en sa direction. L'appareil vira en direction du mont Bouquet et disparut peu de temps après. Au loin, ils aperçurent Geneviève, l'ancienne institutrice du village, qui faisait sa promenade quotidienne en compagnie de son fidèle yorkshire Caramel. C'était une dame que tous respectaient à La Bruguière. Derrière son sourire plein de prévenance, sa vivacité d'esprit, son humour et son instruction faisaient la joie de son entourage. Ses anciens élèves la croisaient avec un plaisir non dissimulé, conscients qu'elle leur avait apporté beaucoup, pendant des années.

Ils arrivèrent à la bergerie. Gaspard entra le premier. Clarisse se troubla de le voir de nouveau chez lui. Elle observa ses larges épaules qui roulaient à chaque pas, dans un mouvement qui lui était familier. Elle sourit sans s'en rendre compte, presque malgré elle. Il se retourna et vit son visage épanoui mais ne dit rien. Il rassembla les affaires de pêche. C'est alors qu'elle se décida à poser la question qui lui brûlait les lèvres :

— Quand repars-tu ?

Le jeune homme leva la tête, puis répondit d'un ton assuré :

— Je ne repars pas.

Alors, il suivit le regard de Clarisse posé sur les sacs encore entassés. Il comprit sa crainte et s'approcha d'elle. Il l'enlaça.

— Je n'ai pas eu le temps de les vider. Ne t'inquiète pas, je suis rentré définitivement.

Clarisse sentit le rouge monter à son visage. Gaspard l'embrassa avec passion. Elle lui rendit son baiser avec enthousiasme. Puis, s'écartant un peu de lui, elle fit quelques pas dans la bergerie.

— Tu sais, Gaspard, je pense que nous ne devrions pas aller trop vite tous les deux...

Il la regarda, surpris. Clarisse continua :

— Nous étions trop jeunes, toujours ensemble depuis l'enfance... C'est sans doute ça qui nous a séparés, tu l'as dit toi-même dans ta lettre. Peut-être que nous ne devrions pas nous voir trop régulièrement.

Il encaissa le coup mais ne dit rien. Il hocha la tête, se disant qu'il avait bien mérité la méfiance de Clarisse, lui qui l'avait laissée pour partir au Canada. Il pensa qu'elle avait sûrement raison. Ils se connaissaient depuis toujours et il avait eu besoin de s'éloigner pour vivre autre chose. Ça allait être difficile de ne pas aller trop vite, lui qui ne pensait qu'à elle depuis des années, mais il respecterait son souhait.

— Est-ce que je pourrai encore te serrer contre moi cet après-midi ?

Elle rit en s'approchant de lui.

— Bien sûr ! Mais prenons notre temps.

— D'accord, je comprends.

Le jeune homme cacha sa déception, l'attira contre lui et l'embrassa encore. Il écarta ensuite quelques mèches sur le front de Clarisse d'un geste plein de tendresse. Ils comprirent tous les deux que les sentiments qu'ils éprouvaient l'un pour l'autre étaient toujours aussi intenses. Leur histoire n'était pas terminée.

Assis devant eux, Rio aboya, ce qui les décida à partir. Ils démarrèrent après avoir mis les cannes à pêche et le chien à l'arrière de la Mehari.

— J'ai découvert un coin sympa la semaine dernière, en faisant une coupe de bois. Ça te va qu'on y aille ?

— D'accord.

Ils traversèrent lentement le village en voiture, et croisèrent Vivou, la factrice, qui se dirigeait vers l'agence postale. Emmitouflée dans son écharpe, toujours coquette derrière ses lunettes à monture blanche, elle se pencha à la portière.

— Bonjour, les jeunes ! Ça fait plaisir de vous voir tous les deux.

Gaspard acquiesça. Il connaissait le naturel et la gentillesse de cette femme qui l'avait vu grandir.

— Bonjour, Vivou. Tu vas ouvrir l'agence ?

— Oui, je file. J'aperçois Monique qui ne va pas tarder à m'attendre. Bisous !

En effet, la doyenne du village, appuyée sur sa canne, arrivait à petits pas. Un peu courbée, l'air malicieuse, elle ne quittait plus son foulard aux couleurs du Tour de France depuis qu'il avait traversé, quelques années auparavant, un village voisin. La Mehari repartit vers le nord du département. Clarisse ferma sa veste et attacha ses cheveux. L'air fouettait ses tempes. Elle se sentait bien…

— Anna a gardé la moitié de son gâteau pour toi.

Les yeux de Gaspard s'agrandirent.

— Son *castagniccio* ?

— Oui, c'est ça.

— Génial ! Ça fait très longtemps que je n'en ai pas mangé... Je crois que je pourrais ne me nourrir que de ça sans jamais m'en lasser.

Rio posa sa tête sur le dossier du siège de son maître et fixa la route devant lui. La jeune femme reprit la conversation, mais sa voix avait changé :

— Je voulais te dire...

Gaspard la regarda.

— Je voulais te dire... que j'étais désolée que tu m'aies trouvé dans cet état au bois. Je n'aurais pas voulu que tu me voies comme ça.

Le jeune homme posa une main sur le genou de sa passagère.

— Je peux tout voir de toi.

Elle ne répondit pas, l'estomac noué.

— C'était important d'être auprès de toi dans un moment pareil.

Ces propos la touchèrent. Un quart d'heure plus tard, la Mehari se garait au bord de la Cèze. L'endroit, très fréquenté à la belle saison, était paisible ce jour-là. Seul un couple de pêcheurs avec un jeune enfant pique-niquait sur la berge d'en face. Rio sauta de la voiture et s'empressa de mettre le nez dans l'eau, à la recherche de poissons. Il pouvait faire preuve d'une immense patience, immobile, les yeux à l'affût du moindre mouvement de l'eau.

Les jeunes gens s'installèrent au soleil, sur un

plaid à carreaux. Les cannes à pêche déjà montées, ils accrochèrent un ver de terre sur chaque hameçon. Une fois calées, ils s'assirent en retrait et observèrent les oiseaux qui piaillaient dans les peupliers.

— Tu te souviens du pigeon qu'on avait soigné quand on était gamins ? Je ne sais plus comment on l'avait appelé...

Le jeune homme sourit.

— C'était Popeye.

— Ah oui, Popeye ! Il était tombé du nid. On lui faisait de la bouillie avec du jaune d'œuf et du lait... On aimait bien s'occuper des oiseaux.

Gaspard hocha la tête. La jeune femme lui raconta ensuite sa visite chez le notaire, le mas, les terres, la cave et la mystérieuse maisonnette de Sanary-sur-Mer. Il était sincèrement content pour elle. Il l'imaginait tout à fait à la tête de la cave, avec son caractère bien trempé et sa volonté de fer. Elle avait toujours été intéressée par les vignes. Grégoire lui avait transmis au fil des années sa passion, son savoir-faire et sa connaissance des différents cépages, de l'élaboration des vins et de leur vinification.

Le fil de la canne de Clarisse se tendit soudain.

— J'ai une touche !

Elle tira d'un petit coup sec. La prise sortit de l'eau. Gaspard s'approcha pour l'attraper. Rio jappa.

— C'est une petite anguille. Attends, je vais remplir le seau d'eau.

Il se pencha et revint le seau plein. A l'aide d'un vieux chiffon, il décrocha le poisson, le fit glisser dans le récipient et posa le couvercle dessus. Il rechargea l'hameçon afin que son amie puisse relancer son fil.

— Tu commences bien ! Tu as toujours pris plus de poissons que moi, je ne comprends toujours pas pourquoi...

— Parce que je suis la meilleure, pardi ! répondit Clarisse en souriant largement.

— Peut-être bien.

Il ne put détacher ses yeux de son sourire. Il la fixa avec beaucoup de douceur.

— Dis-moi, tu m'as bien dit que tu avais du *castagniccio* ?

— Oui, mais il est à peine quinze heures...

— Je n'ai pas eu le temps de déjeuner, je voulais finir mon travail.

Clarisse sortit de son sac en toile un moule à gâteau entouré d'un torchon. Elle le dénoua, en coupa une part et la tendit à Gaspard. Le jeune homme mordit dedans avec gourmandise, ce qui la fit rire. Après avoir repris un second morceau, Gaspard s'allongea sur le plaid.

— Qu'est-ce qu'on est bien ici au soleil ! Viens près de moi.

Elle se glissa contre lui. Un rayon lumineux caressa sa joue. Elle ferma les yeux, se laissant aller à ce bien-être retrouvé. Elle s'imprégna de l'odeur de Gaspard, si légère et masculine à la fois. Sa main caressa machinalement son torse.

— Dis-moi, Gaspard, tu avais quelqu'un au Canada ?

Il sourit en entendant la question. Ça ne lui était donc pas indifférent. Il prit son temps pour répondre :

— Des dizaines de filles…

Elle se retourna vers lui.

— Sérieusement ?

Gaspard se mit à rire de bon cœur devant l'air surpris de Clarisse.

— Mais non ! Quelques filles par-ci et par-là, mais rien de bien important. Tu sais, dans les forêts canadiennes, elles ne sont pas nombreuses.

— Tu devais bien aller en ville de temps en temps ?

— Oui, pour faire le plein de nourriture et on y restait plusieurs jours, avec mon copain James. On en profitait pour sortir. A rester seuls au milieu des arbres, on aurait fini par devenir asociaux.

Rio vint se coucher tout près d'eux, en se léchant les babines.

— Et toi ?

— Moi ? Comme toi, rien de sérieux.

— Pourquoi ?

— Parce que je n'avais pas envie de m'attacher à quelqu'un et de me retrouver seule du jour au lendemain.

Gaspard encaissa le deuxième coup de la journée.

Il se pencha vers elle et l'embrassa longuement. Il voulait lui dire que ça n'arriverait plus mais il n'en eut pas le temps : des cris s'élevèrent de l'autre côté de la berge. Les jeunes gens se redressèrent. Le couple de pêcheurs venait de se précipiter sur leur jeune enfant qui, penché dangereusement au-dessus de l'eau, était sur le point de tomber. Dans un mouvement un peu brusque, l'homme le tira en arrière et le mit en sécurité plus loin. Surpris, le bambin se mit à pleurer et arracha le bandana qui couvrait ses cheveux. Il s'agissait d'une fillette. Sa superbe chevelure rousse apparut, retombant sur ses épaules. Cette vision coupa le souffle de Clarisse, qui sentit une émotion indescriptible monter en elle. Gaspard s'en aperçut. Elle parla d'une voix blanche :

— Ses cheveux...

Gaspard observa la fillette de deux ans environ, une Clarisse en miniature... La jeune femme avala sa salive et détourna la tête.

— Quand je la regarde, je m'imagine au même âge, abandonnée par mes parents... Je ne comprends pas que ça me bouleverse autant !

Des larmes roulèrent sur ses joues. Elle les essuya rageusement et serra les dents pour contenir son émotion. Gaspard lui caressa l'épaule. Il comprenait son trouble mais se sentait désemparé devant la tristesse de Clarisse. Ils restèrent silencieux un long moment. C'était ce qu'ils appréciaient dans leur relation : ne pas avoir toujours besoin de parler pour se comprendre. Se rapprochant du jeune homme, elle murmura :

— Serre-moi contre toi.

Il lui ouvrit grand ses bras. Elle se blottit tout contre lui pendant de longues minutes, si fort qu'elle entendait battre son cœur. La main du jeune homme errait, réconfortante, dans sa chevelure. Un petit vent secoua la cime des arbres. Le temps changeait. Quelques légères gouttes de pluie commencèrent à faire des ronds dans l'eau. Ce n'est que lorsqu'elles s'intensifièrent qu'ils se séparèrent.

— Je crois qu'on va devoir rentrer plus tôt que prévu... Je ramasse les cannes.

Clarisse enveloppa les restes de gâteau et plia le plaid. Alors que Gaspard s'apprêtait à récupérer le seau, il ne vit plus l'anguille. Le couvercle était par terre, sans rien à côté. Le jeune homme se retourna vers son chien.

— Rio ! Tu n'as pas recommencé ?

Le braque assis plus loin regarda son maître les oreilles basses. Sa posture avait tout d'un aveu.

— Il a mangé ton poisson.

La jeune femme se retourna vers le chien, les mains sur les hanches.

— Tu as fait ça, Rio ?

Pris en faute, l'animal se coucha et lui lança des regards malheureux.

Gaspard plaisanta :

— Regarde ce filou, un vrai comédien ! Encore un peu, il se ferait plaindre...

Clarisse ne put s'empêcher de rire lorsque Rio se coucha sur le dos, les quatre pattes en l'air.

— Ce n'est pas si grave... Ne le gronde pas.

La pluie redoubla. Ils chargèrent très vite les affaires dans la voiture, le chien sauta à l'arrière et ils prirent la route du retour. L'humidité qui montait fit frissonner Clarisse. Pensive, elle essaya de chasser une soudaine angoisse mais n'y parvint pas. Lorsqu'ils arrivèrent à La Bruguière, la jeune femme décida de ne pas s'attarder.

— Je vais rentrer...

— Déjà ? Viens boire un café à la bergerie, ça te réchauffera.

C'est vrai, elle était gelée, mais elle ne voulait pas l'ennuyer avec ses états d'âme. Gaspard insista. Il écarta de son visage une mèche de cheveux que la pluie avait collée sur son front. Leurs yeux se caressèrent. Un silence s'installa entre eux, un de ceux que l'on n'ose pas rompre. Elle finit tout de même par accepter son invitation.

L'intérieur de la bergerie était sombre, les deux petites fenêtres n'apportant guère de lumière par ce temps orageux. Gaspard alluma des bougies. Il s'approcha de Clarisse et la frictionna avec ses mains.

— Tu as moins froid ?

— Oui, ça va mieux. Merci.

— Mets-toi à l'aise, je vais faire chauffer de l'eau.

Pendant qu'il s'affairait autour de la cuisinière, la jeune femme s'assit dans le vieux fauteuil. Elle l'observa aller et venir. Il déposa deux bols sur la table, la boîte de sucre en morceaux et vint s'installer tout près d'elle. Un courant d'air provenant de l'encadrement de la porte fit danser les flammes des chandelles. Le doux parfum de la cire fondue se répandit dans la pièce. Clarisse but une gorgée de café. Gaspard la questionna :

— Que comptes-tu faire ?

— A quel sujet ?

— Celui de tes parents naturels.

Elle fronça les sourcils. Elle n'aurait pas voulu en reparler. La jeune femme se ferma soudain et répondit plus sèchement qu'elle n'aurait voulu :

— Que veux-tu que je fasse ! A part oublier cette histoire... Ces gens-là n'ont pas d'intérêt.

Clarisse leva vers lui des yeux où la colère laissa place à l'angoisse. Elle semblait une fillette perdue qui craignait ce que la vie lui réservait. D'une petite voix, elle laissa échapper une plainte.

— J'ai peur de ce que je pourrais découvrir...

— C'est normal. Mais tes parents ne sont sans doute pas des monstres. Peut-être ont-ils été obligés de t'abandonner ?

Elle se redressa d'un coup, les poings posés sur la table, le fusillant soudain du regard.

— Comment peut-on être obligé d'abandonner son enfant ? Dis-moi un peu ! En serais-tu capable, toi ?

Surpris par un tel emportement, Gaspard balbutia quelques mots :

— Non. Je ne crois pas...

La colère de Clarisse redoubla.

— Tu ne crois pas ! Dis-le tout de suite, ça m'évitera d'avoir un enfant avec toi !

Alors qu'il restait sans voix, elle attrapa son sac, se dirigea vers la porte et sortit sous la pluie battante. Gaspard mit quelques secondes à reprendre ses esprits, et courut à sa poursuite. Elle était assise derrière le volant de sa voiture, la tête dans les bras, pleurant à chaudes larmes. Il s'installa à sa droite. Elle s'essuya les joues avec ses manches, tout en hoquetant.

— Tu veux que je parte ?

Elle fondit en larmes une nouvelle fois.

— Pardon ! Pardonne-moi, je suis mauvaise. Je ne voulais pas dire ça...

— Calme-toi. Au moins, j'ai appris que l'idée d'avoir un enfant avec moi t'avait effleuré l'esprit...

Elle le regarda, déconcertée, puis lui sourit d'un air malheureux.

— Comment arrives-tu à me supporter ?

Il l'embrassa, ne lui laissant pas finir sa phrase. Son baiser était passionné, rassurant et délicieux. Il la serra tendrement contre lui. Elle était bien, n'osait plus bouger de peur qu'il ne s'écarte d'elle.

— Tu as raison. Il faudra bien que je sache la vérité un jour ou l'autre, même si elle n'est pas belle à entendre.

Il lui caressa la joue tendrement.

— Je serai là pour te soutenir.

Elle l'embrassa encore et encore. La pluie redoublait sur la capote de la 2 CV et les vitres se couvraient de buée. Un aboiement les fit sursauter. C'était Rio, la truffe collée au carreau, qui les regardait. Ils rirent de son air ahuri.

— Il est déjà tout mouillé, pauvre chien !

— Il n'avait qu'à rester à la bergerie. Je pense qu'il a cru qu'on retournait à la pêche.

Le braque, trempé jusqu'aux os, aboya de nouveau, manifestant son impatience.

— Vas-y, je vais rentrer de toute façon, dit-elle.

— Tu es sûre que tout ira bien ?

Elle sourit tristement et acquiesça. Affronter la réalité n'était pas toujours facile...

La 2 CV démarra, fila vers le village et disparut.

12

Le soir même, dans sa grange, Clarisse repensa à la douceur de cet après-midi avec Gaspard, et à sa réaction devant l'enfant au bord de la rivière. Elle avait du mal à l'admettre, mais elle avait voulu occulter l'existence de ses parents comme ils avaient occulté la sienne. Ce soir, elle comprenait qu'elle se mentait à elle-même. Inutile de pratiquer la politique de l'autruche, son histoire pouvait lui sauter à la figure à tout moment. Mille questions surgiraient encore pour la tourmenter. Et puis cette colère qui s'installait en elle… Clarisse Fabre, toujours gaie et enthousiaste, ne pouvait vivre rancunière et triste. Elle devait se rendre à l'évidence : pour son équilibre, il fallait qu'elle en apprenne plus sur ses origines. Tant pis si ses découvertes s'avéraient terribles, mais elle ne pouvait plus vivre comme si de rien n'était.

Elle observa cette petite grange où on l'avait abandonnée, cet endroit qu'elle avait toujours aimé sans savoir pourquoi, et où elle se sentait si bien. Quelle ironie du sort…

Un petit ronronnement familier attira son attention. Elle s'assit sur le tapis pour mieux accueillir le félin qui venait lui faire la fête. A pattes de velours, Miss rejoignit Clarisse, ses yeux jaunes pétillants de vivacité.

— Viens là, ma belle !

Cette dernière se contorsionna, frottant sa tête contre les bras de sa maîtresse, et s'installa sur ses genoux.

— Tu es bien toi aussi ici, hein ? Tu sais, on est pareilles toutes les deux.

La petite chatte de gouttière, blanche comme neige, fine et apeurée, avait été trouvée par Anna un matin d'hiver, cachée sous l'abri bois du mas. Clarisse, qui venait juste d'emménager dans sa grange, l'accueillit immédiatement. Depuis, elles ne s'étaient plus quittées.

Alors que le chagrin recommençait à l'envahir, elle reçut un appel d'Héloïse. Ses vacances touchaient à sa fin et elle devait reprendre le travail le dimanche suivant.

— Comment vas-tu ?

— Ça peut aller…

— Dis-moi, j'ai appris que Gaspard Lacombe était revenu dans les parages.

Clarisse eut un petit rire mutin.

— Ah bon ? Depuis quand ?

— Tu étais au courant… ? Ne me dis pas que…

— Que quoi ?

— Vous avez remis ça !

— Peut-être bien.

A l'autre bout du fil, la jeune femme soupira sans retenue.

— Arrête, il va encore te rendre malheureuse ! Tu ne peux pas t'intéresser à quelqu'un d'autre ? Y'a pas assez de garçons sur Terre ? Bon sang, c'est reparti !

Clarisse n'était pas très étonnée de la réaction de son amie, protectrice avant tout. Depuis toujours, elle veillait sur son bonheur à la manière d'une sœur aînée, bien qu'elles aient le même âge.

— En fait, ni lui ni moi n'avions envie de résister. Juste vivre l'instant présent, tu comprends ? Ça s'est fait tout naturellement.

— Hum... Moi, je dis que ce n'est pas une bonne idée.

— Ça me fait du bien d'être avec lui. Et c'est tout ce qui compte.

Miss passa en râlant aux pieds de sa maîtresse, mécontente d'avoir été dérangée pendant leur instant d'intimité.

— Héloïse... Si tu es libre samedi matin, j'aurais aimé que tu m'accompagnes à Nîmes.

— OK. On va faire les boutiques ?

— Non. Je voudrais aller à l'orphelinat qui m'a accueillie quand j'étais bébé. Peut-être que je pourrais avoir des informations sur mes parents naturels. Je n'y crois pas trop mais il faut que je voie cet endroit.

— Je passe te prendre à quelle heure ?

— Neuf heures, ça te va ?

— Ça marche !

La spontanéité d'Héloïse fit plaisir à Clarisse. Les amies avaient toujours été là l'une pour l'autre dans les moments importants. Elle se sentit rassurée de ne pas se rendre à l'orphelinat seule.

La semaine passa rapidement car le travail à la cave ne manquait pas. Clarisse fut très occupée par le bilan comptable qui avait lieu chaque fin d'année. Yvonne, toujours de bonne volonté, vint l'aider. L'entreprise était saine, les comptes, positifs : Grégoire avait fait connaître ses vins sur les grands marchés de la région et avait su les promouvoir auprès des restaurateurs qui les proposaient régulièrement sur leurs cartes. Par ailleurs, les fêtes de Noël approchant à grands pas, les ouvriers préparaient de nombreuses commandes qui partiraient aux quatre coins de l'Hexagone.

Il incombait maintenant à Clarisse de faire perdurer ce joli succès. Elle se sentait prête à tenir son rôle, bien qu'une certaine pression pesât sur ses épaules. Elle se devait d'être à la hauteur du charisme de Grégoire, de sa passion pour son métier, de son engagement pour son entreprise. Ce n'était pas une mince affaire, mais elle ferait de son mieux. Elle y mettrait tout son cœur, par égard pour ceux qui s'étaient battus pendant les années difficiles, pour les ouvriers, toujours volontaires et jamais absents, qui travaillaient les vignes depuis des années. Le seraient-ils encore après Grégoire ? N'allaient-ils pas lui tourner le dos ? Yvonne la rassura. Elle les connaissait tous depuis longtemps. « De bons gars, avait-elle dit. Parle-leur franchement, ça les mettra en confiance s'ils doutent. » Une fois de plus, elle avait raison. Clarisse les réunirait la semaine suivante pour les rassurer.

Le samedi suivant, elle partit à Nîmes avec Héloïse. Le temps s'était rafraîchi et les deux amies durent essuyer à plusieurs reprises les vitres de la 2 CV qui s'embuaient rapidement. Clarisse, qui s'était réveillée angoissée par la visite du matin, était perdue dans ses pensées. Rien ne pouvait la divertir, pas même la conversation animée d'Héloïse qui essayait de la détendre.

— Veux-tu que l'on fasse demi-tour ? On n'est pas obligées d'y aller aujourd'hui…

— Non, on y va. Je repensais seulement à ce terrible cauchemar qui terrorisait mes nuits d'enfant. Peut-être que l'orphelinat n'y est pas étranger ?

Héloïse hocha la tête.

— C'est bien possible. Je ne sais pas si nos souvenirs sont nets avant quatre ans. Du plus loin que je me souvienne, ma première image est celle de l'école maternelle et de ton arrivée dans la classe. Tu étais si triste…

— C'est vrai, j'étais un peu perdue. Je ne comprenais pas pourquoi mes parents n'étaient plus là. Quand je les réclamais, Grégoire répondait qu'ils étaient partis pour un long voyage et que j'allais rester avec lui. Je me demandais pourquoi ils m'avaient laissée toute seule. J'avais terriblement besoin d'eux. Je me suis sentie complètement abandonnée.

La 2 CV passa le dernier grand virage avant la ville. Clarisse continua son récit :

— J'étais un peu rassurée d'être en vacances au mas, avec ma grand-mère, mon oncle et Anna. Ils faisaient tout pour me chouchouter. Ils ont toujours été adorables avec moi...

— Ces gens-là sont exceptionnels.

— C'est vrai. C'est pour cela que, si l'on découvre quelque chose aujourd'hui, je n'ai pas le droit de m'apitoyer sur mon sort. Je suis heureuse et fière d'être une Fabre, c'est le plus important.

Héloïse admira la force de caractère de son amie. Aurait-elle pu réagir comme elle dans une situation similaire ?

Les champs d'oliviers disparurent peu à peu, faisant place à l'urbanisation d'une ville active et laborieuse. La voiture s'engagea sur les boulevards, puis longea le grand canal du jardin de la Fontaine, avant d'aller se garer place Séverine. Munies d'un plan de la ville, les filles s'enfoncèrent dans les rues étroites. Le quartier semblait à l'abandon, oublié par les travaux de rénovation et d'embellissement. Ses rues au crépi défraîchi rendaient le lieu lugubre. Clarisse chercha, au hasard des rues, des détails qui auraient pu réveiller sa mémoire.

Héloïse vérifia sur le plan. Elles touchaient au but. Un chien aboya sur un balcon. Elles sursautèrent, maugréèrent et continuèrent leur chemin.

Des voitures stationnées anarchiquement sur les trottoirs rendaient la progression difficile. Héloïse montra brusquement une plaque de rue.

— Regarde, voilà la rue des Pénitents-Blancs.

Elles y étaient. Le cœur de Clarisse s'emballa. La rue était grise, étroite, tout en longueur et très austère, sans doute dû au fait que de nombreuses maisons avaient les persiennes closes. Son attention fut attirée par un porche sombre, dans une ruelle transversale. Elle le détailla sans dire un mot et examina les maisons autour. Elle resta pétrifiée.

— C'est la bâtisse que je vois dans mes cauchemars...

Ses yeux ne se détachaient pas de la maison au crépi vert passé, scrutant ses moindres détails. Elle en était certaine. Elle se souvenait maintenant.

— Cette couleur est si inhabituelle... Je ne peux pas me tromper. On passait tous les jours devant. Les plus grands disaient qu'on devait en avoir peur, qu'une sorcière y habitait...

Son cœur se serra. La petite fille abandonnée refit brutalement surface au milieu de cette impasse. Les maisons lui parurent encore plus hostiles que quelques minutes auparavant. Clarisse se rapprocha du porche. Elle reconnut la grande porte en bois et chercha des yeux la grosse cloche, qui avait été remplacée par un interphone. Seul restait un anneau de fer rouillé, scellé dans la pierre, témoin de son existence passée. En retrait, Héloïse observait son amie. Le visage de Clarisse était plus pâle que jamais. Une étrange lueur brillait dans ses yeux. Héloïse s'inquiéta, s'avança vers elle et la prit par les épaules.

— Tu vas bien ?

La jeune femme ne répondit pas. Elle détaillait chaque relief de la porte. Dans un immeuble voisin, un chien hurla à la mort, déchirant le silence du quartier.

— Clarisse ?

Celle-ci répondit d'un ton monocorde :

— C'est ici.

Aucune plaque n'indiquait « les Mimosas », le nom de l'orphelinat. Pourtant, Clarisse n'avait aucun doute. Les couleurs revinrent petit à petit sur ses joues. Elle semblait de nouveau présente. Déterminée à en savoir plus sur son histoire, elle sonna. Héloïse fut rassurée de retrouver sa Clarisse et de ne plus voir cette étrange expression sur son visage.

Trente secondes passèrent puis le grésillement de l'interphone retentit. Un « Oui ? » se fit entendre. Il sembla à Clarisse qu'aucun son n'allait sortir de sa gorge, puis, après avoir avalé sa salive, elle réussit à articuler une phrase claire et audible.

— Bonjour, madame, est-ce que c'est bien ici les Mimosas ?

— Oui, c'est pour quoi ?

— J'aimerais voir la personne qui dirige l'établissement, s'il vous plaît.

Clarisse resta plusieurs minutes la bouche près de l'interphone.

— Madame la directrice est absente aujourd'hui. Quel est l'objet de votre visite ?

Les deux amies se regardèrent, embarrassées, puis Héloïse répondit :

— C'est personnel.

Plus rien. Elles restèrent plantées devant la porte massive, les bras ballants, attendant le moindre signe. Héloïse sonna de nouveau. Les secondes s'égrenèrent. Toujours rien. Clarisse regarda son amie, désolée.

— J'aurais dû téléphoner avant...

— Elle pourrait répondre, quand même ! On ne laisse pas les gens à la porte comme ça.

Après plusieurs minutes d'attente, elles durent se rendre à l'évidence : personne ne leur ouvrirait. Déçues, elles se reculèrent afin de mieux observer l'entrée de l'établissement et commencèrent à repartir. Un claquement de serrure et un grincement assourdissant les firent se retourner. La large porte s'ouvrit sur une religieuse menue. Son voile marine laissait apparaître la base argentée de ses cheveux. Derrière de fines lunettes, un regard curieux détaillait les deux jeunes femmes.

— Bonjour, mesdemoiselles.

La voix était claire et douce. Les deux amies sourirent et s'avancèrent vers la religieuse. Clarisse lui tendit la main.

— Bonjour, ma sœur, excusez-nous de vous déranger.

Son interlocutrice, calme et souriante, la dévisagea, après avoir salué rapidement Héloïse.

— Je m'appelle Clarisse Fabre. J'aurais souhaité m'entretenir avec la directrice de l'établissement. Mais peut-être que vous pourrez me renseigner ?

— Je suis sœur Marie-Louise. Entrez.

Elles pénétrèrent dans une grande cour intérieure au dallage usé. La lourde porte se referma derrière elles. Clarisse reconnut le lieu, plus exigu que dans ses cauchemars. Une émotion indéfinissable l'envahit, la mettant mal à l'aise. Aucun doute, cet endroit était resté ancré dans la mémoire de la petite Clarissa Allegra devenue adulte. Perdue dans ses souvenirs, elle finit par se sentir observée. Sœur Marie-Louise semblait chercher des réponses à ses questions.

— Notre directrice, madame Leclerc, est absente pour plusieurs jours. Est-ce que je peux vous aider ?

— Peut-être…

La jeune femme chercha ses mots. Elle voulait présenter sa situation avec simplicité mais, contrairement à ce qu'elle avait pensé, les mots furent soudain difficiles à prononcer. Sœur Marie-Louise la devança :

— Vous avez été accueillie chez nous, n'est-ce pas ?

Clarisse resta un instant sans voix. Le regard bienveillant toujours posé sur elle la mit en confiance.

— Oui.

— Tous nos anciens pensionnaires qui reviennent pour la première fois aux Mimosas observent avec attention la cour et les bâtiments. J'ai vu votre trouble et en plus, je n'oublie aucun enfant.

Les joues de Clarisse s'empourprèrent sous le coup de l'émotion.

— Vous me connaissez ?

La religieuse se retourna et s'avança vers la longue coursive qui longeait le bâtiment.

— Venez. Nous serons mieux dans le bureau de madame la directrice pour parler.

Les filles emboîtèrent le pas de la religieuse, dont le voile ondoyait au gré de sa démarche. Clarisse, dont le cœur battait la chamade, aurait voulu qu'elle marchât plus vite. Quand Héloïse posa une main rassurante sur son bras et lui adressa un clin d'œil complice, la jeune femme mesura combien la présence de son amie était essentielle à cet instant de sa vie.

Les fenêtres défilèrent le long d'un interminable couloir. Tout au bout, les trois femmes montèrent un large escalier dont les marches usées témoignaient du passage intense de générations d'enfants. Au premier palier, sœur Marie-Louise poussa une porte et les invita à rentrer dans une pièce. Une bibliothèque impressionnante ornait tout un pan de mur, et un bureau moderne y était installé, ainsi que trois chaises.

— Asseyez-vous, je vous en prie.

Les filles prirent place face à la religieuse.

— Vous m'avez dit que vous vous appeliez Clarisse Fabre ?

— Oui, c'est ça.

La petite femme se gratta le menton.

— Quel âge avez-vous ?

— Vingt-six ans.

La religieuse la dévisagea une nouvelle fois, avec un sourire affectueux.

— Je me souviens de toi. Avec ta belle couleur de cheveux, ton nez en trompette couvert de taches de rousseur… Oui, je te reconnais. Je me suis beaucoup occupée de toi pendant plusieurs années.

Un immense soulagement envahit la jeune femme. On allait enfin lui parler de cette période trouble de sa vie. Elle fixa sœur Marie-Louise, buvant ses paroles avec une attention enfantine.

— Tu es le bébé du camion.

Aussitôt qu'elle eut prononcé cette phrase, la religieuse rougit, comme si elle avait trop parlé. En voyant Clarisse hocher la tête, elle fut apparemment soulagée.

— J'ai cru que j'avais trop parlé ! Es-tu au courant des circonstances de ta découverte ?

— Oui. J'ai tout appris il y a quelques jours.

— Seulement quelques jours ?

— Mon oncle, Grégoire Fabre, de Saint-Côme, m'a élevée après la mort accidentelle de mes parents adoptifs, et est décédé la semaine dernière. Il a toujours refusé que je sache la vérité afin de ne pas me peiner davantage. Après son décès, le notaire m'a donné une lettre où il m'expliquait ma véritable histoire et mon passage chez vous.

La religieuse était très attentive aux explications de Clarisse.

— Je comprends.

La jeune femme continua :

— J'espère découvrir maintenant des informations supplémentaires...

Sœur Marie-Louise eut un air ennuyé.

— Il est bien rare que nos anciens pensionnaires découvrent des renseignements sur leur passé ici. Ne te fais pas trop d'illusions. Sais-tu quand tu es arrivée chez nous ?

— En septembre 1954.

La petite femme se leva, fit le tour du bureau et se dirigea vers un secrétaire. Elle sortit une clé de son trousseau et l'ouvrit. Des dizaines de dossiers méticuleusement rangés alourdissaient les étagères. Sur la tranche de chacun, une année était inscrite à l'encre noire. La religieuse saisit l'un d'eux et revint avec au bureau. Elle l'ouvrit, feuilleta longuement les documents sans rien dire. Héloïse soupira en écartant nerveusement une mèche imaginaire. Clarisse était suspendue aux gestes de sœur Marie-Louise et à la moindre expression de son visage.

— Voilà ton dossier d'admission chez nous. Il indique que tu es arrivée le 10 septembre 1954 exactement, après un séjour en observation de deux jours à l'hôpital de Nîmes. Tu étais en parfaite santé. Tu es restée chez nous jusqu'au 28 février 1958, jour où tu as été confiée à tes parents adoptifs monsieur et madame Fabre, Antoine, à Nîmes.

Clarisse hocha la tête sans oser interrompre sœur Marie-Louise. Celle-ci feuilleta encore quelques documents.

— Ici, j'ai le détail de tes examens médicaux passés au dispensaire de Nîmes. Rien de particulier. En trois ans et demi, une angine et la rougeole.

La religieuse leva le nez des formulaires. Elle regarda Clarisse avec un sourire affectueux.

— Je me souviens très bien de ta rougeole. Tu avais eu beaucoup de fièvre, elle tardait à baisser malgré le traitement. Sœur Baptiste, qui, à l'époque, était la directrice de l'établissement, m'avait interdit de te surveiller la nuit. Mais j'étais trop inquiète alors, en douce, je suis venue te veiller. J'étais un peu désobéissante, mais c'était pour le bien des petits.

Clarisse lui sourit. Elle vit dans les yeux de cette femme toute la douceur de la Terre. Pourquoi ne s'en souvenait-elle pas ? De nouveau plongée dans le dossier, la petite femme inspecta les pages. Après quelques minutes, elle se rendit à l'évidence.

— Je suis désolée mais il n'y a rien de plus.

L'air attristé de la jeune femme toucha son interlocutrice. Héloïse intervint :

— Aucune information ? Ce n'est pas possible, en trois ans et demi de présence ici ?

La religieuse écarta les mains en signe d'impuissance.

— Je suis désolée. Attendez... Je lis quelque chose d'intéressant en encart. C'est l'écriture de sœur Baptiste. Un homme est venu plusieurs fois en hiver 1954 pour te voir. Mais comme il a systématiquement refusé de donner son identité, il n'a pas eu l'autorisation de te rendre visite.

Une bouffée de chaleur monta aux joues de Clarisse. Quelqu'un avait donc pensé à elle ! Peut-être son père ? Elle se leva d'un bond, mille questions en tête.

— Comment était-il ? Qu'a-t-il dit ? L'avez-vous vu ?

La religieuse, visiblement très ennuyée, ne put répondre positivement.

— Je ne l'ai jamais vu. Je ne sais ni à quoi il ressemblait, ni ce qu'il a pu dire à sœur Baptiste. Elle ne se confiait guère à nous autres. Rien n'est précisé à ce sujet. Vous en savez maintenant autant que moi.

Héloïse rejoignit son amie devant la petite femme.

— Mais demandez à sœur Baptiste, c'est important !

La religieuse se leva à son tour, fit le tour du bureau et posa ses mains sur les épaules des jeunes femmes.

— Je comprends votre empressement, et il est bien légitime. Malheureusement, il m'est impossible d'obtenir plus de renseignements. En effet, sœur

Baptiste a rejoint Notre Seigneur il y a trois ans déjà. Je suis la seule qui était ici à cette époque. Je n'ai pas été témoin de ce fait. Vous savez, nous avions une quarantaine d'enfants ces années-là. C'était beaucoup de travail et d'attention. Nous n'étions pas au courant de tout.

Clarisse retrouva son calme et agita la tête.

— Bien sûr, excusez-moi.

Son cœur battait la chamade. Un homme était venu lui rendre visite. Elle sourit sans s'en rendre compte. Elle ne regrettait pas d'être venue.

— Sœur Marie-Louise, est-ce que je peux vous laisser mon numéro de téléphone au cas où quelque chose vous reviendrait ?

— Volontiers, mais n'espère pas trop…

Clarisse sortit de son sac une carte de visite de la cave et nota ses coordonnées personnelles au dos. Elle fit un signe à Héloïse qui faisait toujours la moue.

— Nous n'allons pas vous déranger plus longtemps. Merci beaucoup de nous avoir accordé du temps.

La religieuse s'empressa de leur serrer la main.

— Reviens quand tu veux. Je te reverrai avec plaisir. Et puis, maintenant que nous ne nous occupons plus d'enfants, j'ai beaucoup plus de temps libre. Trop même.

Héloïse sortit de son mutisme boudeur.

— Il n'y a plus d'enfants aux Mimosas ?

Sœur Marie-Louise sourit tristement.

— Il y a encore bien des enfants en difficulté mais ils sont accueillis dans un foyer tout neuf, avec du personnel diplômé. Notre vieux bâtiment n'était plus aux normes depuis longtemps, et nous n'avions que notre expérience et notre amour à leur offrir. Désormais, des éducateurs s'occupent d'eux. Ici, nous ne nous occupons que de l'administratif.

Après avoir chaleureusement remercié la petite religieuse, les deux amies reprirent le chemin de Saint-Côme. Elles discutèrent peu. Alors qu'Héloïse était déçue de ne pas avoir eu plus de renseignements, Clarisse était, bien au contraire, euphorique à l'idée de savoir qu'elle avait compté pour quelqu'un.

Elle ne se sentait plus abandonnée.

13

De retour au village, les deux filles décidèrent de passer le reste du samedi ensemble, à la grange. Héloïse repartirait à Montpellier vers dix-huit heures. En attendant, elle fureta dans la cuisine, décidée à préparer le déjeuner. « Laisse-moi faire », avait-elle dit à Clarisse. Cette dernière ne se le fit pas dire deux fois. Elle partit au salon pour s'occuper de l'apéritif. Son humeur était plus légère, comme si elle avait un poids en moins sur les épaules. Un homme avait voulu lui rendre visite à l'orphelinat ! Si seulement sœur Baptiste l'avait autorisé à rentrer… C'était sûrement son père. Elle voulait que ce soit son père. C'était son père !

Elle ouvrit une bouteille de vin et en proposa à Héloïse, qui revenait de la cuisine.

— Tu veux un verre de rouge pour l'apéro ?

— Oui, pourquoi pas ? D'où vient-il ?

— C'est un côtes-du-rhône qu'un voisin viticulteur m'a offert, on va le goûter.

— Ah ah ! Ça commence par une bouteille et ça finit au lit…

Clarisse s'esclaffa.

— Tu penses ! Ça vient du pépé Veyrunes. Soixante-dix-neuf ans et plus beaucoup de dents…

— Ah oui, c'est vrai que ça calme.

Elles rirent de bon cœur, goûtèrent le cru qu'elles apprécièrent, tout en grignotant quelques chips. On frappa à la porte. C'était Momo qu'elles avaient invité à peine rentrées. Dans une main, des feuilletés salés qu'il avait confectionnés le matin même, et de l'autre une bouteille de Ricard.

— Je vois que la fête a commencé. On vous entend depuis le chemin. De vraies pipelettes !

Elles l'embrassèrent affectueusement. Jean neuf, sweat large sous son blouson en cuir, après-rasage léger, elles le taquinèrent sur son effort vestimentaire.

— Mais tu es tout beau ! C'est pour nous que tu t'es sapé ?

En s'avachissant sur le canapé, Momo passa une main dans ses cheveux.

— Désolé pour vous les filles, mais aujourd'hui, j'ai un rencard !

Héloïse, la curieuse, ne put résister :

— Ah ouais et avec qui ?

Clarisse alla lui chercher un verre à la cuisine.

Un sourire malicieux aux lèvres, il prit tout son temps pour répondre.

— Une fille de Nîmes. Elle est vendeuse aux halles. Je l'avais repérée depuis quelque temps. Elle s'appelle Cécile.

— Et avec la sœur de Thierry, c'est déjà fini ?

— Oh oui. Elle est toujours collée à sa mère. J'avais l'impression de sortir avec les deux !

— Ah forcément...

Clarisse revint et vida le sac de feuilletés dans une assiette. Le jeune homme questionna Héloïse à son tour.

— Et toi, tu as un copain en ce moment ?

Elle prit un air détaché qui ne trompa pas Clarisse.

— Bof, je vois quelquefois un mec qui travaille près de chez moi, mais rien de bien sérieux.

— Qu'est-ce qu'il fait dans la vie ?

— De la mécanique. Il répare des motos. On ne se voit que de temps en temps. C'est juste pour le fun.

Clarisse sourit. Elle reconnaissait bien là son amie. Toujours à faire la dure, la fille détachée vis-à-vis des hommes. Son expression préférée : « Je vis au jour le jour ! » En fait, il était évident qu'elle avait une trouille monstre de tomber amoureuse. Elle eut envie de la titiller.

— Et comment il s'appelle, ce beau mécano... ?

Héloïse haussa les épaules et ouvrit des yeux ronds.

— Aucune importance. Il n'est pas vraiment beau, tu sais...

Comme son amie riait, elle s'empressa de changer de conversation et s'adressa au jeune homme :

— Tu savais que Gaspard était revenu ?

Momo fronça les sourcils.

— Gaspard ? Le Gaspard de...

— C'est ça ! Le Gaspard de Clarisse. Ils sont de nouveau ensemble.

La jeune femme, restée silencieuse jusqu'ici, réagit :

— Mais quelle commère !

— Quoi ? Ce n'est pas vrai... ?

— Si, mais ce n'est pas la peine de le crier sur tous les toits.

— Je le dis à Momo, juste à lui. En plus, il s'en fout, de ce mec... Pas vrai ?

L'air renfrogné, le jeune homme marmonna quelques mots. Depuis qu'il avait rendu Clarisse malheureuse, il ne supportait plus d'entendre parler de ce satané type. Il ne comprenait pas comment il avait pu quitter cette fille si attachante et si belle. S'il avait eu la chance, lui Momo, de serrer dans ses bras quelqu'un comme elle, il l'aurait attachée pour ne jamais la perdre. Fou de Gaspard ! Et voilà qu'il allait sûrement recommencer... Momo se jura d'avoir un œil sur l'individu. Il répondit à Héloïse d'un ton désinvolte :

— Tu as raison, je m'en fous complètement.

Clarisse et Héloïse se lancèrent un regard complice.

Sur le tapis, la une du *Midi Libre* parlait des prochaines élections présidentielles.

— Au fait, vous saviez que Coluche se présente aux élections ?

— Ah oui ? Ça doit être encore une de ses farces pour faire tourner en bourrique les politiques...

— Non, à Montpellier on dit qu'il est sérieux.

— Quel type incroyable !

Momo s'anima sur le canapé.

— Le plus, c'est qu'il est capable d'avoir beaucoup de voix. Son slogan c'est « Jusqu'à maintenant la France était coupée en deux, avec moi elle sera pliée en quatre ! ». Excellent, non ?

— Il est génial, ce gars-là. Il met du baume au cœur. J'imagine bien son affiche entre celles de Giscard et de Mitterrand. Les deux en costards coupés sur mesure, et lui avec sa salopette et son nez rouge...

Ils se mirent à tirer des plans sur la comète.

— S'il était élu, il faudrait Daniel Balavoine comme Premier ministre. Il a du cran, ce gars-là. Lui au moins, il pense à la jeunesse et il n'a pas peur de le dire.

Clarisse acquiesça :

— C'est vrai. En mars dernier, son face-à-face avec François Mitterrand au journal d'Antenne 2 m'a fait plaisir. C'est vrai que les journalistes et les politiques passent à côté des vrais problèmes. Ils ne s'intéressent pas à la jeunesse. On dirait qu'ils ne vivent pas dans le même monde que nous...

Héloïse renchérit :

— Nous ne sommes que des statistiques pour eux. Qu'est-ce qu'ils connaissent de notre vie et de nos préoccupations dans leurs palais dorés et leur hémicycle ?

Momo acquiesça.

— Tu as raison. Il y a du monde à leurs meetings en plus.

— Moins qu'au dernier concert de Bob Marley en juillet dernier au Bourget ! Cinquante mille personnes, tu te rends compte ? Ça devait être mémorable...

Ils continuèrent à échanger encore une bonne heure puis le jeune homme se leva pour partir.

— Bon, les beautés, je vous laisse. Le devoir m'appelle.

— Vas-y, mon grand, et ne sois pas trop sérieux.

— Pas de souci !

Il les serra contre lui.

— Si vous n'étiez pas mes meilleures copines, je vous épouserais toutes les deux !

Le rire des filles résonna dans la grange. Momo ajouta, les yeux brillants de malice :

— Non mais sans blague, qu'est-ce qu'on se marrerait tous les trois ensemble !

Clarisse le taquina :

— On est trop vieilles pour toi, mon pauvre Momo !

Apparemment, il n'était pas de cet avis.

— Hum, je signe de suite !

— File à ton rendez-vous au lieu de dire des bêtises.

Lorsqu'il referma la porte derrière lui, elles l'entendirent siffler joyeusement. Elles aimaient sa compagnie, son amitié fidèle et sincère. Bien qu'il n'ait que vingt ans, Momo était plus mûr que les autres garçons de son âge.

A nouveau seules, elles devinrent plus sérieuses. Héloïse sentit le besoin d'évoquer la visite aux Mimosas. Se tournant vers son amie, elle l'interrogea :

— Parlons un peu de toi. Tu n'es pas trop déçue de ne pas avoir eu plus d'informations ce matin ?

Clarisse soupira.

— Bien sûr, j'aurais aimé en savoir plus mais je ne me faisais pas trop d'illusions. Vingt-six ans ont passé depuis mon admission à l'orphelinat, c'est beaucoup. Ceux qui m'ont déposée dans le camion de Grégoire ne m'ont donné qu'un prénom.

Héloïse l'attrapa par l'épaule, affectueusement.

— C'est déjà bien qu'ils t'en aient choisi un...

Devant le regard étonné de sa camarade, elle développa le fond de sa pensée :

— Si tes parents n'en avaient rien eu à faire de toi, ils n'auraient même pas pris la peine de te donner un prénom. Ça arrive souvent. C'est l'officier d'état civil qui en choisit un sur le calendrier, et basta ! Terminé. Tu peux t'appeler Mauricette ou Simone en deux temps trois mouvements ! En plus, Clarissa Allegra c'est joli. On ne donne pas un prénom aussi lumineux à un nourrisson si on ne l'aime pas.

Clarisse resta sans réponse, surprise par ce raisonnement. Ces paroles sonnaient comme une évidence dans son esprit. « Finalement, peut-être que mes parents m'aimaient... » Le rouge monta à ses joues, ses yeux se mirent à briller brusquement. Elle n'avait jamais envisagé cette éventualité. Mais alors, s'ils l'aimaient, pourquoi l'avaient-ils abandonnée ? Tant de questions se bousculaient dans sa tête... Héloïse nota son trouble.

— C'est difficile d'en parler ?

— Non, pas avec toi. Au contraire, j'ai besoin de ton avis sur cette histoire. Je ne sais plus quoi en penser.

— C'est normal. Quel coup de tonnerre dans ta vie ! Tu as reçu un grand choc, dans une période déjà difficile...

— C'est vrai, j'étais tellement fragilisée par la perte de Grégoire... Sa lettre m'a bouleversée un peu plus. En y repensant, je suis heureuse que ce soit lui qui m'ait appris la vérité. J'aurais pu l'apprendre de la bouche de quelqu'un d'autre, je l'aurais encore plus mal vécu. De Grégoire, je pouvais tout entendre.

Héloïse lui sourit. Elle avait toujours admiré l'attachement que l'oncle et la nièce avaient eu l'un pour l'autre. C'était beau, pur et émouvant. Elle aurait adoré vivre cette relation avec son père, mais ce n'était pas le cas du tout. Il était bien trop occupé à courir après toutes les femmes du département pour se soucier de sa progéniture. Elle n'avait jamais compris que sa mère puisse s'accommoder des infidélités de son mari. Par conséquent, Héloïse pensait : « A quoi bon vivre ensemble ? Je ne me marierai jamais. »

Clarisse continua :

— Je ne me plains pas. Et puis, tu sais, j'ai eu de la chance. J'aurais pu être malheureuse. Au lieu de ça, j'ai passé ma vie auprès de gens qui m'aiment.

Héloïse reconnaissait bien là le caractère optimiste de son amie.

Elle embrassa affectueusement Clarisse sur la joue. Miss se faufila à ce moment-là entre les deux filles, et sauta sur les genoux de sa maîtresse. Héloïse en profita pour jeter un œil à la cuisson de son gratin. Clarisse se rapprocha de la chaîne hi-fi, et posa un vinyle sur le tourne-disque.

— Bon, et si on s'écoutait un petit Madness ? C'est parti pour un ska d'enfer, ma cocotte ! Allez viens !

Elle tira son amie par la main, et monta le son à fond. Miss fila se cacher dans le cellier.

— Lâche-toi sur le saxo, ma belle !

Les deux jeunes femmes rajeunirent de dix ans, riant, se tortillant comme des ados pour mieux évacuer le poids de leurs préoccupations. Se défouler leur fit du bien. Elles lâchèrent prise et se laissèrent aller au rythme endiablé de la musique. Elles dansèrent comme des folles jusqu'à épuisement puis s'effondrèrent sur le canapé. Après quelques minutes de pause, Clarisse se leva pour rajouter du bois dans la cheminée qui était sur le point de s'éteindre. Héloïse partit chercher le gratin et revint remplir leurs verres.

Le vin libérant les esprits tout autant que les langues, elles papotèrent de tout et de rien, de leurs souvenirs de lycée, de leurs camarades, des potins du village, du bar du Petit Bonhomme et des sœurs d'Héloïse.

— Ta sœur aînée n'a toujours personne dans sa vie ?

— Bien sûr que non. Elle espère trouver le prince charmant, tu vois un peu le tableau. Comme s'il allait débarquer un beau matin sur son cheval blanc à Saint-Côme ! Il faudrait qu'elle quitte un peu le village. Je l'ai souvent invitée à venir chez moi, pour que l'on sorte ensemble à Montpellier, mais rien à faire. Elle déteste la ville. Pourtant, on s'éclate bien. Tu te souviens de nos soirées en boîte ?

— Difficile à oublier...

— Oui, tu as raison. Il faudrait que l'on s'en refasse une bientôt !

— Pas de souci. Quand tu veux.

L'après-midi passa très vite. Vers dix-sept heures trente, Héloïse quitta son amie en promettant de revenir dès que possible. Clarisse regarda la R5 s'éloigner. Elle était heureuse de ce temps passé en sa compagnie, de leur complicité toujours intacte. C'était une véritable amie, comme on n'en a peu.

Le soir tombait déjà sur le village. De loin, elle aperçut l'éclairage public qui s'allumait peu à peu. L'hiver s'était déjà installé sur la campagne gardoise, poussé par un mistral qui s'immisçait partout, faisant claquer les volets mal attachés. Des grives montaient vers la garrigue. Clarisse rentra. Elle s'affaira à mettre un peu d'ordre dans le salon. Lorsqu'elle se coucha, elle imagina l'homme resté à la porte des Mimosas, les yeux pleins de douceur.

Le lendemain matin, réveillée tôt, Clarisse se rendit au mas. Yvonne et Anna étaient en train de prendre leur petit déjeuner. En robe de chambre, les cheveux en bataille, le nez dans leur café, les deux femmes étaient levées depuis peu. Clarisse les embrassa.

— Tu es toujours aussi matinale, ma fille ! Tu viens déjeuner avec nous ?

— Non, merci mamé, c'est déjà fait.

Clarisse s'assit à la place qu'elle occupait habituellement, en bout de table. Anna se leva, sortit du placard des biscuits et un pot de confiture.

— Goûte mes sablés, ils sont faits d'hier.

Elle ouvrit la boîte en fer et présenta des galettes dorées au beurre.

— Tu es terrible, Anna. Si je t'écoutais, je mangerais toute la journée.

— Juste une pour les goûter...

Yvonne posa son bol. D'un ton railleur, elle la taquina :

— Tu ferais bien d'en prendre une, sinon elle ne te lâchera pas !

Anna sourit et tendit la boîte à Clarisse qui piocha dedans. Une délicate saveur de beurre envahit son palais.

— Ils sont délicieux. Il faudra que tu m'apprennes à les faire.

— Je ne sais pas si elle te donnera sa recette.

Anna haussa les épaules en riant.

— A Clarisse, si, à la voisine, pas question ! Elle serait capable de dire que c'est une recette de sa famille, cette mégère. Tiens, tu emporteras aussi ce pot de gelée de coing.

— Attends un peu, elle arrive à peine ! Ne la presse pas.

— Mais non, j'avais peur d'oublier, avec ma tête de linotte...

Clarisse aimait les entendre se chamailler comme un vieux couple attendrissant. Elle sourit, puis en vint à l'essentiel. Elle expliqua sa journée de la veille, sa rencontre avec sœur Marie-Louise et l'inconnu qui avait essayé de venir la voir plusieurs fois. Yvonne hocha la tête, pensive. Elle admirait le courage de sa petite-fille et sa volonté d'avancer dans ses recherches. Il était évident que ce nouvel indice lui faisait du bien et elle s'en réjouissait. Clarisse repartit rapidement, le sourire aux lèvres.

En fin de soirée, tandis qu'Anna sommeillait devant la télé, tout près d'elle, Yvonne repensa à cette histoire. Alors que l'enfant n'avait qu'une dizaine d'années, Yvonne avait insisté auprès de Grégoire afin qu'ils retrouvent les parents naturels de Clarisse. Il avait farouchement refusé, préférant protéger sa nièce d'une éventuelle désillusion. Pour elle, il était évident qu'il redoutait de rendre la petite malheureuse et qu'il avait très peur de la perdre. Grégoire était un possessif.

Elle avait regretté la réaction de son fils, car les années risquaient d'effacer définitivement les infimes possibilités de les retrouver. Se buter signifiait refuser à Clarisse la vérité sur ses origines. Inévitablement, cela referait surface un jour. Tout le monde a besoin de savoir d'où il vient pour savoir où il va. Mais Grégoire était resté sur ses positions pendant toute sa maladie, jusqu'à sa lettre. Il avait entrouvert une porte et Clarisse avait fait aujourd'hui un premier pas sur le chemin de son histoire. Sa grand-mère s'en était sentie soulagée. Difficile de vivre avec des non-dits, des secrets de famille qui pèsent lourds sur la conscience. Toutes ces années où on lui avait imposé le silence... Désormais c'était fini, enfin ! Ce poids-là s'était envolé. Cependant, un autre restait, inavouable, tant que Grégoire était en vie. Pourtant, plus son âge avançait, plus Yvonne pensait à briser le secret. Elle se foutait pas mal du qu'en-dira-t-on et du regard oblique de certains ! Elle n'avait plus envie de mentir. Mais elle avait promis...

Soudain, Anna sortit de son sommeil, regarda autour d'elle et se mit à rouspéter.

— Mais quelle heure il est ? Yvonne, on n'a pas bu notre cognac !

Le rire percutant de son amie résonna dans la pièce. Imperturbable, Anna se leva et sortit deux petits verres du buffet.

— Moque-toi ! Un petit coup de gnôle tous les soirs, ça entretient les artères. Vrai de vrai !

— Ah oui ? Je crois surtout que ça t'arrange bien.

Elles trinquèrent à la vie qui les avait laissées vieillir ensemble.

14

Ce matin, Clarisse avait décidé de parler aux ouvriers. Yvonne, qu'elle avait mise au courant de son intention, l'avait approuvée.

— Le dialogue, il n'y a rien de mieux. Ils te connaissent et t'apprécient. Montre-leur que tu es à la hauteur de la tâche.

« A la hauteur de la tâche... ! », elle l'espérait bien. Du haut de ses vingt-six ans, serait-elle crédible ? Elle pensa à Grégoire et serra les poings. Avec sincérité et volonté, elle y arriverait. A la pause de dix heures, la jeune femme s'approcha des trois hommes. Assis autour d'un café dans le fond de l'entrepôt, ils ne l'entendirent pas arriver. Jean-Louis ricanait :

— Hé, le Piche, tu bois un café ? Tu ne préfères pas ta gnôle ce matin ?

L'homme se dressa furieusement, faisant face au jeune blanc-bec, mais Malek s'interposa :

— Laisse, ça n'en vaut pas la peine. Tu sais que c'est ce qu'il cherche.

Après une hésitation, le Piche se rassit et sucra

son café. C'est à cet instant que la jeune femme se montra.

— Je ne vous dérange pas ?

Malek, le premier, se leva pour lui proposer une chaise, tandis que Jean-Louis la détaillait de haut en bas. Le Marocain se saisit de la cafetière.

— Vous voulez un café, Clarisse ?

— Volontiers, oui.

Elle lui sourit, reconnaissante de cet accueil amical. Malgré son insistance, il n'avait jamais voulu tutoyer la nièce du patron. Ça lui faisait toujours bizarre d'être vouvoyée par une personne plus âgée qu'elle. Elle prit place à la table. Le regard inquisiteur de Jean-Louis restait posé sur elle. Clarisse décida de ne pas s'en préoccuper afin de rester concentrée.

— Madame Yvonne ne vient pas ?

Clarisse avala sa salive et pensa fort à son oncle.

— Non, elle est restée au mas. Je viens pour vous parler à tous les trois.

Les deux plus âgés restèrent attentifs, tandis que Jean-Louis se fit une joie de persifler :

— Mais c'est avec plaisir !

Le regard noir de Clarisse le força à se taire, et il se tut. Le Piche sourit en baissant la tête. La jeune femme continua :

— Je viens vous donner des nouvelles de la situation de la cave. Yvonne et moi avons été convoquées chez le notaire. Grégoire m'a légué la cave et toutes les terres. J'en suis maintenant la propriétaire. Voilà, je voulais juste vous en faire part.

Alors Jean-Louis se leva.

— Et tu vas vendre ! J'en étais certain. Qu'est-ce qu'une gonzesse ferait d'une cave ? Elles ne pensent toutes qu'à se poudrer le nez pour attirer les mâles.

La jeune femme choisit de ne pas tomber dans le piège de la provocation, resta calme et secoua la tête en souriant.

— Mon pauvre Jean-Louis. Je vois que depuis l'école primaire ton discours n'a pas changé, et que tu as toujours une haute estime de la nature humaine. La gonzesse, comme tu dis, est maintenant ta patronne. Alors, assieds-toi et tais-toi, tu nous fatigues tous !

Elle détourna la tête et s'adressa aux deux autres hommes. Dépité que sa manœuvre ait échoué, Jean-Louis se rassit sans dire un mot. Clarisse les rassura.

— Je n'ai jamais pensé à vendre la cave. C'est l'œuvre de ma famille depuis des générations, le fruit de leur travail acharné. J'en suis fière. Grégoire savait mon attachement pour le métier. Il m'a transmis sa passion depuis des années. Je n'ai jamais eu envie d'être ailleurs. Je voulais vous dire que je mettrai toute mon énergie et ma volonté pour continuer ce qu'il a entrepris, vous pouvez en être certains.

Elle crut déceler une étincelle de soulagement dans les yeux du Piche et de Malek et osa y voir un peu de reconnaissance. Ça lui donna des ailes. Elle parla avec son cœur :

— Je voulais vous dire aussi que j'ai besoin de vous et de votre confiance. Mon vœu le plus cher est que notre équipe reste la même, comme quand Grégoire était encore là. Vous voulez bien ?

Malek laissa éclater un large sourire.

— Oh, mais oui, Clarisse ! Vous pouvez compter sur moi. Je suis tellement heureux que vous ne vendiez pas la cave ! J'aime travailler chez vous. Je suis bien ici. Et puis, ma femme va être soulagée. Avec notre gamin en école d'ingénieurs et le second qui entre bientôt au lycée, ce n'était pas le moment d'être au chômage ! Quand je vais lui annoncer la nouvelle...

— Merci, Malek, je savais que je pouvais te faire confiance.

Elle se tourna ensuite vers le Piche, cherchant son regard fuyant, décidée à obtenir une réponse.

— Qu'en est-il pour vous ? Est-ce que je peux compter sur vous ?

Elle eut l'impression que son esprit s'était envolé loin de la cave. Vers quels démons l'alcool emmenait l'ami de Grégoire ? Elle pensa au souhait de son oncle désirant qu'elle s'associe avec lui. Clarisse était perplexe. Non pas qu'elle doutât de ses capacités, il connaissait la vigne mieux que personne. Elle craignait surtout les problèmes que son alcoolisme pourrait entraîner dans la bonne marche de l'entreprise. Elle décida de remettre à plus tard sa proposition, le temps d'y réfléchir un peu plus. Elle l'observait. Pour la première fois, il lui fit de la peine. Le dos courbé, la tête basse, il répondit d'une voix cassée :

— Vous pouvez.

Elle le remercia aussi puis s'adressa au plus jeune :

— Jean-Louis, si tu veux continuer à travailler ici, tu es le bienvenu.

Un sourire narquois barra le visage du jeune homme. Cela n'échappa pas à Clarisse qui s'empressa de poursuivre :

— Mais tu as tout intérêt à changer de comportement si tu ne veux pas prendre la porte. Tu n'es pas chez papa-maman ici, et tu n'es pas non plus Dieu le Père ! Alors redescends de ton piédestal, bosse et respecte tes collègues. Tu ne connais pas un dixième de ce qu'ils savent. Tout le monde est au courant que mon oncle t'a embauché parce que ton père, son ami, le lui a demandé. Il était bon. Il a supporté tes absences, tes retards journaliers et ton arrogance, uniquement par amitié pour ton père. Mais maintenant, c'est moi qui gère la maison. Si tu ne changes pas, tu pourras chercher du travail ailleurs.

Elle s'approcha plus près de lui et lui souffla un « D'accord ? », qui resta sans réponse. En fait, elle n'en attendait pas. Elle se retourna vers les autres, les observa et sourit.

— Je suis contente de vous avoir parlé. Ton café

est délicieux, Malek. Je file, le téléphone sonne. Bonne journée.

Clarisse s'éloigna rapidement vers le bureau, heureuse d'avoir passé cette toute première étape avec succès. Au téléphone, un restaurateur passa une grosse commande pour les fêtes de fin d'année. Satisfaite, elle s'empressa de la noter à la suite d'une longue liste. Grégoire n'avait pourtant pas fait de publicité dans les journaux locaux, mais elle devait bien admettre que le bouche-à-oreille était souvent plus efficace quand les produits étaient de qualité. Alors qu'elle se dirigeait vers le photocopieur, le téléphone sonna de nouveau. Une voix hésitante au bout du fil.

— Vous êtes bien Clarisse Fabre ?

— Oui.

— ... Clarissa Allegra ?

Hésitante, elle mit du temps à répondre.

— ... Oui.

— Je suis sœur Marie-Louise. Nous nous sommes rencontrées aux Mimosas. Je ne te dérange pas ?

— Non, pas du tout. Excusez ma surprise. C'est la première fois qu'on m'appelle comme ça. Ça m'a fait un choc.

La voix de la religieuse retrouva son assurance et sa douceur :

— Je comprends. J'ai beaucoup repensé à ton histoire depuis que tu es venue. Pourrions-nous nous voir ?

— Bien sûr. Avez-vous du nouveau ?

— Oui, mais je ne peux pas t'en parler par téléphone.

Le cœur de Clarisse battit la chamade.

— Voulez-vous que je vienne aux Mimosas ?

— Non, non, pas ici. Cet après-midi, je dois rendre visite à mon frère, qui habite Saint-Vincent. Ce n'est pas très loin de Saint-Côme. Peux-tu m'y rejoindre vers seize heures ? La maisonnette de l'ancienne gare, tu vois où elle se trouve ?

— Oui, je vois très bien. Près de l'étang. J'y serai.

— Très bien. A tout à l'heure, Clarisse. Je te reverrai avec plaisir.

— Moi aussi, sœur Marie-Louise.

Lorsqu'elle raccrocha, elle dut s'asseoir. Ses jambes ne la portaient plus. Qu'allait-elle apprendre ? Pourquoi la religieuse ne pouvait-elle pas lui parler au téléphone ? Elle fut soudain prise d'une énorme frousse. Et si elle ne s'y rendait pas ? Ne pas savoir serait peut-être mieux ? Non, elle ne pouvait pas faire ça à sœur Marie-Louise. Et puis, elle allait peut-être apprendre une bonne nouvelle ? Non, c'était sûrement trop tard. La bonne nouvelle serait que ses parents soient toujours en vie. Affalée dans son fauteuil, elle fut surprise par Malek qui était planté dans l'encadrement de la porte. Il la regardait, perplexe.

— Tout va bien ?

Elle fut tentée de répondre « Je ne sais pas » mais se contenta d'un « Oui ». A midi, alors qu'elle avait prévu de rentrer déjeuner chez elle, la jeune femme changea ses plans. Afin de partir plus tôt, elle resta sur place et s'avança dans son travail. Les heures lui semblèrent interminables. Elle essaya difficilement de ne pas échafauder d'hypothèse, et se plongea dans les commandes et la facturation. Puis, à quinze heures trente, elle quitta la cave pour rejoindre la grange. Elle se changea mais ne put rien avaler. Elle se précipita sur la 2 CV, s'élança à toute vitesse sur une petite route goudronnée, passa le cimetière de Saint-Côme et rejoignit l'étroite nationale bordée de platanes. Après avoir traversé un autre village, Clarisse aperçut au loin les toitures de Saint-Vincent. Elle prit tout de suite vers l'étang. L'ancienne gare était cachée par de hauts roseaux. Elle se gara devant, tout près d'une Renault 12 beige. Il était seize heures précises. Clarisse était sur le point de sonner au portail quand elle entendit la voix de sœur Marie-Louise qui l'invitait à entrer. Elle se tenait sur le pas de la porte, en compagnie d'un vieil homme bedonnant.

— Entre, nous t'avons entendue arriver.

La jeune femme s'approcha d'eux.

— Je te présente Albert, mon jeune frère.

Clarisse lui serra la main. Le jeune frère paraissait de dix ans plus âgé que sa sœur. La casquette en arrière arrêtée par ses oreilles décollées, le visage rougeaud et de grosses mains un peu moites, l'homme lui parut bienveillant. Il lui sourit timidement, dévoilant une mâchoire où plusieurs dents avaient disparu.

— Bonjour et au revoir !

Il enfourcha un vélo appuyé contre le mur, franchit le portail et pédala vers le village. La religieuse le regarda partir, pensive.

— Il va retrouver ses copains pour la belote, comme tous les jours. Je viens toutes les semaines pour lui cuisiner des légumes, sinon, il ne mangerait que de la charcuterie, des chips et des cacahuètes ! Avec son cholestérol, ce n'est pas l'idéal.

La jeune femme hocha la tête, restant attentive à son interlocutrice qui expliqua :

— Tu sais, Clarisse, le bon Dieu a voulu qu'il soit bienheureux. Il se débrouille seul mais il est bien incapable de remplir le moindre papier. Il a du mal à lire et à écrire mais il sait compter. Grâce à la belote ! C'est son plaisir. Entre, je t'en prie.

La cuisine était d'une grande simplicité, fonctionnelle et propre. La religieuse débarrassa des épluchures posées sur un vieux journal et la fit asseoir devant la table en formica.

— Je lui fais une soupe de légumes, il adore ça. Je le gâte, il est ma seule famille, tu comprends ?

Clarisse lui sourit. Elle avait du mal à se concentrer sur la conversation. Sœur Marie-Louise sembla s'en apercevoir. Elle s'assit en face d'elle.

— Pardon ! Je suis bavarde. J'espère que mon appel ne t'a pas trop angoissée ?

— Non, en fait, je suis surtout intriguée…

Sœur Marie-Louise hocha la tête avec un air

entendu. Après un temps de réflexion, elle reprit la parole :

— Ta visite de l'autre jour m'a troublée. De nombreux souvenirs de cette époque sont remontés à la surface. J'ai beaucoup pensé à mon amie, sœur Baptiste. Une brave femme, entièrement dévouée à la cause des enfants. Parfois un peu sévère mais c'était pour le bien de tous. Son décès a laissé un grand vide.

La religieuse hochait la tête, perdue dans ses pensées, puis revint soudain à la réalité.

— Je n'ai pas voulu t'en parler à votre visite aux Mimosas car je ne voulais pas te donner de faux espoirs. Il fallait que je vérifie si ma mémoire ne me jouait pas des tours. Par bonheur, non. La chambre de sœur Baptiste est inoccupée depuis son départ car nous ne sommes plus que quatre à loger à l'orphelinat. Je savais qu'il restait quelques affaires personnelles dans son armoire. Pas grand-chose : des vêtements, une photographie de ses parents et des papiers d'état civil. Son chapelet en bois, elle me l'avait donné avant de mourir. Il ne m'a jamais quittée depuis...

Les yeux de la petite femme fixèrent soudain ceux de la jeune femme.

— Il y avait aussi plusieurs enveloppes qui ont attiré mon attention. Elles portaient toutes les noms d'enfants qui avaient vécu chez nous. Consciencieusement, sœur Baptiste avait noté des détails sur leur passage chez nous. Il y en avait une à ton nom.

La jeune femme, le souffle court, suivit du regard la religieuse qui se leva et sortit de la pièce pour fouiller dans sa sacoche. Elle revint à sa place avec une enveloppe jaunie entre les mains. Elle prit le temps d'observer Clarisse.

— J'espère que ce que tu vas entendre ne va pas trop te bouleverser. En sachant que tu recherchais des renseignements sur tes parents naturels, je ne pouvais pas passer cette découverte sous silence. Je pense que si sœur Baptiste a conservé ces documents toutes ces années, c'est qu'elle devait penser la même chose que moi.

Elle retourna l'enveloppe où le prénom de Clarissa Allegra était délicatement écrit. Elle l'ouvrit et en sortit des notes prises par l'ancienne directrice de l'orphelinat. Elle les lut à haute voix.

9 novembre 1954. Un homme brun, la trentaine, a demandé à voir la petite Clarissa Allegra âgée de deux mois. Il n'a pas voulu me donner son identité. Il était agité et angoissé. Je ne l'ai pas laissé entrer pour la sécurité des enfants. J'ai prévenu la gendarmerie de cette visite car une enquête était toujours en cours.

4 décembre 1954. L'homme est revenu, toujours dans le même but. Il était plus calme qu'à sa première visite. Il m'a dit qu'il était le père de l'enfant, mais n'a toujours pas voulu décliner son identité. Je ne l'ai pas fait entrer mais je lui ai donné des nouvelles du bébé. J'ai essayé d'en savoir plus sur lui, mais mes questions sont restées sans réponse. Il est parti rassuré.

21 janvier 1955. Le supposé père est venu s'enquérir de la santé de Clarissa Allegra. Il m'a demandé s'il pouvait revenir chaque mois sans que je prévienne les gendarmes. Dans l'espoir d'une prise de conscience de sa part, j'ai accepté. Toujours pas d'identité mais je ne désespère pas.

24 février 1955. Nouvelle visite pour la petite Clarissa Allegra. L'homme est visiblement heureux d'avoir de ses nouvelles. Il me paraît très attaché au bébé. Pourtant, quand je le questionne, il baisse les yeux et ne répond pas. Je ne perds pas espoir qu'il me donne enfin son identité.

3 septembre 1955. Après six mois de silence, alors que je n'y croyais plus, l'homme, se présentant comme le père de l'enfant, est revenu. Son état m'a inquiété. Il semblait désespéré. Très amaigri, j'ai supposé qu'il avait vécu une situation ou un événement pénible. Malgré le fait qu'il ne m'ait toujours pas donné son nom, j'ai décidé de lui laisser voir la petite. Les enfants étaient sortis en promenade, seuls les plus jeunes restaient à la sieste. Personne ne l'a vu rentrer. Lorsqu'il a vu l'enfant, il a pleuré. J'ai été touchée par sa détresse. Il l'a prise dans ses bras, et a dit qu'elle ressemblait beaucoup à sa maman qui venait de mourir. Ensuite, il s'est ravisé et m'a tendu cette enveloppe avec une photo à l'intérieur. Il m'a demandé de la garder pour que sa fille connaisse un jour le visage de sa mère et il s'est enfui. Je ne l'ai jamais revu.

Lorsque sœur Marie-Louise leva les yeux vers Clarisse, elle vit de grosses larmes rouler sur ses joues. Un vide indescriptible envahit la jeune femme. Sa mère était morte depuis des années. Elle ne la connaîtrait donc jamais. Elle avait pourtant espéré des retrouvailles, imaginé des bras maternels la serrant fort pour rattraper le temps perdu. Elle avait rêvé rire avec elle de leurs mêmes manies, l'entendre chanter les berceuses qu'elle ne lui avait jamais chantées, l'écouter parler de sa vie avec gourmandise, sans se lasser. Elle avait souhaité caresser ses joues avant de les embrasser de mille baisers mouillés. Blottie dans ses jupons comme une enfant meurtrie, elle aurait respiré le parfum de sa peau, rassurant comme un mot d'amour. Mais rien de tout cela n'arriverait. Il était trop tard.

La religieuse lui prit les mains avec beaucoup de douceur.

— Est-ce que ça va ? Je suis désolée pour cette mauvaise nouvelle. Ai-je bien fait de t'en parler ? Je ne sais plus.

Furtivement, la jeune femme essuya son visage d'un revers de manche et parla d'une voix qu'elle ne reconnut pas :

— Vous avez eu raison. Je préfère savoir. Et puis, mon père est peut-être encore en vie, qui sait ?

— Peut-être bien. Il faut garder espoir. Veux-tu voir la photo de ta maman ?

Clarisse respira un bon coup pour se donner de la force et hocha la tête.

— Oui, s'il vous plaît.

La religieuse sortit un cliché aux bords dentelés

et le posa devant elle. En le découvrant, le cœur de Clarisse battit encore plus fort dans sa poitrine. Submergée par l'émotion, elle prit le portrait entre ses mains tremblantes.

Sur le papier glacé en noir et blanc, une jeune femme souriait à celui qui la photographiait. Une longue chevelure ondulée comme celle de Clarisse, un nez fin en trompette, un large sourire qui dévoilait des dents parfaitement alignées et des taches de rousseur qui illuminaient son teint comme des baisers du soleil. La ressemblance entre les deux femmes était frappante, mis à part les yeux. Ceux de Clarisse brillaient d'un noir profond, tandis que ceux de sa mère étaient clairs. Longtemps, elle observa l'expression de ce visage épanoui. Un regard amoureux vers l'objectif. Etait-ce son père qui avait pris cette photo ? Si c'était lui, c'était sûr, ces deux-là s'aimaient. Une soudaine révolte gronda en elle. « Et moi alors ? Pourquoi m'ont-ils abandonnée ? » Sœur Marie-Louise, qui l'observait, lut en elle comme dans un livre ouvert.

— Tu sais, Clarisse, bien des situations peuvent contraindre des parents à abandonner leur enfant. Cela ne veut pas dire qu'ils ne t'aimaient pas.

La jeune femme ne répondit pas.

— Lis au dos de la photo...

Elle la retourna. Quelques mots étaient notés à l'encre bleue.

Valentine, mon ensoleillée, ta maman que j'aimais tant

Valentine. C'était joli. Mais où avait-elle entendu ce prénom ? Elle réfléchit puis se souvint des paroles que lui avait criées la voisine à Sanary. « Valentine, ne pars pas ! C'est moi qui l'ai, ton tableau... » Ça ne pouvait pas être une coïncidence. Elle l'avait crue folle, mais l'était-elle réellement ? Clarisse se demanda si elle ne perdait pas la raison elle-même. Qu'aurait fait sa mère dans une maison que Grégoire venait de lui léguer ? Tout se brouillait dans sa tête. Des Valentine, il y en avait sûrement des milliers dans le pays ! Cette femme était vraiment folle et elle, ne tarderait pas à le devenir si son imagination continuait à courir. Elle se sentit fatiguée. Les coudes sur la table, Clarisse prit sa tête entre ses mains, lasse. Puis, cet instant de faiblesse passé, elle se redressa.

— Merci, sœur Marie-Louise. Merci beaucoup pour tout. Je ne vous serai jamais assez reconnaissante de m'avoir aidée. C'était très important pour moi de savoir la vérité. Je vais essayer de retrouver la trace de mon père. J'ignore si c'est encore possible.

La religieuse la regarda avec tendresse. Elle était fière de ce qu'était devenue sa petite protégée : une jeune femme équilibrée et volontaire.

— Tu as raison, ne te décourage pas. La vie est pleine de surprises. Il faut avoir confiance en elle, crois-moi.

Clarisse se leva et s'approcha d'elle.

— Excusez-moi, mais il va falloir que je rentre.

— Bien sûr, il commence à se faire tard, et mon frère va bientôt revenir, enfin je l'espère. Viens me voir quand tu veux et surtout donne-moi de tes nouvelles. D'accord ?

Clarisse l'embrassa affectueusement sur les deux joues.

— Je n'y manquerai pas, vous pouvez en être sûre.

Elle s'avança vers la porte, suivie par la religieuse. Après quelques mots d'adieu, elle monta dans sa voiture.

La nuit assombrissait déjà le ciel. Les phares des voitures se croisaient dans un ballet incessant. Il faisait froid malgré le chauffage que Clarisse venait d'activer dans la 2 CV. Elle se demanda si le froid n'était pas plutôt en elle. La jeune femme pleura sans retenue.

Sur le siège passager, le portrait lumineux de sa mère lui souriait, les yeux débordants d'amour.

15

Elle lui avait laissé un message chez son ami le berger, et il l'avait rappelée quelques heures plus tard. Quel soulagement d'entendre sa voix ! Gaspard lui avait simplement demandé si elle souhaitait qu'il vienne, et, une heure plus tard, il était là, fatigué mais là. Clarisse se blottit tout de suite contre lui. Ils dînèrent ensemble, sur la table du salon. Il l'observait silencieusement, laissant venir l'instant où elle se confierait à lui. Clarisse l'interrogea sur sa journée. Le travail ne manquait pas : il avait coupé du bois toute la journée et en était plutôt content. Elle retrouva cet éclat dans ses yeux lorsqu'il parlait de la forêt. Il se lança dans un récit enthousiaste qui sentait bon la sève de pin et le sous-bois.

— J'ai vu un chevreuil ce matin, dans le bois de La Bruguière. C'était un mâle de vingt-cinq kilos environ. Sa robe d'un brun grisé semblait du velours. Je l'ai observé sans faire de bruit. Il mangeait des ronces et de la bruyère. Il a redressé la tête et l'a tournée dans ma direction. Pendant quinze secondes qui m'ont paru une éternité, il est resté immobile à me regarder. Il devait sentir que je ne lui voulais aucun mal. C'était magique. Mais Rio a bougé et, en quelques bonds, il s'est enfui.

La jeune femme l'écoutait attentivement.

— C'est pour des instants comme celui-là que j'aime la forêt. Je ne m'en lasse pas.

Sa fatigue semblait l'avoir quitté. La nature était son oxygène, Clarisse le savait depuis longtemps. Le Gaspard âgé de dix ans, qui passait son temps dans les arbres à observer les oiseaux, n'avait guère changé. Elle glissa sa main dans la sienne. Il se pencha pour l'embrasser tendrement. Ce baiser si doux la fit frissonner. Il lui caressa la joue avec le dos de sa main puis lui murmura à l'oreille :

— Parle-moi.

Alors, elle lui raconta ce qu'elle venait d'apprendre concernant ses parents. Il l'écouta attentivement, la laissant déverser un flot de paroles qui pesait lourd. Puis il la prit dans ses bras pour la serrer amoureusement. Elle s'excusa d'être aussi triste mais elle savait qu'il comprenait. Gaspard comprenait toujours. A l'âge où les autres garçons voyaient en les filles d'insolubles énigmes, lui aimait leur sensibilité et leurs faiblesses. Un garçon à part. Elle l'avait toujours pensé, aujourd'hui plus que jamais.

Il eut du mal à détacher les yeux du portrait de Valentine. Si épanouie, si souriante, cette inconnue aux traits pourtant si familiers...

— Quelle jolie femme ! C'est fou ce que tu lui

ressembles. C'est troublant. As-tu montré la photo à Yvonne et Anna ?

— Non, pas encore.

— Peut-être l'ont-elles connue ? On ne sait jamais.

Clarisse fit une moue dubitative.

— Je ne pense pas. Nous sommes tellement semblables, ma mère et moi, qu'elles auraient fait le lien. Si elle avait vécu dans les environs, la ressemblance aurait frappé quelqu'un depuis toutes ces années...

Gaspard réfléchit et hocha la tête.

— Tu as sûrement raison mais ça ne coûte rien de la montrer aux gens du village. Tu pourrais recueillir de nouvelles informations.

Elle se pencha en avant, les coudes sur ses genoux, le visage posé sur ses paumes. Elle lui répondit à voix basse :

— Pour l'instant, je n'ai pas envie d'ébruiter mon histoire. C'est encore trop tôt et trop douloureux.

Gaspard caressa la nuque de Clarisse. Sa main était chaude et rassurante.

— Je comprends.

Elle l'observa. Son regard noir brilla lorsqu'il s'approcha d'elle. Elle remarqua cette boucle brune qui tombait sur son front. Un souvenir de l'enfance qui résistait au temps. Les mots de Clarisse coulèrent naturellement et avec détermination :

— J'avais très envie de te voir. Et j'avais très envie de toi.

Il lui sourit.

— Moi aussi.

Elle se leva devant lui, ses yeux dans les siens. Il la trouva magnifiquement belle. D'un geste rapide, Clarisse ôta son pull-over et le laissa tomber au sol. Le feu crépitait dans la cheminée, offrant à la pièce son rayonnement chaleureux. Son chemisier déboutonné s'ouvrit sur ses petits seins nus. Le jeune homme, d'abord surpris, la laissa poursuivre avec beaucoup d'intérêt. Lorsque son jean tomba à ses pieds, la lumière caressa son corps, sa longue chevelure dansa sur ses reins cambrés. Toujours assis sur le canapé, il lui offrit des bras accueillants. Elle l'enfourcha, presque nue contre lui. Ils s'embrassèrent longuement. Des baisers gourmands mêlant avec volupté leurs langues. Les lèvres de Gaspard descendirent sur le buste tendu, les mamelons durcis par le désir. La respiration accélérée, Clarisse sortit la chemise du jeune homme de son pantalon et défit sa ceinture. Celui-ci entreprit de dénuder complètement son amie sans lâcher son emprise sur son buste. Dans la fougue de leurs préliminaires, ils n'entendirent pas tout de suite les coups tapés à la porte de la grange. Des cris s'élevèrent alors à l'extérieur, perçants et insistants :

— S'il vous plaît !

Les coups redoublèrent. Tétanisée, la jeune femme se leva d'un bond et partit à la recherche de ses vêtements éparpillés sur le plancher. Gaspard, les yeux ronds, rajusta sa chemise et son pantalon. Dehors, une voix féminine continuait à appeler :

— Je ne sais plus quoi faire !

La porte s'ouvrit enfin sur une jeune femme d'environ dix-huit ans. Nerveuse, elle parut soulagée lorsqu'elle aperçut Clarisse. Une lampe de poche à la main, elle s'excusa :

— Pardon de frapper chez vous si tard. Vous êtes bien Clarisse Fabre ?

— Oui. Qui… ?

— C'est Momo qui m'a dit de venir vous chercher. Je suis Cécile, sa copine.

Clarisse s'inquiéta.

— Il est arrivé quelque chose ?

La jeune femme, affolée, expliqua :

— Oui. Il est tombé dans un trou, dans la garrigue, à cinq cents mètres de là.

Cécile frissonna. Clarisse la fit entrer au chaud, elle ne se fit pas prier. Elle était visiblement inquiète. Après avoir salué Gaspard, elle raconta.

— On a passé la soirée avec deux ou trois copains au village. C'est vrai qu'on a un peu bu… On a eu envie de s'éloigner tous les deux. On a marché sur un chemin de garrigue…

— En dessous du cimetière protestant ?

— Oui, c'est ça. Momo m'a fait peur en passant devant. Ensuite, il s'est écarté dans les fourrés pour uriner et là, il a disparu dans un trou.

— Sûrement un aven, il y en a quelques-uns dans la région. Il est blessé ?

— Non, pas du tout. Il va bien, il a juste froid. J'ai bien essayé de l'aider à remonter mais il faudrait une corde pour le hisser.

Gaspard intervint :

— Pas de souci, j'en ai une dans la Mehari. Tu es sûre qu'il n'est pas blessé ? Sinon, on appelle les pompiers.

— Non, non, il n'a rien. Il a des copains sapeurs et il a peur qu'ils le charrient s'ils le voient dans cette situation. C'est pour ça qu'il m'envoie vous chercher.

— A combien de profondeur il se trouve, tu as une idée ?

— Environ quatre ou cinq mètres, pas plus.

— OK, on y va.

Clarisse se saisit d'une couverture qui reposait sur un accoudoir du canapé, ils s'habillèrent chaudement, montèrent dans la voiture de Gaspard et se dirigèrent vers le lieu de l'accident. Alors qu'ils s'en approchaient, ils furent tous les trois surpris d'entendre chanter. Ils écoutèrent, étonnés. C'était Momo qui s'égosillait à entonner *Etoile des neiges* à la façon d'un Jean-Claude Dusse bloqué sur son télésiège en pleine nuit. Les jeunes gens avaient récemment vu *Les bronzés font du ski* au cinéma.

Cécile resta médusée, tandis que Clarisse pouffa. Momo était visiblement bien éméché. Gaspard se pencha et éclaira l'intérieur de l'aven avec une grosse lampe torche. Il découvrit un Momo recroquevillé sur lui-même, plutôt joyeux. Gaspard ne put s'empêcher de le taquiner :

— Tu comptes y passer la nuit ?

Ebloui, Momo cligna des yeux.

— Qui c'est ? Gaspard ?

— Bien vu ! Comment tu te sens ?

Piqué au vif par la présence du jeune homme, Momo se mit à marmonner :

— Qu'est-ce qu'il fait là, celui-là ? Il pouvait pas rester au Canada ? Laisse-moi tranquille, je peux me débrouiller tout seul !

Gaspard rit.

— Oui, c'est évident.

Clarisse l'interpella :

— Arrête de faire ta bourrique ! On va t'envoyer une corde. Tu l'attaches autour de ta taille et on te remonte.

— D'accord, ma Clarisse...

En apercevant sa petite amie, il lui fit un signe de la main.

— Coucou, ma jolie ! Ne t'inquiète pas, tout va bien. Je gère.

Pendant que Momo s'affairait, Clarisse éclaira le reste de la cavité. Les trois amis du jeune homme retinrent leur souffle. Gaspard l'avertit :

— Ne recule surtout pas. Derrière toi, l'aven est béant.

En effet, Momo était tombé sur un promontoire qui surplombait une sorte de puits vertical qui paraissait très profond. Il était fréquent de rencontrer ces formations géologiques dans les paysages calcaires. Causées par l'infiltration et l'érosion de l'eau, elles formaient souvent d'immenses grottes de plusieurs centaines de mètres de profondeur.

Momo, inconscient du danger, se retourna et fit le pitre.

— Ooooh, le gouffre !

Cécile, hors d'elle, décida de descendre l'aider. Gaspard voulut l'en dissuader mais la jeune femme assura qu'en tant que gymnaste cela ne lui posait aucun problème. En effet, elle descendit la corde avec beaucoup d'agilité et rejoignit en moins de temps qu'il n'en faut pour le dire Momo, qui s'exclama :

— Ma chérie, tu es là ?

Sans répondre, elle le sangla avec fermeté. Gaspard le hissa, non sans peine. L'état d'ivresse du jeune homme ne lui permettait pas de le remonter aussi simplement qu'il l'eût souhaité. Arrivé en haut, Clarisse le libéra de ses liens, l'enveloppa dans la couverture et l'embrassa. Rapidement, Cécile remonta à ses côtés. Ils furent tous soulagés. Momo, qui avait fini par mesurer la dangerosité de la situation, prit Gaspard à part :

— Je ne t'aimais pas beaucoup jusqu'à maintenant…

— Pourquoi ?

— Parce que tu as fait de la peine à Clarisse.

Gaspard hocha la tête.

— Mais je dois reconnaître que tu m'as tiré d'un mauvais pas. Merci, Gaspard, je n'oublierai pas.

Ils se serrèrent chaleureusement la main. Cécile ajouta :

— Elles n'ont rien d'ordinaire les soirées avec toi !

Momo ne manqua pas d'ironiser :

— Tu verras, ma chérie, avec moi, tu ne t'ennuieras jamais !

A la mine dépitée de Cécile, ils rirent tous de bon cœur. Clarisse les invita à boire un chocolat chaud à la grange. Les deux jeunes gens ne se le firent pas dire deux fois. Ils montèrent tous les quatre dans la Mehari. Chez Clarisse, tous recroquevillés devant le feu de cheminée, ils finirent les restes du dîner. Gaspard fit une recommandation :

— Demain, il faudrait signaler l'existence de cet aven à la mairie afin qu'il soit sécurisé. On ne sait jamais, quelqu'un pourrait y tomber de nouveau.

Clarisse hocha la tête.

— Tu as tout à fait raison, je m'en occuperai.

Vers vingt-deux heures, Momo demanda à Clarisse si elle ne pouvait pas les ramener à Saint-Côme. Il commençait le travail à deux heures à la boulangerie. Elle se tourna alors vers Gaspard, désolée que leur soirée ait été interrompue.

— Ne t'inquiète pas, je vais rentrer, je suis vraiment crevé. Je les déposerai en passant. Reste au chaud.

Puis, l'enlaçant, il lui murmura quelques mots à l'oreille :

— Ce n'est que partie remise, ma belle.

Elle lui répondit d'un baiser plein de promesses. Lorsqu'elle fut seule, elle sourit encore à la douceur de ses lèvres, puis elle pouffa en repensant à Momo qui chantait au fond de son trou. Il n'en manque pas une, ce zigoto ! se dit-elle.

A cet instant, sa pensée était bien loin du portrait de Valentine posé tout près de la cheminée.

16

Lorsqu'elle montra la photo de sa mère aux deux femmes, hormis la ressemblance avec elle, Clarisse n'obtint qu'une réponse négative. Elles regardèrent longtemps le visage qui souriait. Sa grand-mère fit un geste d'impuissance.

— Je suis désolée, je suis certaine de ne jamais l'avoir rencontrée. Que vas-tu faire maintenant ?

Un peu dépitée, la jeune femme haussa les épaules.

— J'aimerais bien savoir si mon père est encore en vie mais comment faire ?

Elles réfléchirent toutes les trois sans trouver de réponse. Clarisse sembla se résigner.

— Je pense qu'il est mort lui aussi. Sinon il m'aurait recherchée...

Pendant qu'Yvonne restait pensive, Anna évoqua une éventualité :

— Peut-être qu'il n'a pas su comment faire pour te retrouver. Pourquoi ne pas montrer le visage de Valentine aux gendarmes ?

— Aux gendarmes ? Mais, ma pauvre Anna,

cette photographie a au moins vingt-sept ans et nous n'avons qu'un prénom. Crois-tu que les gendarmes vont avoir le temps de s'investir dans une histoire aussi ancienne, de plus, sans aucune piste ?

Clarisse répliqua :

— Non, je ne pense pas. De toute façon, je n'y suis pas prête pour l'instant. Tout va trop vite pour moi. Ma vie a été bien chamboulée ces dernières semaines. J'ai besoin de retrouver un peu mes marques et mes esprits. Je verrai plus tard. Je suis heureuse de connaître le visage et le prénom de ma mère, même si je n'aurai jamais la joie de la rencontrer. C'est un grand pas. Et puis, ma famille, elle est là, devant moi.

Les deux femmes l'enlacèrent, émues. Afin de cacher son trouble, Yvonne changea de sujet de conversation.

— C'est bientôt Noël. Anna réfléchit déjà à son menu. Tu lui diras ce que tu aimerais manger, et si tu veux inviter quelqu'un ? Tu le passes avec nous, n'est-ce pas ?

— Bien sûr, mamé. Mais on verra un autre jour. Là, il faut que je file à la cave.

Dans son bureau, juste à côté du téléphone, Clarisse déposa la photographie de Valentine. La journée passa très vite, entre les factures à envoyer et les versements à préparer pour la banque. De temps en temps, elle levait les yeux sur le visage en noir et blanc qui semblait la regarder. Elle finit par sentir sa présence, douce et rassurante comme une main sur sa joue. Une présence qui lui réchauffait le cœur, tout simplement.

A l'extérieur, les températures presque négatives accompagnées d'un fort mistral gelaient les Languedociens. L'hiver, pourtant assez doux jusqu'ici, se réveillait enfin, cristallisant dans la nuit la campagne et ses herbes folles. Ce spectacle éphémère ravissait par sa beauté. Les enfants espéraient la neige pour le jour de Noël tandis que les anciens disaient que le froid tuait la vermine. Clarisse pensa à ceux qui n'avaient pas de toit pour dormir au chaud. Dans le village, elle voyait souvent une très vieille femme assez fantasque qui s'appelait Eugénie Bonhomme. Elle avait été autrefois danseuse et chanteuse. On lui avait raconté qu'elle vivait seule, sans chauffage et dans un grand dénuement. Le maire de Saint-Côme, un ancien instituteur, s'était soucié d'elle et lui avait proposé un petit logement modeste mais confortable. L'ancienne artiste avait ignoré cette main tendue, se refusant à quitter sa maison de famille dont le toit était troué. Clarisse se dit qu'elle aimerait beaucoup faire sa connaissance et l'inviter à passer Noël au mas. Chez les Fabre, c'était une tradition : il y avait toujours une assiette de plus pour un invité nécessiteux. Partager et s'ouvrir aux autres, deux belles valeurs qui faisaient partie de la maison. Cette année, Clarisse décida que ce serait Eugénie Bonhomme. Sous peu, elle tenterait une approche en douceur. Elle était certaine qu'Yvonne et Anna apprécieraient cette initiative.

De retour à la grange, elle écouta un message laissé sur son répondeur. Une agence immobilière de Toulon désirait rentrer en contact avec la nouvelle propriétaire de la villa Bellevue à Sanary-sur-Mer. Perplexe, il lui fallut quelques secondes pour réaliser qu'il s'agissait d'elle. La voix féminine lui demandait de la rappeler rapidement. C'était sûrement pour une proposition de vente.

Elle réalisa qu'elle n'avait toujours pas pris de décision au sujet de cette maison. Allait-elle la garder ? En avait-elle les moyens ? Sans doute, oui, grâce aux économies de Grégoire, mais n'était-il pas plus raisonnable de les réserver pour la cave, au cas où elle aurait un gros investissement à y faire ? Elle hésitait, car l'endroit lui avait beaucoup plu.

L'horloge sonna dix-huit heures. Clarisse se décida tout de même à rappeler. Au bout de plusieurs sonneries, une femme décrocha.

— Merci, mademoiselle, de me rappeler si vite. J'ai eu vos coordonnées par maître Pujol, votre notaire. Voilà, je vous explique. Nous avons un très bon client anglais qui désire acheter la villa Bellevue depuis plusieurs années. L'ancien propriétaire ne souhaitait pas s'en débarrasser mais peut-être seriez-vous intéressée ?

La jeune femme resta évasive.

— Je ne sais pas encore. Tout ça est très récent…

A l'autre bout du fil, la commerciale ne lâcha pas le morceau.

— Je ne peux pas vous parler de sa proposition par téléphone, mais je vous assure qu'il est prêt à mettre beaucoup plus que la valeur du bien pour pouvoir l'acquérir ! Vous feriez une excellente affaire financière, mademoiselle Fabre. Si je peux me permettre, je vous conseille de ne pas laisser passer une opportunité pareille. Venez nous voir, nous en discuterons.

— Mais je ne suis pas sur place.

— Alors, nous pouvons venir jusqu'à vous. La semaine prochaine, cela vous conviendrait ?

Agacée par l'insistance de son interlocutrice, Clarisse durcit le ton.

— Non, je ne veux pas que vous veniez chez moi. Je n'ai encore rien décidé. Si je la mets en vente, je vous recontacterai.

— Permettez-moi de vous rappeler d'ici une quinzaine de jours.

— Si vous voulez. Au fait, comment s'appelait l'ancien propriétaire de la maison ?

— Je l'ignore. Je viens juste d'être recrutée par l'agence. Ma collègue qui s'occupait du dossier est partie à la retraite. Pourquoi ?

— Par simple curiosité. Au revoir, madame.

Lorsqu'elle eut raccroché, Clarisse resta pensive. Elle n'appréciait pas cette façon de vouloir lui forcer la main. Le choix de la vente ou non de cette maison ne pouvait se prendre à la légère. La commerciale ne faisait que son travail, elle en était consciente, avec tout de même l'espoir motivant d'une forte commission. Comment prendre une décision ? Elle avait besoin d'un avis extérieur qui compterait pour elle. Soudain son visage s'illumina. C'était évident ! Gaspard ! Le week-end approchait à grands pas. Elle l'inviterait à le passer avec elle à la villa Bellevue. Tous les deux à Sanary. Cette perspective la réjouit. Elle l'appellerait dès le lendemain.

C'est alors qu'elle se rendit compte que la photo de Valentine était restée sur son bureau, à la cave. Clarisse en fut désappointée. Elle aurait aimé l'avoir auprès d'elle avant de s'endormir. Dehors, le vent soufflait encore très fort et la cime des cyprès se dandinait sous la pression du mistral. Sur les carreaux, de la buée s'était formée. Non, décidément, ce n'était pas un temps pour ressortir. Il faisait bien trop froid.

Miss, assise sur le canapé, la fixait d'un air intrigué. Clarisse la prit dans ses bras. La petite chatte blanche se frotta contre sa maîtresse affectueusement.

La sonnerie du téléphone retentit.

— Allô ?

Personne ne parla. Pourtant, elle entendait très distinctement une respiration saccadée à l'autre bout du combiné. Elle insista :

— Qui est-ce ?

Toujours rien. Elle raccrocha et resta plantée devant le téléphone, pensive. Ce coup de fil muet l'intriguait. Qui pouvait bien l'appeler ainsi ? Une personne qui n'osait pas parler ? Pourquoi ? Elle secoua la tête. Elle se faisait des idées, il s'agissait sûrement d'une erreur. Alors qu'elle s'apprêtait à garnir le feu de bûches, la sonnerie retentit à nouveau. Le combiné à la main, elle décida de ne pas parler pour voir ce qui se passerait. Elle entendit à nouveau la respiration haletante qui se transforma peu à peu en sanglots étouffés. Troublée, Clarisse écouta sans rien dire, figée. Que se passait-il ? Qui pleurait à l'autre bout du fil ? Impossible de savoir s'il s'agissait d'un homme ou d'une femme. L'inquiétude monta peu à peu.

— Mais enfin, qui êtes-vous ?

Pas de réponse.

— Vous vous êtes trompé de numéro ? Je peux vous aider peut-être ? Mais qu'avez-vous ?

Les sanglots se calmèrent peu à peu. La jeune femme attendit, espérant une réponse qui ne venait pas. Elle perdit patience :

— Je vous avertis que si vous ne me parlez pas, je vais raccrocher !

Alors qu'elle éloignait le combiné de son oreille pour mettre fin à cette situation angoissante, elle entendit un mot, prononcé dans un souffle. Une sorte de plainte.

— Qu'avez-vous dit ?

Des bips sonores se firent entendre. La communication avait été coupée. Abasourdie, elle resta un instant le combiné à la main. Les jambes molles, Clarisse s'assit sur le canapé. L'anxiété lui nouait soudain l'estomac. Avait-elle bien entendu ? Qui l'appelait ? La voix était déformée par le chagrin. Pourquoi cette détresse ? Et ce mot murmuré comme une douleur que l'on voulait exorciser : « Pardon ». Pardon de quoi ? Elle ne comprenait pas. Ce coup de fil l'avait mise très mal à l'aise. Elle n'aimait pas cette sensation. Les flammes qui léchaient un rondin de châtaignier émirent un crépitement sec qui la fit sursauter. La pièce s'était refroidie. Le mistral sifflait furieusement dehors, arrachant les branches mortes des arbres malmenés. Le battant d'un volet mal accroché se referma dans un bruit sourd. Lorsque Clarisse ouvrit la fenêtre pour attacher les persiennes et se prit une bourrasque glacée en pleine figure, des larmes lui montèrent aux yeux. Grelottant, elle se pressa de la refermer. Dans le salon, la petite chatte blanche tournait en rond en miaulant, faisant comprendre à sa maîtresse qu'elle voulait sortir.

— Tu vas t'envoler, ma catoune !

Mais Miss insista. Elle, chatte perdue qui n'avait jamais été habituée à la litière, n'aimait que la nature. La jeune femme la fit donc sortir et se surprit à verrouiller la porte à clé. Ce n'était pourtant pas dans son habitude d'avoir peur. Ce soir, elle devait se rendre à l'évidence, ce coup de téléphone lui avait fichu la frousse. Afin de le chasser de son esprit, elle se plongea dans la lecture. Au bout de dix minutes, elle jeta son livre sur le côté, n'arrivant pas à se concentrer. Elle alluma alors une cigarette et s'assit devant la cheminée qui crépitait joyeusement. Le feu la réchauffa délicieusement. Elle se souvint de la soirée avec Gaspard, de son désir, de sa peau, de ses mains sur elle.

Elle repensa à la maisonnette de Sanary, à son projet de week-end avec l'homme qu'elle aimait, et ça la rendit plus légère. Elle prit une douche pour terminer de se détendre, mais lorsqu'elle se coucha, elle sentit de nouveau poindre son malaise. Elle écouta les craquements émis par la charpente de la grange, se raidit dans son lit, puis se trouva ridicule. « Ma pauvre fille, tu deviens dingo ! » Elle tira les draps sur elle, un peu plus que d'accoutumée, espérant que ce fichu téléphone ne sonne plus.

17

Le lendemain après-midi, le mistral s'était un peu calmé et il faisait moins froid. Quelques rayons de soleil réchauffaient l'atmosphère. Clarisse en profita pour faire une bonne marche dans la campagne. Elle traversa les vignes dont les sarments indisciplinés seraient bientôt taillés par les ouvriers agricoles, pour régulariser la production en qualité et en quantité.

Elle descendit un peu plus bas et contempla les vieux ceps tortueux, plantés au début du siècle par le beau-père d'Yvonne. Ceux-là ne donnaient que très peu de raisins, mais il en résultait un vin assez exceptionnel. Ils étaient chouchoutés depuis toujours, vendangés seulement à la main afin de ne pas être abîmés. La famille gardait cette toute petite production pour sa consommation personnelle, et dégustait ce nectar au moment de Noël. Clarisse caressa le bois râpeux. Elle admira les nervures profondes marquées par les années, comme s'il s'agissait de belles rides sur le visage d'une octogénaire. Tout cela lui racontait une histoire, celle des Fabre qui s'étaient succédé à leurs pieds par tous les temps, la passion au cœur. Elle se souvint de Grégoire lorsqu'il parlait de ses vignes... On aurait dit un jeune homme revenant de son premier rendez-vous galant, les yeux fiévreux d'amour. Cela la faisait toujours sourire mais elle comprenait.

La jeune femme descendit la rangée pour rejoindre le chemin de la Combe-aux-Oiseaux, et fut surprise par un levraut qui bondit sur le côté. Elle ne bougea plus pour ne pas l'effrayer. Il ne devait pas avoir plus de trois mois. Une dernière portée de septembre, pensa-t-elle. Son pelage gris paraissait soyeux et brillant comme les cheveux d'un bébé. Dressé sur ses pattes arrière, il la guettait. Puis, d'un bond vif, il disparut dans les fourrés.

Clarisse adorait ces rencontres furtives. Elle se sentait privilégiée dans ces moments-là. Elle l'était sans doute, spectatrice de cette faune sauvage qui vivait tout près d'elle, dans cette belle campagne. Au bout du chemin de terre, le panorama qui s'ouvrait sur la Combe-aux-Oiseaux ne laissait personne indifférent : un paysage de pins, de chênes et d'arbousiers, baigné de soleil, devenu un repaire pour les oiseaux de la garrigue. Un lieu de paix. Clarisse inspira à pleins poumons, s'emplissant des parfums délicieux que la nature distillait. Un léger vent souleva ses mèches rousses. Le regard de Clarisse scruta le bas de la combe et s'arrêta sur la toiture d'une petite maison. C'était celle d'Eugénie Bonhomme. Elle remonta le col de son blouson et s'avança dans sa direction. Plus elle s'en approchait, plus elle constatait l'état de délabrement de la bâtisse. Des tuiles étaient tombées du toit, une des deux fenêtres de la façade nord avait été calfeutrée avec du carton pour pallier l'absence de vitres. La jeune femme s'approcha, et vit une dizaine de chats devant la maison, allongés au soleil. Des tigrés, des noirs, des roux ! Alors qu'elle se trouvait à quelques mètres d'eux, une voix grave s'éleva :

— Qu'est-ce que vous voulez ? Je vous interdis de les toucher ! Fichez le camp !

Surprise, Clarisse se tourna vers son interlocutrice, une vieille femme menue vêtue d'une blouse fleurie d'un autre temps, et en dessous de laquelle tombaient des bas de laine noirs. Un fichu sur la tête masquait ses cheveux et on devinait un visage ridé qui avait dû être beau autrefois. Un mégot était coincé à la commissure des lèvres. En l'observant, Clarisse balbutia quelques mots pour tenter de se justifier :

— Ne vous inquiétez pas, madame. Je ne veux pas de mal à vos bêtes. Je suis juste venue vous voir…

Eugénie Bonhomme ne se calma pas.

— Tu parles ! Encore une bonne femme de la SPA qui vient me dire que je les nourris mal… Ils sont heureux comme des papes ici. Je les soigne mieux que n'importe quelle mémère bien friquée. Je te le jure, petite !

Clarisse lui sourit. Il était évident qu'ils mangeaient mieux que leur propriétaire. Ses vêtements flottaient autour de son corps maigre. Pourtant, elle paraissait en bonne santé. Elle avait le regard alerte, les gestes vifs et une énergie que devaient lui envier beaucoup de personnes de son âge. La jeune femme s'approcha d'elle en lui tendant la main.

— Je m'appelle Clarisse. Je suis de Saint-Côme.

La vieille femme accepta la poignée de main avec méfiance. Si elle apprécia sa fermeté et le regard franc de sa visiteuse, elle n'en montra rien. Question d'amour-propre.

— On m'a dit que vous viviez seule ici, dans le froid...

— Qui « on » ?

— Je ne sais plus trop... Quelqu'un du village sûrement...

Eugénie se planta devant elle, soudain raide comme un piquet.

— « On » n'a qu'à s'occuper de ses affaires ! Je n'ai jamais rien demandé à personne, ce n'est pas aujourd'hui que ça va commencer.

Très mal à l'aise, Clarisse s'excusa :

— Je suis désolée, je ne voulais pas être indiscrète. Je voulais juste vous aider mais je réalise que c'était très maladroit de ma part.

La vieille femme l'observa sans rien dire. Quelque chose dans le regard de cette belle rousse lui plaisait, même si elle n'aurait su dire quoi. De la détermination, de l'empathie, de la générosité ? Peut-être une petite lumière qu'elle reconnut dans ses yeux noirs… Mais oui, c'était ça ! Alors que Clarisse s'apprêtait à tourner les talons, la vieille femme la rappela :

— Comment tu as dit que tu t'appelais, petite ?

— Clarisse. Clarisse Fabre, de la Cave des Hautes Vignes. Vous connaissiez peut-être mon oncle Grégoire ? C'est lui qui m'a élevée. Il nous a quittés il y a presque deux mois maintenant…

Toujours plantée devant elle, Eugénie la dévisageait encore. Elle secoua la tête. Elle n'avait jamais rencontré ce Grégoire Fabre. Pourtant, il lui semblait le connaître tant on lui en avait parlé. Elle prit la main de la jeune femme et l'entraîna sur le côté de la maisonnette. Surprise, Clarisse se laissa guider. Le contact avec la main d'Eugénie était agréable. Sa peau était douce comme de la soie. Etonnant pour une femme qui vivait seule au milieu de nulle part, habituée à mener une vie rude.

— Viens. On sera mieux à l'abri du vent pour parler. Assieds-toi.

Deux chaises bancales étaient adossées à la façade. Elles s'y assirent. De cet endroit, on pouvait apprécier la magnifique vue sur la Combe-aux-Oiseaux. Clarisse avait du mal à détacher son regard des hauts pins environnants. Leurs branches de velours s'étalaient comme des bras protecteurs. Un écureuil bondissait d'arbre en arbre, à la recherche de quelques pignons de pin supplémentaires. La vieille femme ne l'avait toujours pas quittée des yeux. Un silence serein s'installa pendant un instant, rompu par un gros chat tigré qui vint miauler à leurs pieds. Eugénie se baissa, l'attrapa et le posa sur ses genoux. Il semblait satisfait de sa posture.

— Tais-toi un peu, Maurice, on n'entend que toi !

Clarisse le caressa.

— Tu vois, je ne suis pas seule. J'ai mes matous qui me tiennent compagnie. Je ne te les ai pas présentés.

Un à un, elle les désigna avec une fierté non dissimulée :

— La siamoise aux yeux bleus, c'est Marlène. Et celui qui est couché sous l'arbousier là-bas au fond, le tout noir, c'est Martin. La minette à côté de lui, celle qui a de grands yeux verts, c'est Michèle. Le petit qui s'agite tout le temps, c'est Fred. Le noir et blanc avec la tache sur la tête, c'est Charlie. Il manque la jolie Mistinguett, elle doit fureter par là, cette coquine… Charles et Audrey ne viennent que le soir. Voilà ma famille.

— Belle famille ! Mais pourquoi portent-ils tous des noms de personne ?

Eugénie dévoila un sourire malicieux, puis se lança dans les explications.

— Ils ont le nom de personnalités que j'ai beaucoup aimées. Je t'ai donc présenté Maurice Chevalier, Marlene Dietrich, Martin Luther King, Michèle Morgan, Fred Astaire, Charlie Chaplin, Mistinguett, Charles Trenet et Audrey Hepburn.

Tout ce beau monde vit avec moi, à la Combe-aux-Oiseaux. Incroyable, non ?

Clarisse rit de bon cœur. Elle, qui adorait l'originalité, regardait la vieille femme avec beaucoup d'intérêt. Un personnage à part, sans aucun doute, qui semblait se plaire en sa compagnie. D'un ton plus sérieux, Eugénie poursuivit :

— Tu sais, petite, les bêtes sont plus fiables que les gens. Avec elles, on n'est jamais déçu, elles ne trichent pas.

— C'est vrai...

— Il n'existe pas d'endroit où je pourrais être mieux qu'ici. Tu vois comme la garrigue est belle ? Je ne me lasse pas de la regarder. Pourtant, je connais le coin par cœur.

La jeune femme ne put qu'acquiescer. Bien sûr qu'elle la comprenait, peut-être même mieux que personne... Eugénie toussota, fronça soudain les sourcils et prit un ton plus déterminé.

— Il n'est pas né celui qui me fera déguerpir d'ici ! Le maire a déjà essayé mais, diable, il est reparti vite fait ! Ah ah ! Je revois encore sa tête à ce gros pataud. « Mademoiselle Bonhomme, votre logis est insalubre. Nous allons vous reloger au village dans un appartement, impasse de la République. » Je t'en ficherai, de la République ! Moi, enfermée dans un trois-pièces au village, plutôt crever ! Il a vu qui c'était, Eugénie Bonhomme en colère. Je lui ai collé le vieux fusil de chasse de mon père sous le nez, il n'a pas traîné dans les parages. Ah ah ah !

Clarisse imaginait bien la scène. Vu le caractère fort d'Eugénie, elle ne doutait pas de l'issue de l'entrevue. Pourtant, elle tenta de justifier l'intervention de l'élu.

— Je pense qu'il se souciait de votre santé. Je le connais bien, il est maladroit mais gentil. En plus, il doit faire très froid dans votre maison. Le toit est crevé, des carreaux manquent à une fenêtre...

La vieille femme écouta Clarisse sans s'énerver. Elle se radoucit. Il lui sembla qu'elle laissait tomber le masque.

— Oui, c'est sûr, mais c'est ma maison. Mes parents y ont toujours vécu. Je ne veux pas vivre ailleurs. C'est impossible.

Puis se ravisant, elle posa Maurice par terre et se dressa gaiement.

— Tu ne voudrais pas une petite liqueur de verveine ? Ça réchauffe les boyaux.

— En plein après-midi... ? Non, non, merci beaucoup.

Alors qu'Eugénie ressortait de la maison son petit verre à la main et que les relations s'avéraient amicales, Clarisse voulut en profiter pour poser la question qui l'avait amenée jusqu'ici. Timidement, elle se lança :

— Je voulais vous demander si ça vous dirait de venir dîner chez nous, le soir de Noël ? Ne vous fâchez pas, mais j'ai du mal à vous imaginer seule un jour où tout le monde se réunit.

Contrairement à ce qu'elle pensait, Eugénie ne

la rabroua pas. Elle évoqua un ami qui passait chaque Noël en sa compagnie.

— Ah, très bien, l'essentiel est que vous ne soyez pas seule.

Eugénie lui adressa un large sourire, édenté mais plein de reconnaissance.

— Tu as l'air d'une gentille petite. Ça ne m'étonne pas.

Cette dernière réflexion surprit Clarisse, mais elle n'y prêta guère attention. Elles échangèrent encore longuement, prenant visiblement plaisir à faire connaissance. La vieille femme raconta qu'elle avait été danseuse de music-hall à Paris, où elle était partie vivre sa passion qu'elle avait exercée pendant de nombreuses années. Elle était retournée au village à la mort de ses parents, et n'avait pas eu envie de repartir. La garrigue avait apaisé son chagrin. Clarisse la trouva étonnante. Pourquoi ne l'avait-elle pas connue avant ? Il fallait absolument qu'elle la présente à Yvonne et Anna. C'était évident qu'elles s'entendraient à merveille ! Mais peut-être se connaissaient-elles déjà ?

Au milieu de l'après-midi, elle finit par prendre congé de la vieille femme qui lui proposa de revenir dès qu'elle le souhaiterait. Clarisse accepta volontiers. C'était une belle rencontre que celle d'Eugénie Bonhomme : un caractère bien trempé, dans un petit corps tout fluet ; une amoureuse de la nature comme elle.

Tout en remontant le chemin de la combe, elle

réfléchit à qui pourrait réparer le toit et se promit de trouver des carreaux pour remplacer les cartons de la fenêtre. Elle chantonna tout le long du retour, le cœur léger, heureuse que le destin l'ait mise sur la route de la vieille dame. Elle se surprit à dire à haute voix : « A très bientôt, mademoiselle Eugénie Bonhomme ! »

18

La grosse clé tourna dans la serrure. La vue du petit jardin émut Clarisse, comme la première fois qu'elle l'avait découvert. Même à l'abandon, il était agréable. Derrière elle, Gaspard découvrait la villa Bellevue avec beaucoup d'intérêt. Lorsque la jeune femme l'avait invité à passer le week-end en sa compagnie, une joie immense l'avait envahi. Son ami Baptiste, de chez qui il téléphonait, l'avait gentiment charrié. Il avait ri en voyant que le sourire de Gaspard restait figé sur son visage longtemps après avoir raccroché. « Mais tu as les zygomatiques coincés, ma parole ! Ah ah ah ! Tu es toujours aussi mordu, mon pauvre ami... » Gaspard avait été surpris de constater que ses sentiments avaient été aussi facilement décryptés, mais à quoi bon nier ? Baptiste avait raison, il était raide dingue de Clarisse. Deux jours entiers avec elle... Il en était heureux. Au diable le bois à fendre, ça attendrait bien la semaine prochaine. Il serait allé au bout du monde pour une nuit contre son corps.

Dès qu'ils eurent posé leurs sacs, elle le prit par

la main et s'empressa de lui faire visiter la maison. Ils grimpèrent l'escalier quatre à quatre jusqu'à la chambre. Alors, Clarisse, toute fière, ouvrit en grand la fenêtre.

— Regarde !

La Méditerranée s'étirait sous une nuée d'embruns matinaux. Ses reflets d'argent qui dansaient sous les caresses du soleil levant participaient à la paix du moment. Le temps semblait s'être arrêté, envoûté par la beauté du paysage. Au loin, un bateau de pêche rentrait au port. L'un contre l'autre, ils admirèrent la vue sans parler. Gaspard l'enlaça. Elle aurait voulu que cet instant ne finisse jamais. Une bourrasque matinale la fit frissonner.

— Tu as froid ?

— Non, ce n'est rien. Alors, qu'en penses-tu ?

Elle se retourna pour lui faire face. Il souriait. Son regard amoureux l'enveloppa.

— C'est très beau. Je comprends que tu aimes cet endroit.

— Je suis contente qu'il te plaise. C'était important pour moi de t'y amener. Ma raison me dit de la vendre mais mon cœur me supplie de la garder…

Gaspard hocha la tête, la dévorant des yeux.

— Alors écoute ton cœur.

Ses doigts effleurèrent le visage de Clarisse, puis il se pencha pour l'embrasser. Un long baiser plein de douceur. Leurs mains se mêlèrent. Elle le serra un peu plus fort, puis il la souleva comme une plume contre lui. Sans cesser de l'embrasser, il la déposa sur le lit. En s'allongeant sur elle, il lui murmura quelques mots à l'oreille :

— Personne ne frappera à la porte pour nous déranger…

Elle rit.

— Ici, on est à l'abri des frasques de Momo !

Les lèvres de Gaspard descendirent jusqu'à son cou. Ses reins se cambrèrent. Avec délice, elle sentit son poids sur elle. Le poids de l'amour qu'elle adorait faire avec lui. Dans un souffle, elle ajouta :

— Nous sommes seuls au monde pendant deux jours.

Les mains du jeune homme glissèrent sous son pull à la recherche de ses seins qui se tendirent sous ses caresses amoureuses. Ils ôtèrent leurs vêtements, impatients. Enfin, leurs corps en osmose s'épousèrent, insatiables. Dans la chaleur de leur étreinte, ils s'abandonnèrent et ouvrirent leurs cœurs. Ils battaient de la même passion depuis si longtemps. Ils retrouvèrent le bonheur de s'aimer et de se le dire. Il était ému qu'elle lui appartienne encore, après tout ce temps. Sa bouche la couvrit de baisers. Quelques larmes perlèrent au coin des paupières de Clarisse. Des larmes d'extase. Sentir la peau de Gaspard contre la sienne, son odeur. Elle caressa ses larges épaules et y enfouit son visage lorsque la jouissance vint. Ils restèrent ainsi de longues minutes, incapables de briser l'instant. Ce fut la froideur de la pièce qui les contraignit à bouger.

— Reste ici, je descends chercher les duvets. Tu crois que les chauffages marchent ?

Tout en parlant, il tourna le gros bouton d'un bain d'huile posé par terre.

— Je ne sais pas. En plus des duvets, j'ai pris des draps pour faire notre lit. Tu pourras les remonter ?

Il revint l'embrasser.

— Hum… avec plaisir ! J'ai encore faim de toi.

Clarisse le tira sur le matelas.

— Ça tombe bien, moi aussi !

Ils s'enlacèrent, heureux comme des gamins devant leurs cadeaux de Noël.

— Et si on restait au lit tout le week-end ?

— Pourquoi pas ! On a du temps à rattraper. Mais tu as la chair de poule ? Ne bouge pas, je reviens.

Il s'échappa et descendit les marches en pierre. Clarisse l'entendit fureter en bas. Elle s'allongea sur le lit, les yeux rivés au plafond, rêveuse. Elle n'avait plus envie d'être prudente dans sa relation avec Gaspard. Elle savait qu'ils s'aimaient. Elle voulait mordre la vie à pleines dents, avec lui et c'est tout ! Ils verraient bien. La vie ferait le reste. Son regard se posa sur la délicate opaline qui pendait au centre de la pièce, puis descendit sur la tapisserie blanche aux fines fleurs qui ornait les murs. Des bleuets d'un même bleu que celui des rideaux. Un décor champêtre en bord de mer, pensa-t-elle amusée. Une musique monta du rez-de-chaussée. Elle tendit l'oreille et reconnut *L'Hymne à l'amour* d'Edith Piaf.

Clarisse sourit. En temps normal, elle aurait trouvé ce refrain désuet mais pas aujourd'hui. La musique égaya un peu plus la chambre. En soupirant d'aise, elle pensa que c'était un vrai nid d'amour. Gaspard fit irruption les bras chargés.

— Prends vite les duvets ou tu vas attraper froid.

— Tu ne veux pas qu'on fasse le lit avant ?

— Mais non, on verra ça plus tard.

Ils ouvrirent les duvets et se jetèrent dessous. Une chaleur douillette les envahit rapidement. Ils se blottirent l'un contre l'autre.

— J'ai trouvé plein de 33 tours dans le salon. Que de la musique des années 1950, c'est étonnant non ?

— Pourquoi ? Peut-être que la maison appartenait à un collectionneur. Viens plus près de moi.

Il ne se fit pas prier. Ils s'endormirent vite, avec tous les deux un sourire béat aux lèvres.

Dans la maison d'à côté, la voisine les avait vus arriver tôt ce matin. Elle était restée figée longtemps derrière son carreau après qu'ils furent entrés. Comment était-ce possible ? Valentine avec un autre homme que lui... Comment pouvait-elle lui faire ça ? Lui qui l'aimait d'un amour fou. Lui qui l'avait peinte, durant de longues heures penché sur sa toile. Cet homme si beau au regard noir... Elle aurait tant aimé, elle, qu'il la regarde quelquefois ! Mais non, malgré ses efforts pour paraître plus jeune et plus belle, il l'avait toujours ignorée.

Non pas qu'il était prétentieux, mais parce que son cœur ne battait que pour Valentine.

Alors, lorsque la villa était restée vide si longtemps, elle avait cru ne plus jamais les revoir. Cinq ou six ans plus tard, pourtant, il était réapparu. Seul. Différent. Le regard dans le vide. Il ne parlait plus, ne souriait plus. Ses cheveux commençaient à grisonner, ce qui lui donnait – elle trouvait – encore plus de charme. Mais il était éteint, comme s'il lui manquait quelque chose de vital. Elle en avait déduit que Valentine l'avait quitté pour un autre. Le peintre avait peu à peu espacé ses séjours à la Bellevue. Il y apparaissait une fois par trimestre, la mine sombre, et n'en sortait jamais. La dernière fois qu'il s'y était rendu, c'était l'hiver dernier. Si seulement elle avait su qu'il ne reviendrait plus, elle aurait pris son courage à deux mains et lui aurait dit que c'était elle qui avait volé son tableau. Peut-être qu'il lui aurait pardonné ? En tout cas, elle se serait sentie soulagée. Vraiment soulagée…

Pendant ce temps, à côté, la villa reprenait vie. De la musique s'échappait du fenestron de la cuisine, gaie et entraînante. Du jazz de La Nouvelle-Orléans. Des rires retentissaient dans le jardin. Après avoir aéré et nettoyé la maison, Clarisse et Gaspard avaient décidé de s'attaquer à l'extérieur. Arracher les ronces, couper les herbes folles qui montaient jusqu'aux volets, libérer le vieux poulailler des entraves du lierre et des ronces. Un tas de broussailles s'éleva rapidement près de l'étendage. Les jeunes gens mirent du cœur à l'ouvrage, travaillant jusqu'à la tombée de la nuit. Lorsqu'ils s'arrêtèrent, éreintés mais contents, ils purent admirer l'embellissement du jardin. Clarisse exulta :

— Magnifique ! On dirait qu'il est beaucoup plus grand. Merci pour ce coup de main. J'avais hâte de m'y mettre. Il mérite bien ça, non ?

Gaspard, appuyé sur la fourche, l'observait avec des yeux malicieux. Il était amusé de la voir si enthousiaste. Dès leur arrivée à la Bellevue, il avait compris que Clarisse s'était attachée à la maison et qu'elle avait déjà pris la décision de la garder. Son regard ne trompait pas. Il pensait qu'elle avait raison, puisque ça la rendait joyeuse. Elle s'approcha de lui.

— Pourquoi tu ne dis rien ?

— Je te regarde, ça me suffit.

Elle caressa son avant-bras et l'invita à boire quelque chose de chaud à l'intérieur.

Dans le salon, le tourne-disque tournait dans le vide. Pendant que Clarisse faisait chauffer de l'eau pour le café, Gaspard reposa délicatement le bras sur le support afin de soulager le diamant. Assis par terre, il examina les disques un à un. La jeune femme entra avec deux bols fumants.

— Viens vite, c'est chaud. J'ai vidé la glacière et j'ai mis quelques provisions dans le frigo. Tu préfères dîner dehors ou rester ici ?

Gaspard répondit distraitement, penché sur une pochette de 33 tours.

— Euh... oui... rester ici...

Intriguée, elle le rejoignit.

— Qu'est-ce que tu lis ?

Il lui tendit ce qu'il avait entre les mains.

— Regarde.

Elle posa sa tasse chaude sur la table basse et se saisit du disque. Georges Brassens esquissait un sourire en tenant sa guitare entre les mains. *La Mauvaise Réputation* 1952. Clarisse regarda son ami d'un air interrogateur.

— De l'autre côté.

Elle retourna la pochette. Quelques phrases avaient été notées au stylo bleu.

Pour toi que j'aime tant. Tu es l'homme le plus doux et le plus gentil de la terre. Ta Valentine, à toi pour toujours.

Clarisse lut plusieurs fois. « Valentine ». Gaspard devina ses pensées. Il lui tendit une autre pochette. Edith Piaf, *L'Hymne à l'amour* 1950. Au dos, des mots qui résonnèrent dans sa tête.

A toi Valentine, ma belle rousse, mon ensoleillée. Un jour, nous vivrons ensemble.

Pas de signature. Clarisse pâlit.

— Ma belle rousse... Tu crois que c'est possible ? Ce pourrait être MA Valentine ? Enfin… ma mère ?

Gaspard la regarda, impuissant.

— Je ne sais pas, mais avoue que c'est troublant. On ne peut pas vraiment parler de coïncidence, tu ne crois pas ?

Elle resta un moment sans voix, comme assommée. Elle essaya d'analyser la situation le plus clairement possible.

— Ça voudrait dire que ma mère aurait vécu dans cette maison ? Avec son amoureux, peut-être mon père… ?

Gaspard hocha la tête. Il avait pensé la même chose. Clarisse allait-elle penser à…

— Mon Dieu… Grégoire ! La maison lui a été léguée. C'était sûrement lui l'amant de ma mère. Peut-être qu'il était mon père ? Non, il me l'aurait dit dans sa lettre. Il savait que j'aurais été la plus heureuse du monde de savoir que j'étais sa fille ! Il ne m'aurait pas menti, même par omission. Et puis, la voisine a parlé d'un peintre. Ça ne correspond en rien à lui.

Elle commença à s'agiter dans tous les sens. Elle fit les cent pas dans le salon. Gaspard s'inquiéta pour elle. Elle en avait assez pâti ces deux derniers mois ! Il la sentait encore fragile, bien qu'elle s'évertue à montrer le contraire. Il avait simplement peur qu'elle souffre de nouveau. Il tenta de la calmer :

— Viens t'asseoir près de moi. Ne t'énerve pas comme ça. Viens.

Elle hésita et se décida à le rejoindre sur le canapé. Gaspard l'enveloppa de ses bras, en l'embrassant tendrement sur la joue.

— Je n'aurais peut-être pas dû te montrer ces quelques phrases...

Clarisse se raidit d'un seul coup. Le ton de sa voix devint presque autoritaire :

— Mais si ! C'est de mon histoire qu'il s'agit. Je dois savoir, tu comprends ?

Il rit devant ce changement d'attitude, l'enlaça de nouveau. Elle se radoucit aussitôt. Etre dans ses bras était tellement bon !

— J'ai peur que tu te fasses des films. Je comprends que ça soit important pour toi mais ne perds pas de vue le présent en allant fouiller le passé. Même si tu as envie de connaître tes racines, ne laisse pas des inconnus te déstabiliser. Ce ne sont pas eux qui ont fait ta vie. Ils t'ont conçue, c'est tout.

Clarisse ajouta d'une voix à peine audible :

— Conçue et abandonnée.

Il la serra un peu plus fort.

— Moi, je suis là. Je ne te laisserai jamais.

Elle eut envie de le croire. Profiter du moment présent, rien que ça. Ne plus penser. Ils restèrent un long moment blottis l'un contre l'autre. Ils dînèrent seulement quand la faim tiraillla leur estomac et évoquèrent les travaux réalisés dans l'après-midi. Mais Clarisse avait du mal à penser à autre chose. Elle prit une décision qui lui sembla évidente.

— Demain, j'irai rendre visite à la voisine. Elle m'a appelée Valentine. J'ai l'impression qu'elle la connaissait bien. Sur le coup, je l'ai crue folle, mais je n'en suis plus si sûre maintenant.

Gaspard savait que rien ne la ferait changer d'idée. Alors, autant explorer tous les éléments dont ils disposaient. Plus vite ils trouveraient des réponses à toutes leurs questions, plus vite elle retrouverait sa sérénité. Il serait là pour l'épauler.

— D'accord, nous irons ensemble.

La jeune femme lui sourit, reconnaissante. Gaspard sortit d'un panier une bouteille de vin et un tire-bouchon.

— Pour accompagner le jambon de pays et le pélardon, rien ne vaut un petit châteauneuf-du-pape !

— Rien que ça ! Tu nous gâtes !

— Il n'y a pas de mal à se faire du bien, il paraît. Alors, n'hésitons pas. Cette soirée est à nous. Au diable, les Valentine et compagnie ! Ne passons pas à côté. Donne-moi ton verre.

Clarisse approuva. Elle ne devait pas gâcher leur week-end avec ses histoires de famille. Elle profiterait de lui, et rien d'autre que lui.

Ils parlèrent longuement de la période où ils étaient séparés, et surtout du Canada ; des hautes forêts que le soleil transperce difficilement ; des paysages d'une beauté à couper le souffle ; des lacs et du Saint-Laurent, puissant et majestueux ; du nombre impressionnant d'oiseaux qui vivaient dans les épinettes noires ; des sapins et des mélèzes ; des parulines, des gros-becs, des moucherolles ; des milliers de canards, des grues, des grèbes, des oies sauvages… Gaspard était intarissable. Clarisse le revit un instant à dix ans, perché dans les arbres à observer la faune du bois des Fontenelles. Elle en fut émue. Elle aimait l'entendre parler avec autant de passion. En même temps, ça lui fit un peu peur.

— Est-ce que le Canada te manque ?

Il réfléchit un instant avant de répondre. Elle sentit le poids de sa question et regretta presque de l'avoir posée. Il la regarda droit dans les yeux.

— Bien sûr qu'il me manque. Quand on aime autant la nature que moi, vivre là-bas c'est le rêve absolu. Malgré les rudes hivers auxquels je n'étais pas habitué, malgré la solitude, c'est un pays exceptionnel. J'y ai vu des grizzlis, des ours noirs, des loups, des lynx. Et j'aime les Canadiens. Pour la plupart, ce sont des gens simples et chaleureux. Quand ils donnent leur amitié, c'est pour longtemps. Dans ces contrées au climat rude, ils s'entraident et se soutiennent tout au long de l'année. Un bel état d'esprit. J'y ai gardé des amis qui attendent mon retour. Nous nous écrivons régulièrement. Pour moi, le Canada, c'est une expérience de vie inoubliable.

Clarisse hocha la tête, pensive. Elle craignait cette réponse mais se félicitait de la franchise de Gaspard. Elle n'en attendait pas moins de lui. Le rouge sombre du vin remplit à nouveau leurs verres. Ils le burent lentement, appréciant ses arômes et sa puissance. Le jeune homme se redressa un peu et continua ses explications :

— J'aime vraiment ce pays, pourtant, je ne retournerai pas y vivre.

La jeune femme leva la tête.

— Pourquoi ?

Il inspira un long moment et parla avec beaucoup de gravité :

— Parce qu'une seule chose m'a horriblement manqué là-bas. Ce n'était pas mon pays, bien que j'y sois attaché, j'avais besoin de m'en éloigner pour mieux l'apprécier. Ce n'était pas non plus ma famille, car j'avais de leurs nouvelles régulièrement. Je savais qu'ils allaient bien. C'était toi.

Clarisse se fit plus attentive. Le vin avait détendu l'ambiance et facilité ce flot de confidences. Elle l'observa. Sa mèche rebelle tombait en boucle sur son front. Ses yeux brillaient plus que d'habitude. Ses lèvres pulpeuses au contour bien dessiné se crispaient de temps à autre dans un petit rictus. Ses mains se nouaient et se dénouaient dans un mouvement désordonné.

— Il a fallu que je sois loin de toi pour me rendre compte à quel point tu me manquais. Avant, nous étions toujours tous les deux. C'était naturel. La question ne se posait pas. Je savais que je tenais à toi mais…

Clarisse s'avança, impatiente d'entendre la suite.

— Mais… ?

Gaspard posa sa main sur son genou, en un geste affectueux. Il savait qu'il pouvait parler franchement. Elle comprendrait. Il continua donc.

— … mais pour nous, tout semblait écrit d'avance. J'avais l'impression de ne pas maîtriser mon avenir, qu'il était déjà tout tracé. J'ai eu peur. Nous étions des gamins. Nous n'avions pas vécu. Je voulais découvrir le monde, rencontrer des gens qui vivaient autrement. Juste expérimenter autre chose. Ce n'était pas ta faute… Tu comprends ?

Clarisse hocha la tête.

— Pourquoi ne pas m'avoir dit tout ça avant de partir ? Je me serais sentie un peu moins abandonnée…

Il glissa une main derrière la nuque de la jeune femme et ne la lâcha plus.

— Pardon pour le mal que je t'ai fait. Je savais que si je ne partais pas rapidement, je n'arriverais pas à m'éloigner de toi. J'ai été tellement idiot !

Il la serra tendrement contre lui. Une étreinte lourde de paroles muettes, de celles du cœur, de celles des yeux et du corps tout entier. Sous les mains de Gaspard, Clarisse se laissa aller à cette ferveur étourdissante. Il lui fit l'amour magnifiquement, comme on peut le faire quand on est fou de l'autre.

Le lendemain matin les trouva épuisés et engourdis par cette longue et merveilleuse nuit. Lovés l'un contre l'autre, ils s'abandonnaient aux délices de ce lit douillet. Le jour traversa les persiennes et vint caresser la joue de Clarisse. Elle ouvrit un œil à contrecœur, puis l'autre, et sentit la tête de Gaspard reposer sur son épaule. Elle l'observa avec tendresse. Il dormait paisiblement. Sa bouche entrouverte dévoilait de jolies dents régulières. Son bras encadrait fermement la poitrine de son amie, sa jambe chevauchant la sienne. Elle sourit. Difficile de bouger sans le réveiller. En fait, elle n'en avait aucune envie. Ils étaient si bien ainsi. Elle remonta les couvertures sur eux et se rendormit. Bien plus tard, le bruit de la douche finit par la tirer des bras de Morphée. Gaspard n'était plus à côté d'elle. Elle s'étira. Il faisait froid dans la chambre. Un vrai froid d'hiver. Clarisse se leva, enroulée dans un duvet, et ouvrit les volets. La mer, habillée de gris, scintillait comme un miroir. Le ciel semblait l'épouser pour ne faire qu'un. Gaspard la rejoignit devant la fenêtre et l'enlaça.

— Le petit déjeuner est prêt en bas.

Clarisse se retourna, surprise. Il l'embrassa sur la joue.

— Je t'ai laissée dormir et je suis allé chercher des croissants en ville. Tu sais, la boulangerie la plus proche n'est pas très loin.

— Génial, j'ai une faim de loup !

— Moi aussi. Qu'est-ce que tu as prévu pour aujourd'hui ?

Elle fit une moue dubitative.

— Si ça ne t'ennuie pas, on pourrait enlever tous ces vieux bibelots en bas. Ils sont complètement démodés. On pourrait les emporter et les donner à un brocanteur, qu'est-ce que tu en dis ?

— Tout ce que tu veux, ma belle ! Allez, viens, le café est chaud.

Gaspard avait prévu un vrai festin : des viennoiseries, des baguettes croustillantes, de la confiture de framboise, du chocolat noir et du jus de fruits. Le tout était dressé sur la table du salon.

— Tu es un amour !

Il lui fit un clin d'œil complice. Ils mangèrent leur petit déjeuner avec appétit, puis Clarisse monta prendre sa douche à son tour. Gaspard mit un air de jazz et sortit dans le jardin. Un peu exigu à son goût, mais joli.

Alors qu'il allait rentrer, il entendit une plainte venant de la rue. Il s'approcha, curieux. Devant le portail, une femme en chemise de nuit se tenait là, les yeux exorbités. Elle marmonnait des mots qu'il pensa être des insultes. Dans sa main droite, ce qui restait d'un tableau. Le jeune homme s'inquiéta de la voir si peu vêtue par un froid si vif. Il tenta de s'approcher d'elle mais fut immédiatement repoussé par un cri de rage.

— Arrière ! Ne me touchez pas, sale type !

Abasourdi, Gaspard n'eut pas le temps de réagir, elle cracha son venin en gesticulant dans tous les sens :

— Y a qu'un sale type pour être avec une garce pareille !

Le regard haineux, le visage figé dans un odieux rictus, elle paraissait avoir perdu la raison.

— Mais, madame...

— La ferme ! Comment pouvez-vous lui faire ça, alors qu'il a tout fait pour elle ? Lui qui ne voyait qu'elle, sa Valentine !

Il comprit que ça ne servait à rien d'intervenir pour l'instant et la laissa déverser son fiel.

— Moi, je le savais. S'il m'avait choisie, il aurait été le plus heureux des hommes. Mais non. Elle l'a détruit et en plus, elle a le culot de revenir chez lui avec un autre, cette roulure !

La femme jeta la toile aux pieds de Gaspard.

— Voilà ce que j'en ai fait, de son portrait ! Si je la vois, je la tue de mes propres mains. De toute façon, elle finira en enfer !

Elle fit brusquement volte-face en direction de sa maison. Le jeune homme, stupéfait, la suivit des yeux. Elle marmonnait encore en rentrant chez elle, brassant l'air de grands gestes désordonnés. Lorsqu'elle fut rentrée, il se pencha pour ramasser le tableau. Il avait été lacéré à coups de couteau. C'était un portrait souriant, d'une jolie femme à la chevelure rousse. Cela ne fit aucun doute pour lui : c'était bien Valentine, la mère de Clarisse. La reproduction parfaite de la photographie que sœur Marie-Louise lui avait donnée. Machinalement, il tourna le châssis. « Mon ensoleillée ». Plus bas, il découvrit la signature du peintre...

A l'étage, Clarisse arrêta le jet d'eau chaude qui

ruisselait sur ses épaules. Elle était revigorée. Elle s'essuya rapidement et enfila ses vêtements. Devant le miroir de la salle d'eau, elle se coiffa, puis se sourit. Elle se trouvait particulièrement belle ce matin. L'amour me va bien, pensa-t-elle. Puis elle se pencha à la fenêtre, interpellant Gaspard :

— Qui est-ce qui criait ?

Le jeune homme cacha la toile dans son dos et se surprit à lui mentir :

— Non, personne. C'étaient juste des enfants qui passaient dans la rue...

Elle disparut dans la chambre et mit un peu d'ordre aux draps froissés du lit. Gaspard réagit rapidement. Il ne fallait pas que Clarisse découvre ce tableau, pas maintenant. Il fallait le cacher au plus vite. Il sortit, prit un plaid dans la Mehari et glissa la toile sous le siège conducteur. Après cela, il revint dans la maison. Il détestait lui mentir mais, là, c'était pour son bien. Impossible d'entendre parler de sa mère de la sorte ! Lorsqu'elle descendit, il fit de son mieux pour lui cacher son air embarrassé. Il dut puiser dans son imagination quand elle lui proposa de rendre visite à la voisine.

— Non, ça ne sert à rien, elle vient de partir.

Et comme Clarisse parut étonnée, il rajouta :

— Je suis allé chercher quelque chose dans la Mehari et je l'ai vue partir en voiture avec un homme plus jeune qu'elle.

— Ça devait être son fils... Mince, c'est dommage.

Elle semblait véritablement déçue.

— Ne t'inquiète pas. Je pense qu'on reviendra très vite ici... On la verra la prochaine fois.

Dans la journée, ils se baladèrent sur la plage à la découverte des environs. Gaspard projeta de venir y faire de la plongée en été. Puis, en fin d'après-midi, ils vidèrent la maison de ses bibelots qu'ils entassèrent dans des cartons. La villa retrouva une deuxième jeunesse. Ils rangèrent leurs affaires à regret, pas très pressés de quitter leur nid d'amour. A la nuit, ils reprirent la route du Gard. Deux heures et demie plus tard, arrivés à la grange, Clarisse lui proposa de rester dormir. Il accepta la joie au cœur. Une nuit de plus avec elle, c'était merveilleux.

Pourtant, le lendemain, Gaspard devrait agir, pour Clarisse.

19

Gaspard s'était levé tôt après une nuit de douceur dans les bras de son aimée. Il avait pensé de longues heures sans dormir, émis toutes les hypothèses et avait essayé de trouver des excuses au véritable père de Clarisse. Ce dernier en avait-il ou était-il juste un lâche, incapable d'avouer sa faute ? Le jeune homme voulait entendre l'histoire de sa propre bouche et était parti sans bruit, afin de ne pas réveiller sa compagne. Avant de quitter la chambre, il l'avait longuement regardée dormir. Elle était tellement belle ! Il savait qu'elle était son âme sœur, celle pour qui il voulait tout construire, celle aux côtés de qui il voulait vivre, le plus longtemps possible. Dans son sommeil, elle fit une moue. Délicatement, il déposa un baiser sur sa joue et sortit sur la pointe des pieds.

Clarisse sortit sur la terrasse à huit heures. Elle resserra vite son peignoir sur sa poitrine. Le froid était vif ce matin et le ciel gris. Le soleil serait sûrement aux abonnés absents pour la journée entière, pensa-t-elle. Il lui en fallait plus pour effacer le joli sourire qu'elle affichait ce matin. Après une nuit dans les bras de Gaspard, ce ne pouvait être autrement. Le soleil était dans son cœur, au diable, la météo !

Ses pensées revinrent rapidement à l'énigme qui flottait sur la villa Bellevue et sur ses anciens occupants. Elle devait en parler à sa grand-mère. Cette dernière trouverait sûrement une explication que sa propre émotion occultait. Par ailleurs, elle avait besoin de voir les deux femmes qui comptaient le plus dans sa vie. C'était dit, avant de partir à la cave, elle irait prendre son petit déjeuner avec elles. Miss se frotta à ses chevilles, quémandant ses caresses matinales. Clarisse la souleva et la prit dans ses bras. La petite chatte blanche ronronna bruyamment, les yeux mi-clos.

— Ah, ma catounette ! On a mal commencé notre vie, toutes les deux... Pas grave, on est heureuses, c'est l'essentiel.

En approchant du mas, Clarisse nota que la lumière était éteinte dans la cuisine. C'était inhabituel, les deux femmes étaient des lève-tôt. Elle entra. Aucun bruit, personne dans la cuisine, ni dans le salon. Alors elle s'inquiéta. Et si Yvonne était malade ? Son cœur avait été mis à rude épreuve ces temps-ci et puis elle n'était plus toute jeune. Plantée devant la porte de la chambre, elle hésita, mais le besoin de se rassurer fut le plus fort. Elle l'ouvrit doucement, et resta immobile, stupéfaite.

Yvonne et Anna dormaient ensemble, tendrement enlacées. Elles semblaient paisibles et sereines. Aucun doute n'était permis sur la nature de leur relation. Clarisse resta là, incrédule devant la scène qui se déroulait sous ses yeux. Elle les avait toujours crues juste amies, complices, mais jamais elle ne se serait douté qu'elles s'aimaient ! Soudain, Yvonne remua et ouvrit les yeux. Un court laps de temps, elle regarda sa petite-fille qui, désolée, referma la porte :

— Pardon !

Elle sortit précipitamment du mas. Troublée, elle n'eut pas envie d'aller tout de suite à la cave. Elle devait marcher, ça l'aiderait à réfléchir. Elle décida de monter au rocher d'Emile Loup. Sur le chemin, mille questions tambourinaient dans sa tête. Mais comment ne s'en était-elle pas rendu compte, alors qu'elles avaient toujours été si proches ? Depuis combien de temps cachaient-elles leur relation ? Depuis toujours ? Cette idée l'effraya. Vivre des années en dissimulant ses sentiments aux yeux de tous lui paraissait un châtiment, une véritable injustice. On ne choisit pas qui on aime, c'est comme ça. Etait-ce glorieux de s'attacher à une personne du sexe opposé ? Bien sûr que non. L'amour n'a pas de genre, il tombe sur les êtres comme un diable sort de sa boîte. Sans préavis. Et tant mieux pour ceux qui le rencontrent. Ils sont tellement nombreux ceux qui ne le croiseront jamais…

Clarisse arriva au rocher. Comme à son habitude,

elle le chevaucha. Jamais elle ne pourrait se lasser de la vue qui s'offrait de son promontoire. D'épais nuages se formaient à l'est de Saint-Côme. Les vignes finissaient de se dépouiller de leurs feuilles jaunies. Heureusement, les oliviers gardaient leur vert argenté, donnant de la douceur au paysage. Sa pensée ne parvenait pas à se détacher d'Yvonne et d'Anna. Est-ce que Grégoire avait été mis au courant ? Non, sûrement pas. Bien que très gentil et prévenant, Clarisse savait que son oncle avait l'esprit peu ouvert sur l'homosexualité. Alors encore plus sur celle de sa mère ! Non, Grégoire ne savait pas. Elle se demanda pourquoi Yvonne ne s'était jamais confiée à elle. Elle n'avait peut-être pas osé. Maintenant, Clarisse espérait que les deux femmes ne se cacheraient plus. Elle leur parlerait. Un éclair transperça le ciel ; quelques gouttes tombèrent, l'obligeant à quitter son repaire. La jeune femme courut se mettre à l'abri.

La pluie tombait maintenant en abondance. Clarisse ouvrit la porte de la cave, entra dans son bureau et frotta ses cheveux avec un essuie-mains. Quelques instants plus tard, elle entendit des pas. Elle se pencha, s'attendant à voir le Piche, toujours premier arrivé, mais il s'agissait de Malek. Celui-ci vint lui serrer la main, toujours aussi chaleureux.

— Comment vas-tu, Malek ?

— Oh, mais toujours bien, Clarisse. A part le temps ! C'est un vrai déluge maintenant.

Une voiture freina brusquement devant l'établissement. L'ouvrier se retourna pour regarder qui arrivait. Clarisse lui demanda :

— Qui est-ce ?

D'un ton taciturne, Malek lui répondit :

— Jean-Louis.

Clarisse l'observa.

— Tu ne l'apprécies pas, n'est-ce pas ?

Il n'aimait pas en parler, mais aujourd'hui, il avait envie de se confier, surtout à Clarisse en qui il avait toute confiance. Alors, timidement, il avoua son ressentiment pour son collègue.

— Non. C'est une personne malfaisante. Méfiez-vous de lui, il est mauvais.

— Moi, je pense qu'il est surtout idiot, et ce n'est pas d'aujourd'hui !

Une portière claqua et le Jean-Louis en question fit son apparition en traînant les pieds. Il ne prit même pas la peine de dire bonjour et se dirigea vers le fond de la cave. Clarisse décida d'ignorer son impolitesse, ne se sentant pas d'humeur à batailler une nouvelle fois avec lui. Elle continua à discuter avec Malek, puis quelques minutes plus tard, le Piche entra. Le regard un peu hagard, il salua Clarisse, serra la main de Malek et s'éloigna. Alors que la jeune femme s'apprêtait à rejoindre son bureau, une dispute éclata dans l'atelier. Elle accourut. Elle vit Jean-Louis, le regard haineux, insultant le Piche. Malek s'était interposé, empêchant son ami de frapper l'arrogant.

— T'es qu'une loque, le Piche ! Regarde-toi, tu

ressembles à rien, tu fais pitié. Casse-toi de mon chemin.

Le Piche semblait hors de lui. Malek sentit la colère monter. Il ne put s'empêcher de réagir plus violemment qu'il ne l'aurait voulu.

— Et toi, qu'est-ce que t'es ? Pauvre abruti ! Tu es là sans arrêt à déverser ton fiel sur les autres. Quand est-ce que ça finira ?

Surpris par la soudaine rébellion de son collègue, le jeune homme s'avança vers lui, menaçant.

— Qu'est-ce que t'as, toi ? T'as quelque chose à me dire ?

Il empoigna Malek au col, prêt à lui taper dessus. Folle de rage, Clarisse le poussa brutalement. Il trébucha.

— Ça suffit ! Fous le camp tout de suite ! Je ne veux plus te voir ici. Jamais.

Il la regarda, étonné, presque triste, mais son naturel haineux revint au galop.

— Pour qui tu te prends ? Tu fais la belle mais tu n'es rien.

Il fit quelques pas en arrière puis se ravisa.

— Un jour, tu regretteras de m'avoir chassé. Je te le jure, tu le regretteras !

Hors d'elle, Clarisse hurla :

— Va-t'en ! Tu es viré !

Le jeune homme la toisa, ramassa son sac tombé au sol et sortit de la cave. Le moteur rugit, les roues crissèrent sur le gravier et la voiture disparut. Un peu hébétés, Clarisse, le Piche et Malek restèrent là sans parler. Ce dernier s'excusa :

— Désolé, je n'aurais pas dû intervenir...

— Ah non, ne t'excuse pas. Je l'aurais mis à la porte de toute façon. Il est devenu invivable. Je ne supporte pas qu'il nous manque de respect, à tous.

Les deux hommes la regardèrent avec reconnaissance.

— Et puis, niveau travail, ce ne sera pas une grande perte.

Le Piche approuva. Il avait toujours considéré ce gamin comme un tire-au-flanc. Grégoire avait été trop gentil de le garder. Ce qui le gênait le plus, c'était son agressivité. Clarisse ne semblait pas se rendre compte à quel point il pouvait être nuisible...

L'incident passé, ils s'affairèrent tous les trois à leur travail respectif. Dehors, la pluie, qui tombait toujours aussi dru, rendait l'atmosphère pesante. En fin de journée, lorsque les deux ouvriers rentrèrent chez eux, Clarisse en profita pour rester un peu plus longtemps et ranger des cartons qui traînaient au fond de la cave. Lorsqu'elle longea les gros fûts de chêne, elle entendit un bruit de pas derrière elle. Elle se retourna. Elle n'eut pas le temps de réagir. Des bras puissants la saisirent brusquement et la firent basculer contre les tonneaux. Sa tête cogna le mur. Un instant sonnée, elle ne vit pas le visage de celui qui la maîtrisait de tout son poids. Il empestait la sueur et le vin, une odeur âcre qui lui donna des haut-le-cœur. Tout alla très vite. Une main rugueuse se glissa sous son pull, agrippa son tee-shirt et déboutonna aussitôt son jean. Clarisse était tétanisée. L'homme respirait fort dans son cou. Elle crut un instant qu'il allait se calmer mais il n'en fut rien. D'un geste rageur, il saisit son soutien-gorge. Comme le tissu lui résistait, il l'arracha violemment. La jeune femme, meurtrie, hurla de peur. Rien ne semblait pouvoir arrêter son agresseur dont la détermination ne faisait aucun doute. Il saisit un de ses seins à pleine main, haletant de plus en plus fort contre elle. Horrifiée, elle réagit à ce contact qui la dégoûta. Elle se débattit de toutes ses forces, criant, mordant et frappant afin qu'il la libère. Son agresseur relâcha un peu la pression de son corps sous le coup de la surprise et se recula. Elle put voir son visage.

— Jean-Louis !

Le jeune homme la fixa d'un regard accusateur. Son visage était écarlate, ses traits déformés par la colère. Lorsqu'il parla, le ton de sa voix trahit une certaine tristesse :

— Pourquoi tu m'as toujours méprisé ? Je n'étais pas assez bien pour toi ? Qu'est-ce qu'il a de mieux que moi, ton putain de Gaspard ? Il a bien su te laisser tomber ! Moi, je t'aurais jamais fait ça !

Clarisse comprit qu'il irait jusqu'au bout. Alors elle essaya de retarder ce terrible moment.

— Mais ne crois pas ça... Je ne t'ai jamais méprisé... Tu te fais des idées, Jean-Louis...

Il la regarda impassible, sans la lâcher. Morte de peur, Clarisse tâcha de n'en rien laisser paraître et continua à lui parler :

— On se connaît depuis si longtemps. Si tu étais plus gentil, je pourrais t'apprécier, peut-être même…

Alors il la gifla violemment. Sa tête partit à gauche et tapa de nouveau contre le fût. Elle sentit une brûlure sur son oreille droite. En une fraction de seconde, Clarisse pensa que c'était la fin, sa fin. Furieux, il hurla :

— Menteuse ! Tu ferais tout pour sauver ta peau, mais c'est trop tard !

Il ouvrit alors la braguette de son jean…

Elle pensa à Gaspard. Alors que les mains de son agresseur descendaient jusqu'à ses fesses, un bruit sourd retentit. Jean-Louis tomba inanimé de tout son poids sur elle. Elle mit du temps à réaliser qu'il avait été assommé. Le corps fut poussé sur le côté, et elle entendit Momo et Héloïse qui s'empressèrent de lui porter secours.

— Mon Dieu ! Tu n'as rien ? Comment tu te sens ?

Son amie l'attrapa par les épaules avec toute la douceur du monde. Clarisse avait le regard éteint, sa joue était écarlate et son jean ouvert. Héloïse le lui referma avec délicatesse puis l'aida à s'asseoir sur une caisse en bois. Aucun son ne sortait de sa bouche. Elle regardait Jean-Louis, inconscient, affalé par terre. Momo tenait encore la barre de fer à la main. Bouche bée, il ne pouvait quitter la jeune femme des yeux. Comment pouvait-on lui faire du mal ? Il ne pouvait pas le croire ! Héloïse le ramena à la réalité :

— Momo, tu l'as tué ?

Le garçon se pencha sur le corps inerte, entendit une respiration un peu rauque et se releva.

— Non.

— Va chercher quelque chose pour l'attacher. S'il se réveille, il pourrait encore sévir.

Momo courut vers l'entrée de la cave. Héloïse enlaça Clarisse. Après quelques minutes, elle commença à lui parler :

— J'ai cru qu'il allait me tuer. J'ai eu si peur…

Son amie la serra un peu plus fort, elle se laissa faire.

— Mais qu'est-ce qu'il lui a pris ? On le connaît depuis longtemps. Je le savais bête mais je n'aurais jamais pensé qu'il puisse être aussi violent !

— Il était ivre. Et puis on a eu une altercation cet après-midi. Je l'ai renvoyé… Il a sûrement voulu se venger. Si vous n'aviez pas été là, il m'aurait violée et tuée… Mais qu'est-ce que vous faisiez ici tous les deux ?

Héloïse ramena les longs cheveux de son amie derrière ses épaules d'un geste tendre.

— C'est grâce à Momo. Je suis arrivée dans l'après-midi et on voulait passer chez toi ce soir. C'est lui qui a voulu venir plus tôt à la cave pour te faire la surprise…

Momo, qui revenait avec un gros rouleau de double scotch adhésif, sourit en entendant la conversation des filles.

— J'ai eu du nez, hein ?

— Je ne te remercierai jamais assez...

Il lui adressa un clin d'œil complice et entreprit d'attacher les poignets de Jean-Louis.

— Il faut prévenir la gendarmerie.

Clarisse hocha la tête. Elle pensa à Yvonne et au souci qu'elle allait se faire en voyant les gyrophares dans la nuit.

— Oui, il le faut. Mais en attendant leur arrivée, va prévenir ma grand-mère. Mets-y les formes, pour qu'elle ne soit pas trop choquée...

Héloïse acquiesça.

— Ne t'inquiète pas, j'irai.

— Merci. J'aimerais aussi, si tu veux bien, que tu préviennes Gaspard. Il faut téléphoner à Baptiste, c'est son voisin berger.

— D'accord.

Ensuite, tout alla très vite. Yvonne et Anna arrivèrent à la cave, anxieuses, suivies de près par deux voitures de la gendarmerie. Jean-Louis reprit connaissance à ce moment-là, sonné par l'alcool et le coup que lui avait asséné Momo. Il observa tout ce monde autour de lui sans rien dire. Les agents entendirent Clarisse, Héloïse et Momo comme témoins et enfermèrent l'agresseur dans une camionnette. Lorsqu'ils quittèrent les lieux, Clarisse, ses amis, Yvonne et Anna rejoignirent le mas.

Dans le salon, les jeunes gens durent réconforter les plus âgées. Secouées par ce qui venait d'arriver à leur petite fille, elles étaient passablement énervées. Le téléphone sonna. C'était Baptiste. Gaspard était introuvable. Clarisse pensa qu'il devait être sur la route pour venir la rejoindre à la grange.

Quelques minutes plus tard, on frappa à la porte. Yvonne alla ouvrir, et revint seule. Devant le regard interrogatif d'Anna, elle expliqua.

— C'était le Piche. Il a vu les gendarmes. Il est venu aux nouvelles mais il n'a pas voulu entrer. C'est bien la première fois qu'il vient de lui-même au mas. Clarisse, tu vas dormir ici ce soir.

— Merci, mamé, ça ira, ne t'inquiète pas. Je peux dormir à la grange. Et si Gaspard vient chez moi, il ne trouvera personne…

— Mais dis, il aura bien l'idée de venir ici ! Il restera coucher avec toi, comme ça on sera encore plus tranquilles.

La jeune femme sourit.

— Dans mon petit lit à une place ?

— Peu importe, je vous laisserai ma chambre.

La scène du matin revint subitement à l'esprit d'Yvonne. Sa petite-fille le lut dans ses yeux. Elle la vit gênée. La vieille femme s'affaira à fouiller dans un tiroir du buffet afin de pouvoir cacher ses émotions. Anna l'observait. Elle comprenait son trouble. Elle vit Clarisse s'approcher de sa grand-mère, la prendre par les épaules et l'embrasser tendrement. Elle glissa quelques mots à son oreille :

— Je t'aime de tout mon cœur, mamé. Rien ne nous séparera jamais.

Yvonne comprit le message que lui délivrait sa petite-fille. Ses yeux se remplirent de larmes. Anna lui souriait tendrement. Elle serra Clarisse contre son cœur. Un jour, elle lui raconterait leur histoire. Dans les bras de Clarisse, de précieux souvenirs affluèrent…

Les deux femmes vivaient ensemble au mas depuis une dizaine d'années. Leurs enfants étaient déjà des adolescents. Très complices, les deux amies s'étaient rapprochées un peu plus l'une de l'autre, insensiblement. Yvonne s'en souvenait aujourd'hui avec beaucoup d'émoi. Ça s'était passé naturellement, un dimanche de printemps. Les enfants mettaient la table sous la tonnelle et se chahutaient. Depuis plusieurs jours, le soleil chauffait. Tout était arrivé très vite. Anna était apparue à la porte du mas dans une robe légère fleurie. Elle l'avait cousue grâce à un patron qu'une voisine lui avait prêté. Elle avait quarante-cinq ans, une silhouette élancée, d'épais cheveux châtains. Dans un rayon de lumière, elle tourbillonna sur elle-même. Yvonne n'oublierait jamais le sentiment confus qui lui monta à la tête. Les enfants la félicitèrent alors que son amie restait sans voix, le visage fermé. Le repas se passa sans qu'elle ne pût dire un mot, submergée par ses émotions. Elle essaya d'analyser sa réaction mais n'y parvint pas, tout comme Anna qui ne comprenait pas ce qui se passait. Le repas terminé, les enfants coururent jusqu'au village retrouver leurs copains. Elles restèrent seules à débarrasser. Alors Anna questionna Yvonne :

— Mais qu'as-tu ? Est-ce que quelque chose ne va pas ? Tu n'as pas dit un mot de tout le déjeuner.

Son amie la regarda étrangement, se leva, prit une pile d'assiettes sur la table et s'enfuit dans la cuisine. Perplexe, Anna la suivit. Yvonne, le front appuyé contre le placard, était bouleversée. Son amie la prit par les épaules, la força à lui faire face. Les yeux d'Yvonne brillaient, son regard sur elle la suppliait. La main de l'Italienne se posa sur sa joue et comprit son trouble. Elle-même l'avait ressenti plusieurs fois auparavant et s'en était voulu, s'était fait violence, avait eu honte. Mais ce jour-là, devant Yvonne si tourmentée, le rouge lui avait monté aux joues et ses mains avaient un peu tremblé. Les yeux dans les yeux, elles comprirent qu'elles vivaient le même embrasement. Anna posa ses lèvres sur celles d'Yvonne. Elles s'embrassèrent, émues aux larmes. Elles se serrèrent tendrement, et restèrent un long moment enlacées, l'une contre l'autre. Des bruits de pas sur le gravier les firent se séparer. Les enfants revenaient chercher leurs vélos. Ils ne les virent pas de l'extérieur. Elles en furent soulagées. Malgré tout, elles s'évitèrent pendant plusieurs jours. Mais peu à peu, l'attirance irrésistible qui les habitait eut raison de leur vigilance. Elles décidèrent de s'aimer en secret pour ne pas déstabiliser leurs familles. Pour les deux femmes, l'équilibre des enfants passait avant elles et leur histoire. Elles voulaient les protéger des moqueries que certains n'auraient pas manqué de leur cracher au visage, des ragots qu'auraient pu propager les gens aigris qui s'ennuient dans leur vie et préfèrent souiller celle des autres. Elles ne voulaient pas qu'un jour ils rentrent de l'école avec un regard différent sur elles, une froideur, une gêne, une distance, une honte.

Avec le recul, Yvonne se dit qu'elles avaient aussi voulu se protéger. Ne pas subir de jugement injuste qui remue les tripes et blesse au plus profond de l'âme. Ne pas entendre les mots qui salissent. Ne pas avoir à justifier l'inexplicable.

Aujourd'hui, dans les bras de Clarisse, elle savait qu'elles étaient comprises. Un immense soulagement l'envahit.

Plus tard dans la soirée, Héloïse et Momo rentrèrent chez eux, mais Gaspard ne vint pas. Clarisse pensa qu'il avait dû rentrer tard chez lui et n'avait pas pu voir Baptiste.

Sa nuit fut peuplée de hurlements, de gyrophares, d'une odeur nauséabonde d'alcool et de sueur, des grosses mains de Jean-Louis qui jouaient sur son corps.

Mais elle ressentit également la tendresse d'un regard inconnu qui veillait sur elle.

20

Après les émotions de la veille, les amis de Clarisse décidèrent de passer la journée auprès d'elle à la grange, pour la dorloter. Un petit déjeuner gourmand avait été élaboré par Héloïse, et une tarte Tatin encore tiède par Momo. Clarisse se sentait mieux, elle était plus sereine ainsi entourée de ses amis. Il ne lui manquait que Gaspard... Elle décida de ne pas lui téléphoner pour le moment. Il était inutile de l'affoler, il viendrait sûrement ce soir.

Dans la matinée, elle devait retourner à la gendarmerie pour signer son dépôt de plainte. Comment Jean-Louis avait-il pu en arriver là ? Elle se souvenait que, dès son arrivée à l'école primaire, elle ne l'avait pas supporté. Il avait dix ans, et méprisait déjà ses camarades. Il les appelait « les bouseux » parce qu'ils étaient tous nés à Saint-Côme, un petit village. Pourquoi cette condescendance ? Chez un enfant, c'est souvent le signe d'un trouble. Peut-être était-il simplement malheureux de déménager, ou malheureux chez lui... Quand on n'a que dix ans, on est incapable d'analyser son comportement.

Et cela n'excusait en rien son comportement de la veille. Elle eut la nausée en pensant à son odeur, à ses halètements d'animal, à ses mains sur elle… Elle se raidit et serra les poings, rageuse.

Clarisse tenait à se rendre seule à la gendarmerie. Ses amis décidèrent alors de l'attendre à la grange. Derrière la fenêtre, ils la regardèrent partir. Elle semblait déterminée. Momo s'inquiéta :

— Tu penses qu'elle va mieux ?

Héloïse prit son temps pour répondre.

— Mieux est un bien grand mot. Elle doit se rendre compte de ce à quoi elle a échappé. Si on n'était pas arrivés à temps, qui sait ce que l'autre salaud lui aurait fait ?

— Je n'en reviens toujours pas. Quelle pourriture ! J'espère qu'il va rester au trou le plus longtemps possible.

— Moi aussi. En attendant, il faut s'occuper d'elle. Elle a besoin de nous plus que jamais.

Le jeune homme acquiesça.

— Et si nous lui préparions un repas comme elle les aime ?

Momo, surpris, la regarda en coin, interrogatif.

— Toi et moi ?

— Oui, tu m'aideras à éplucher les légumes. Tu sais faire ça, non ?

— Ben non… Chez moi, c'est pizza, pizza et pizza ! Alors, tu vois, les légumes et moi, ça fait deux !

Héloïse remua la tête en soufflant.

— Vive la gastronomie française ! J'ai toute ton

éducation à faire, il me semble. On va commencer ce matin, t'es prêt ?

Il fit une grimace, vite effacé par son grand sourire enfantin.

— OK, tu l'auras voulu.

Lorsqu'elle entra dans la gendarmerie, Clarisse sentit son courage s'envoler. Elle fut accueillie par un brigadier d'un certain âge qu'elle connaissait depuis longtemps, qui la conduisit dans un bureau où un autre fonctionnaire de police prit sa déposition. Malgré la bienveillance dont il fit preuve à son égard, Clarisse se sentit très mal à l'aise. Les questions tombaient, abruptes et froides. Raconter dans les moindres détails l'agression de la veille fut très pénible. Elle se sentit souillée une seconde fois. Elle avait pourtant conscience que c'était une démarche nécessaire. Ce n'est qu'à midi qu'elle sortit du bâtiment. En marchant sur le trottoir, elle pleura silencieusement. Cela lui fit du bien. Relevant la tête et les épaules, elle se ressaisit, décidée à ne pas se laisser abattre. Elle devait impérativement réagir, pour elle et pour son entourage.

Alors qu'elle approchait de la grange, une délicieuse odeur lui chatouilla les narines. Etonnamment, elle n'entendit aucun bruit. Elle cria « C'est moi ! », puis se retourna pour poser son blouson sur le canapé. Stoppée net, elle n'en crut pas ses yeux. Un sapin de Noël se dressait fièrement entre la fenêtre et la cheminée. Elle regarda autour d'elle, cherchant du regard Momo et Héloïse. Ils se tenaient tous les deux dans l'encadrement de la porte de la cuisine, guettant sa réaction.

— Surprise !

Ils purent lire sur son visage de la stupeur qui laissa vite place à la joie. Elle s'approcha de l'arbre, observa les décorations. Elle sourit de nouveau, attendrie. Momo et Héloïse n'en perdaient pas une miette, ravis.

— Merci, Momo ! C'est… magnifique.

Le jeune homme, surpris, se planta devant elle.

— Mais comment tu sais que c'est moi qui l'ai fait ?

Elle lui prit la main.

— Parce que c'est adorable et original, comme toi !

Momo sentit le rouge lui monter aux joues. Héloïse vint les rejoindre en les encerclant de ses bras menus. Le temps semblait s'être arrêté. Ces trois-là étaient unis pour la vie.

Une guirlande de photos, confectionnée avec de la grosse ficelle, s'étirait sur toute la largeur du mur. Des portraits de bouilles d'enfants étaient maintenus à l'aide de pinces à linge. Elle reconnut les photos souvenirs des trois amis pendant les grandes vacances, les pique-niques à la mer avec les parents autour, et la bande de copains du village. Héloïse éclata de rire devant le portrait du jeune Momo portant un short de foot trop grand qui lui tombait sur les genoux.

— Tu as vu ta dégaine, là ? Tu ne faisais pas le joli cœur, en ce temps-là…

— Bien sûr, j'avais cinq ans. Maintenant, je suis beau et fort, les filles se ruent sur moi.

Les rires de ses amies résonnèrent dans la pièce.

— Et cette photo de notre cabane dans la garrigue ! Ah, super, je l'avais oubliée.

Puis les passant une à une Clarisse reconnut les photos de classe du collège.

— Madame Guibert, notre prof d'histoire-géo. Tu te souviens, elle avait une forte poitrine, toujours habillée avec un pull noir moulant...

— Oui ! Et quand elle écrivait au tableau et qu'elle se retournait vers nous, elle avait deux auréoles de craie blanche sur le bout de ses seins ! On était tous morts de rire.

— Et on se faisait punir. C'est vrai qu'on n'était pas très discrètes. Mais je l'aimais bien, madame Guibert, c'était une prof intéressante.

Momo hocha la tête.

— Sûr, une prof avec une forte poitrine, moi, j'en ai jamais eu !

En cœur, elles lui lancèrent :

— Obsédé !

— Mais non, c'est la nature...

Les deux filles continuèrent à passer en revue leurs souvenirs. Héloïse s'écria :

— Et le prof de français, monsieur Graveille... Il venait en cours avec son pyjama rayé qui dépassait de son pantalon. Tu te souviens ? Il était génial. Quand tu y penses, il était super moderne dans ses propos. Une façon d'enseigner qui ne ressemblait pas aux autres. J'adorais ses cours.

Clarisse acquiesça. Momo marmonna :

— C'est vrai que venir à l'école en pyjama, c'était sûrement le seul…

— Mais ce n'était pas ça le plus important. Nous, on adorait sa fantaisie. Je pense que la directrice moins.

Des branches du sapin pendaient une ribambelle de bouchons de liège, des petites cuillères, des mandarines, des petites peluches gagnées l'été dernier à la fête du village, un tube d'aspirine, des papillotes et un quignon de pain. Un gros nounours prenait la place de l'étoile tout en haut.

Héloïse ironisa :

— C'est de la décoration spécial Momo !

Clarisse le regarda affectueusement. Le jeune homme expliqua son sens artistique :

— Tout a un rapport de près ou de loin avec Noël. L'ours en peluche, c'est souvent le premier cadeau que l'on reçoit. Les bouchons, les cuillères, les mandarines et les papillotes évoquent l'abondance du repas et la fête. Le tube d'aspirine et le quignon de pain, c'est pour le lendemain !

— Moi, je l'aime bien ton arbre de Noël, mon Momo. C'est l'arbre de la tendresse et de l'amitié. Merci.

— On passe à table ? C'est prêt.

Ils suivirent Héloïse dans la cuisine. Elle leur servit un délicieux rôti de veau. Des champignons de Paris, des olives vertes et des pommes de terre fondantes accompagnaient la viande dans une sauce au vin blanc parfumée d'ail et de noix de muscade.

Clarisse, qui n'avait pourtant pas faim, s'en régala. Momo, qui avait grand appétit, en reprit deux fois. La cuisinière était comblée d'avoir fait plaisir à ses amis. Pour le dessert, elle leur proposa un fondant au chocolat. Clarisse ouvrit de grands yeux.

— Mais je n'en peux plus ! Je vais exploser.

— Et il reste de la tarte Tatin de Momo...

Celui-ci tendit son assiette, sans complexe.

Ils parlèrent longtemps de Noël qui arrivait à grands pas. Clarisse n'avait pas eu le temps de faire ses achats. Elle prévoyait d'y aller dès le lendemain accompagnée d'Héloïse si cette dernière le souhaitait. Ils étaient encore en train de discuter lorsqu'on frappa à la porte. C'était Gaspard. Ses yeux trahissaient sa vive inquiétude.

— Je ne savais pas. C'est Anna qui vient de me prévenir...

Elle l'enlaça.

— Ça va mieux aujourd'hui. Entre.

Gaspard entra et aperçut Héloïse et Momo sur le canapé.

— Mes sauveurs m'ont tenu compagnie toute la journée. Ils sont adorables.

Gaspard s'approcha des amis de Clarisse et les embrassa chaleureusement.

— Merci d'avoir été là hier... et aujourd'hui.

Les jeunes gens furent touchés par le tremblement de sa voix. Il s'installa à leurs côtés devant la petite table du salon mais ne put avaler le moindre morceau de gâteau. Au bout d'une dizaine de minutes, Héloïse fit comprendre à Momo qu'ils devaient partir. Il la regarda, étonné :

— Déjà ?

Comme il ne saisissait pas, elle lui fit un geste de la tête qui désignait Gaspard. Quelques secondes après, Momo s'exclama :

— Ah, mais oui… On doit y aller ! Je ne m'en souvenais plus !

Héloïse leva les yeux au ciel et fit ses dernières recommandations à Clarisse : si elle avait besoin de quoi que ce soit, il ne fallait pas qu'elle hésite à l'appeler, même si elles se voyaient dès le lendemain matin. Clarisse lui répéta de ne pas s'inquiéter et remercia ses amis pour tout ce qu'ils avaient fait pour elle.

Enfin seuls, les deux amoureux ne trouvèrent rien à dire. Tendrement, ils s'enlacèrent, plus fort que d'habitude. Il lui caressa les cheveux doucement, puis l'embrassa sur les yeux, le nez, le front. Des petits baisers qui rassurent, de ceux que l'on donne aux enfants pour leur faire passer un gros chagrin.

— Comment a-t-il pu… ? Ma belle…

Elle sentit les muscles de Gaspard se crisper. Elle voulut le rassurer.

— Il était ivre et furieux. Je l'avais renvoyé dans l'après-midi.

Il observa sa joue tuméfiée. Son regard déjà noir s'assombrit un peu plus. Elle sentit la colère monter en lui. Il frémit.

— Je lui ferai la peau !

Clarisse posa une main sur sa bouche.

— Chut ! Je ne veux pas t'entendre parler comme ça, ce n'est pas toi. Il m'a frappée et j'ai cru que j'allais mourir mais il n'est pas arrivé à ses fins. C'est ce que je dois retenir. Je ne veux plus avoir peur. Je veux être heureuse. Et c'est avec toi que je le suis. Sois mon âme sœur, mon rayon de soleil, ma bouffée d'air pur… J'ai compris à quel point la vie était fragile. Je veux la mordre et la dévorer avec toi.

Gaspard plongea son regard dans le sien, ému. Il l'embrassa longuement, d'un baiser qui n'en finit plus. Submergé par l'émotion, il lui fit cette promesse à l'oreille :

— Je ne te quitterai plus jamais.

Elle lui offrit son plus beau sourire.

Gaspard resterait dormir à la grange cette nuit-là, et toutes les autres. Le lendemain, il irait chercher son chien et ses affaires à la bergerie. C'était décidé. Ils s'enlacèrent, confiants dans l'avenir, certains de leurs sentiments.

Alors que Clarisse s'était déjà assoupie, il resta encore longuement éveillé. Il devait garder un secret pendant encore quelques jours. Comment lui parler de ce blanc-bec dont il avait fait la connaissance aujourd'hui à Carpentras ? De ce petit-bourgeois de trente-deux ans qui n'avait même pas envie de la connaître ? Quel idiot ! S'il savait la belle personne qu'elle était…

Une évidence s'imposa à lui. Yvonne pouvait l'aider. Demain, il irait la voir.

21

Le mistral soufflait fort en ce mardi 23 décembre 1980. Il secouait la cime des cyprès et dépouillait les pins de leurs derniers fruits. Ce début d'après-midi restait pourtant agréable car le soleil était revenu après quelques jours de grisaille. Bien encapuchonnées, Yvonne et Anna se dirigeaient vers le bois des Fontenelles. Parties dans l'espoir de trouver des girolles qui accommoderaient la pintade de Noël, elles avaient surtout besoin de marcher. Après la visite de Gaspard ce matin et les révélations qu'il leur avait confiées, elles étaient bouleversées. Sur les petits sentiers à l'abri du vent, elles retrouveraient leurs esprits. Même Anna, qui, habituellement, trouvait toujours quelque chose à dire, restait muette. Elles marchaient à petits pas sur les feuilles sèches, observant les couleurs que l'hiver donnait à la nature. A leur âge, elles pensaient avoir tout vécu mais la vie réservait encore son lot de surprises.

En s'enfonçant plus profondément dans le bois, les deux femmes arrivèrent jusqu'à leur coin secret. Elles soulevèrent délicatement les feuilles du bout de leurs cannes. Yvonne parvint à dénicher trois ou quatre champignons d'un jaune-orangé lumineux, au chapeau gracieux comme une capeline abritant de fines lamelles, et au pied charnu démuni d'anneau. Un vrai délice ! Anna râla :

— Je n'en ai pas trouvé une, pourtant je cherche...

— C'est la fin de la saison. Regarde, la dernière est toute véreuse. Avec quelques cèpes, ce sera toujours ça.

Elle observait son amie du coin de l'œil. Anna avait vieilli ces derniers mois. Elle s'essoufflait plus vite et était sujette à des vertiges. Bien qu'elle ne s'en plaignît pas, cela n'avait pas échappé au regard bienveillant d'Yvonne. Elle décida de la ménager.

— Viens, plus loin il y a un gros chêne couché par la dernière tempête. On va s'y asseoir un peu et profiter du soleil.

— Pourquoi, tu es fatiguée ?

Yvonne sourit. Ah... Anna et sa coquetterie !

— Oui, un peu. Pas toi ?

Anna se redressa fièrement.

— Pas du tout. Mais si c'est au soleil, je veux bien.

Elles parcoururent les quelques mètres qui les séparaient de l'arbre. A l'abri du vent, une douce tiédeur les enveloppa. Elles étaient bien. Naturellement, elles évoquèrent les événements du matin. Anna parla de Gaspard.

— Ça m'a fait plaisir que mon petit-fils se confie à nous. C'est une grande preuve de confiance.

— Oui, tu as raison. Je suis heureuse qu'ils s'installent ensemble. Ils sont faits l'un pour l'autre, je le sais depuis toujours.

Son amie acquiesça.

— Oui, c'est bien. Ils s'aiment passionnément. Et l'amour, il n'y a que ça de vrai, hein, mon Yvonne ?

Leurs mains se trouvèrent instinctivement. Puis le sourire d'Yvonne quitta son visage.

— Je ne comprends toujours pas pourquoi Grégoire ne m'a jamais dit la vérité sur le père de Clarisse…

— Parce qu'il avait promis de garder le silence.

— Oui, mais quand même, à moi, sa mère, il aurait pu le dire.

— Ah oui, parce que toi, quand on te confie un secret, tu vas le raconter ici et là ?

— Non, c'est vrai.

Anna, qui regardait au loin, reconnut un oiseau au plumage allant du brun au beige clair, et au long bec pointu disproportionné. Elle pointa le doigt en sa direction.

— Regarde, là-bas, une bécasse !

Elles la suivirent des yeux jusqu'à ce qu'elle disparaisse derrière les arbres. Anna revint à leur conversation.

— Gaspard a raison. On va tout faire pour que ça se passe pour le mieux. Pour Clarisse et pour nous tous.

— Bien sûr. Je t'avouerai que je suis tout de

même un peu inquiète. Et si la petite était trop bouleversée ? Si elle le prenait mal ?

Anna serra un peu plus la main de son amie.

— Mais non ! Aie confiance. Gaspard s'occupe de tout. Ça ira. Nous, on a juste à préparer un bon repas, comme d'habitude.

C'étaient les mots qu'elle avait besoin d'entendre. Anna savait toujours les dire au bon moment. Yvonne lui adressa un sourire reconnaissant. Elles restèrent encore un instant à profiter du soleil, puis se décidèrent à rentrer tranquillement. Sur le chemin du retour, elles aperçurent une silhouette un peu voûtée qui semblait rebrousser chemin. De loin, les deux amies eurent du mal à la reconnaître. Cette vieille blouse fleurie, ces bas noirs en laine et ce fichu sur la tête…

— Regarde, Anna. Ce n'est pas Eugénie Bonhomme qui vient vers nous ?

Anna plissa les yeux, puis approuva :

— Oui, tu as raison, c'est bien elle. On dirait qu'elle revient du mas…

Le mégot au coin de la bouche, Eugénie s'approcha d'un pas encore leste. Elle cracha son filtre jauni sur le côté et salua les deux femmes d'un geste rapide de la tête. Elles lui rendirent son bonjour. Hésitant un instant, elle frotta nerveusement sa mitaine contre sa blouse. Son autre main se crispa sur un sac plastique transparent qui pendait le long de sa jambe.

— Je viens voir Clarisse Fabre. Elle habite bien chez vous ?

Yvonne lui répondit, étonnée :

— Clarisse ? Oui… enfin, juste à côté, à la grange.

— Ah…

La vieille réfléchissait.

— Je vais y aller, alors…

Anna intervint :

— Elle n'est pas là cet après-midi. Elle est partie à Nîmes avec son amie.

— C'est bien ma chance !

— Si on peut vous aider, n'hésitez pas.

Elle les regarda tour à tour. Bien qu'elle ne les connaisse que de vue, elle savait qu'elles étaient des personnes de confiance. Elle laissa un instant sa méfiance de côté.

— Oui… C'est-à-dire que la petite est venue me voir la semaine dernière chez moi…

— Clarisse ?

La vieille femme s'agita un peu.

— Oui, oui. Clarisse Fabre. C'est bien votre petite-fille ?

Yvonne hocha la tête, de plus en plus surprise.

— Elle voulait m'inviter à passer Noël avec elle, au mas. Sur le moment, j'ai refusé. Un de mes amis vient chez moi tous les ans. Mais cette année, il ne peut pas. Alors, j'ai repensé à elle et je venais lui dire que j'étais d'accord.

Yvonne et Anna se regardèrent. Clarisse avait oublié de leur en parler mais, peu importe, elles s'en réjouirent. L'idée de partager ce bon repas avec Eugénie Bonhomme ne leur déplaisait pas.

— Si ça vous convient, bien évidemment.

Yvonne répondit avec enthousiasme :

— Bien sûr ! Elle a eu une très bonne idée de vous inviter. Ce sera l'occasion de faire connaissance, depuis le temps qu'on se croise au village...

— D'accord, mais j'apporterai quelque chose.

Anna intervint :

— Ce n'est pas la peine. Il y a toujours des restes pendant deux jours. Ne vous ennuyez pas.

— Ah si ! J'y tiens. Pour moi, c'est important.

Devant l'air déterminé d'Eugénie, elles acceptèrent.

— Bon, je vais rentrer. J'ai récupéré du mou pour mes chats chez le boucher. Ils m'attendent.

Elle montra son sac en plastique. Anna, à qui rien n'échappait, avait remarqué qu'il ne contenait pas que des abats.

— Vous avez acheté des tubes de peinture. Vous peignez ?

— Non, c'est le cadeau de Noël pour mon ami. Bon, je vous laisse.

Avant de partir, Eugénie se retourna une dernière fois.

— Vous savez, elle est bien, votre petite Clarisse.

Et elle s'éloigna aussi vite qu'elle était venue. Elles la suivirent du regard, encore étonnées. Yvonne était pensive. Anna le remarqua.

— Ça t'ennuie ?

— Non, c'est très bien que Clarisse l'ait invitée. D'ailleurs, je ne sais pas pourquoi je ne l'ai pas fait avant…

— Alors quoi ?

— Ça m'ennuie que cette femme qu'on ne connaît pas assiste à tout. Ce Noël ne sera pas un Noël comme les autres.

— Clarisse ne pouvait pas savoir.

— Oui, bien sûr…

— Allez, arrête de te faire du mauvais sang. Ce sera une magnifique journée, parole d'Anna !

L'Italienne déposa un tendre baiser sur la joue de son amie. Elles rentrèrent au mas et commencèrent à préparer ce Noël si particulier.

22

Lorsque Héloïse ramena Clarisse vers dix-neuf heures, il faisait nuit noire. Excitées par une journée de shopping intense dans des commerces surchauffés et bondés, elles n'en étaient pas moins ravies de ce moment passé ensemble. A la grange, une lumière douce rayonnait de l'intérieur. Gaspard était là. Lorsque les deux filles descendirent de voiture, les bras chargés de paquets, elles assistèrent à une scène plutôt cocasse. Devant la porte, Rio et Miss se faisaient face. La petite chatte lançait des coups de patte furieux vers le museau du chien qui la regardait, placide, assis sur son derrière. Il se leva, passa derrière Miss et la poussa du nez pour la faire avancer. Clarisse éclata de rire en se souvenant que Rio se prenait quelquefois pour un chien de berger. Elle se pencha et les caressa tous les deux, ce qui eut pour conséquence de calmer le jeu. Lorsqu'elle releva la tête, elle surprit Héloïse qui paraissait très absorbée par ce qu'elle voyait à l'intérieur de la maison. Elle s'approcha doucement, sans déranger son amie.

Elle vit Gaspard qui s'affairait au salon. Il avait soigné son apparence, ce soir plus que d'habitude. Ses cheveux, encore humides après une douche, tombaient en boucles brunes jusqu'à ses épaules. Son corps musclé était mis en valeur par un tee-shirt blanc à manches longues, juste assez moulant pour laisser deviner la perfection de son anatomie. Il disparut dans la cuisine puis en revint avec une assiette qu'il déposa sur la table du salon. Lorsqu'il se pencha, les filles ne virent que ses fesses rondes au bout de ses longues jambes, moulées dans un jean foncé. Héloïse, qui semblait s'être échappée de la réalité, murmura quelques mots :

— Mon Dieu qu'il est beau !

Clarisse posa une main sur l'épaule de son amie.

— Tu as raison, il est magnifique.

Surprise, Héloïse se retourna d'un bond comme une enfant prise sur le fait.

— Pardon…

Clarisse sourit.

— Pardon de quoi ? J'ai toujours su que tu avais un petit faible pour lui. Et ça ne date pas d'hier… Je me trompe ?

Héloïse était rouge de confusion et mal à l'aise d'avoir été démasquée. Le front bas, elle avoua enfin à Clarisse ce que le jeune homme lui avait toujours inspiré.

— C'est vrai. Gaspard m'a toujours plu… depuis que nous sommes enfants.

Clarisse l'écouta attentivement.

— Toutes les filles du village étaient amoureuses de lui. Mais lui, il ne voyait que toi. C'était écrit. Gaspard et Clarisse. Clarisse et Gaspard...

Elle fixa son amie droit dans les yeux, avec une grande sincérité.

— Et tant mieux pour toi. Tu es la personne que j'aime le plus au monde. Je te souhaite le meilleur, et le meilleur pour toi c'est Gaspard.

Emue par ces aveux, Clarisse serra son amie de toujours, celle avec qui elle avait tout vécu, le pire comme le meilleur, depuis l'école maternelle. Une amitié si précieuse qui les unissait un peu plus chaque jour. Héloïse se dégagea un peu.

— Promets-moi de ne jamais rien lui dire !

Clarisse promit.

Brusquement la fenêtre s'ouvrit. Elles sursautèrent.

— Alors, les filles, vous restez dehors ?

Héloïse rougit comme une midinette et Clarisse lui adressa un regard complice. Il les observa tour à tour.

— Qu'est-ce que vous avez ?

— Rien, rien... Rentrons vite, Héloïse, il fait trop froid.

Une agréable chaleur les enveloppa. De grosses bûches brûlaient dans la cheminée. Sur la table du salon, Gaspard avait préparé un apéritif. Dans de petites assiettes, il avait disposé des olives à la picholine, des toasts à la brandade de Nîmes, d'autres à la tapenade noire, et du saumon fumé.

Une présentation très soignée, comme pour un jour de fête. Il déposa une bise sonore sur la joue d'Héloïse et prit tendrement Clarisse dans ses bras.

— Mais c'est adorable ce que tu as fait là !

— C'est pour fêter notre premier jour de vie commune, ma belle.

Elle l'enlaça et se recula en pensant à son amie.

— Tu restes avec nous, n'est-ce pas ?

— Non, non ! Pas question. Je file. Je dois donner un coup de main au bar.

Joignant le geste à la parole, elle attrapa ses paquets et se dirigea vers la porte.

— Bonne soirée, les amoureux !

Avant qu'ils aient pu répondre, Héloïse avait déjà disparu. Ils entendirent le moteur de la R5 démarrer et s'éloigner dans la nuit. Clarisse resta pensive quelques secondes. Elle espérait que son amie ne soit pas triste de les voir ensemble. Cela la peinerait. Son amitié était aussi précieuse que son amour pour Gaspard… Une main sur son épaule la fit sursauter.

— Tu es ailleurs…

— Non, non… Je suis toute à toi.

— Je n'en attendais pas moins.

Il l'embrassa avec gourmandise. Il sentait bon. Un léger parfum flottait autour de lui. Elle déposa un baiser sur son cou. Il tressaillit et la serra contre lui.

— Tu sais, Gaspard, c'est bon de te savoir là, de savoir que, désormais, je vais te retrouver en rentrant à la maison. J'espère que tu te plairas ici et que La Bruguière et son plateau ne te manqueront pas trop…

Il plongea ses yeux noirs dans les siens, y lut une grande sincérité ombrée d'une inquiétude.

— Je ne te quitterai plus.

Elle passa les doigts dans ses boucles et observa son visage. Il semblait réellement heureux. Elle lui offrit son plus beau sourire.

— Tu es merveilleuse, ma belle !

Comme elle aimait lorsqu'il prononçait ces mots : « ma belle »…

Gaspard la fit asseoir sur le canapé. Il lui servit un rhum arrangé à base de jus d'ananas, celui qu'elle préférait.

— Je reviens.

Il s'éloigna vers la cuisine. Elle se détendit un peu plus en regardant les hautes flammes qui dansaient dans la cheminée. La chaleur enveloppante lui fit fermer les yeux un court instant. Quel bien-être ! Elle se déchaussa, envoya valser ses bottines dans un coin du salon, puis s'assit en tailleur. Elle goûta le rhum.

— Hum… Il est délicieux. Tu as besoin d'aide ?

Elle ne l'avait pas entendu s'approcher. Gaspard s'assit près d'elle, le regard grave. Il lui tendit un petit paquet rouge entouré d'un ruban blanc.

— Mais Noël est dans deux jours. Tu es en avance…

— C'est aujourd'hui que je voulais te l'offrir.

Emue, elle sortit la petite boîte de son emballage.

Tout en essayant de lire dans les yeux de Gaspard, elle l'ouvrit délicatement. Deux petits trèfles à quatre feuilles en or scintillaient. Clarisse ne pouvait en détacher son regard.

— Elles te plaisent ? Ce sont des boucles d'oreilles…

— Elles sont magnifiques. Tellement fines ! Merci.

Clarisse se jeta contre lui. Il rit de son enthousiasme. Il était heureux ! Elle détacha les trèfles de leur écrin et les fixa à ses lobes.

— Elles te vont très bien. Pour notre premier jour de vie commune, je voulais aussi t'offrir un cadeau porte-bonheur.

Lorsqu'il eut prononcé ces paroles, Gaspard pensa immédiatement au nouveau bonheur qui attendait Clarisse sous peu. Saurait-elle lui ouvrir grand les bras et rattraper le temps perdu ? Lui serait à ses côtés pour la soutenir et l'encourager à ne pas dire non à cette nouvelle chance. Cette vie si surprenante qui n'en finissait pas de jouer à cache-cache avec les âmes perdues. De chaque épreuve ne naît-il pas un espoir ? Gaspard voulait en être persuadé.

23

La veille de Noël avait été un jour d'effervescence, comme toujours. Gaspard s'était absenté pour la journée. Clarisse avait retrouvé Malek et le Piche à la cave qui s'étaient voulus rassurants, veillant à ne jamais la laisser seule. Ils n'avaient pas parlé de l'agression pour ne pas la mettre mal à l'aise, mais les deux hommes semblaient touchés par ce qui était arrivé à leur patronne. La jeune femme avait ressenti un trouble indescriptible en franchissant la grande porte. Puis elle avait fortement pensé à Grégoire qui s'était battu toute sa vie pour que l'entreprise familiale perdure. Elle se dit qu'elle n'avait pas le droit de laisser la peur la gagner. Pour sa mémoire. Elle ne voulait pas regarder différemment cet endroit auquel elle était tant attachée. La jeune femme se fit violence, s'interdisant de penser à Jean-Louis qui croupissait en prison. Heureusement, le va-et-vient incessant des clients fit passer la journée très vite. Le soir, bien qu'éreintée, elle fut contente de cette affluence prometteuse pour le chiffre d'affaires. Ils firent la fermeture tous les trois. Clarisse en fut ravie. L'équipe semblait plus soudée que jamais, c'était de bon augure pour l'avenir.

Gaspard avait averti qu'il ne rentrerait que vers vingt heures. Après avoir fait une course en ville, Clarisse prit le temps de passer par le mas. Yvonne était encore à courir les magasins pour des emplettes de dernière minute. Anna s'affairait en cuisine, enjouée. La grande table était encombrée de plats, de casseroles, de saladiers. Une longue liste et un stylo posés au bord lui servaient de guide afin de ne rien oublier. Une délicieuse odeur s'échappait de la cocotte en fonte. La jeune femme s'approcha d'Anna.

— Comment vas-tu, ma petite ?

— Ça va. On a eu beaucoup de monde à la cave, je suis contente de ma journée. Et toi, tu fais à manger pour un régiment, non ? Mais combien sommes-nous demain ?

— Euh… Je ne sais plus. Mais je préfère qu'il y ait des restes plutôt que pas assez. Et puis, basta ! C'est Noël.

Clarisse reconnaissait bien là la générosité de l'Italienne. Elle adorait cuisiner et avait toujours mis un point d'honneur à nourrir en abondance son entourage. Grégoire aimait lui raconter la cuisson des pâtes dans d'énormes faitouts trônant sur le vieux fourneau, à l'époque où tous les gamins vivaient encore au mas. Anna dans la cuisine, c'était comme la première fleur qui s'épanouit au jardin ! Un vrai bonheur.

Clarisse souleva le lourd couvercle de la cocotte. Un lit d'oignons, de lardons, d'aulx en chemise et de champignons mijotait tout doucement. Elle les écouta frémir d'aise dans le fond de la marmite.

— Qu'est-ce que ça sent bon !

— C'est la garniture pour mes pintades farcies. Elle cuit dans la graisse de canard, c'est encore meilleur. Et tu vois, je suis en train de préparer la farce pour demain…

La jeune femme se pencha au-dessus du saladier.

— Qu'est-ce que tu y mets ?

— De la viande de veau, de porc et de bœuf, et un peu de foie gras. Ensuite deux œufs, une cuillère de crème fraîche, du sel et beaucoup de poivre. Et quand tout est bien mélangé, j'y ajoute ma touche personnelle, sinon ce ne serait pas rigolo !

Clarisse sentit les herbes dans un ramequin.

— De la menthe… ?

— Exactement. Il y en a plein le potager en été. Je la coupe et je la congèle. C'est un bonheur dans une farce, tu verras demain.

— Hum, je n'en doute pas ! Ta cuisine est toujours délicieuse. J'espère qu'un jour je saurai en faire autant pour régaler Gaspard.

Anna lui sourit avec tendresse.

— Mon Gaspard, il s'en fout de ta cuisine. C'est toi qui le régales ! Je ne l'ai jamais vu aussi heureux.

— On ne va plus perdre de temps. La vie est si

précieuse que, quand on a trouvé l'âme sœur, il ne faut pas la laisser passer.

Anna hocha la tête, une petite lumière au fond des yeux qui n'échappa pas à sa visiteuse.

— Tu as bien raison, ma petite !

Alors Clarisse sut que c'était le moment.

— Tu sais, Anna, il y a quelque chose que je voulais te dire…

— Oui ?

— Je suis très heureuse du bonheur que tu apportes à mamé.

— …

— Ne sois pas gênée, je sais pour vous deux. Et je me fiche du qu'en-dira-t-on. Si vous choisissez de vivre votre amour au grand jour, je voulais te dire que je suis pour.

Anna lui fit face, apaisée.

— Tu sais, ça me fait du bien d'entendre ces mots de ta bouche. Yvonne a toujours su que tu comprendrais. Tu es un ange.

— Non, je veux juste que vous soyez heureuses.

— Il est trop tard pour changer quoi que ce soit. Et puis, à quoi bon ? Nous sommes bien comme ça depuis des années. C'est le plus important, non ?

— C'est vrai.

Les yeux d'Anna disaient « merci de nous comprendre ». La conversation s'arrêta net car la porte d'entrée s'ouvrit bruyamment. Yvonne arrivait chargée d'une caissette en bois et de plusieurs sacs de provisions.

— Voilà les huîtres ! Nous allons nous régaler. Coucou, ma grande ! Ton amoureux se garait juste derrière moi, il arrive.

— Ah, chouette !

Yvonne et Anna partagèrent un sourire entendu. Le jeune homme entra. Il embrassa tendrement Clarisse et se tourna vers Anna qu'il prit dans ses bras.

— Comment tu vas, ma nonna ?

— Mais toujours bien quand je te vois. Vous dînez avec nous ?

Gaspard, ennuyé, chercha le regard de Clarisse, qui disait « comme tu veux... ». Mais il avait trop envie de se retrouver seul avec elle, malgré l'invitation alléchante.

— Non, demain. Ce soir, on va rentrer... chez nous.

Le cœur de la jeune femme tressaillit en entendant ces quelques mots. Son large sourire trahit ses pensées. Yvonne railla Anna.

— Mais oui ! Laisse-les tranquilles, ces petits. Tu vois bien qu'ils ne se languissent que d'une chose, c'est d'être enfin seuls ! Allez, filez ! A demain.

Les jeunes gens ne se le firent pas dire deux fois. Ils prirent congé des deux grand-mères et partirent en direction de la grange.

Elles les suivirent du regard.

— Ils sont mignons, nos petits-enfants, hein ?

Yvonne acquiesça. Elle se sentait rassurée de voir ces deux-là de nouveau ensemble. Gaspard protégerait Clarisse, elle n'en doutait pas une seconde. Anna et elle commençaient à se faire vieilles. L'idée de laisser la jeune femme seule lui avait longtemps brisé le cœur. Mais maintenant, il y avait de nouveau Gaspard, et puis…

Anna la questionna :

— Tu penses qu'il viendra ?

— Je n'en ai aucune idée.

L'Italienne secoua la tête, soudain impatiente.

— Je l'espère, pour la petite.

Elles les perdirent de vue dans la nuit noire. Un chien au loin hurla. Le carillon du salon sonna vingt heures. Le temps semblait accélérer sa course vers le dénouement de cette année riche en émotions.

24

Malgré un froid vif, le soleil semblait être de la partie en ce 25 décembre. Cela laissait présager une belle journée. En prenant soin de ne pas réveiller Gaspard, Clarisse se leva. Par la fenêtre, elle prit le temps d'admirer les couleurs feutrées que l'hiver avait saupoudrées sur la nature endormie. D'un ciel bleu-gris perçaient des rayons de soleil conquérants, enveloppant les oliviers de leur chaleur. Les rangées de vigne ondulaient vers l'horizon. A leurs pieds, des lapins de garenne exploraient les dernières touffes vertes que la froidure avait bien voulu épargner. La campagne était belle sous son manteau de camaïeu. Un frisson secoua les épaules de Clarisse. N'ayant pas pris le temps d'enfiler un peignoir, elle se dirigea vers le lit et se glissa rapidement sous les draps. Le corps chaud de Gaspard l'accueillit. Il s'éveilla doucement, ouvrit un œil, puis l'autre et s'étonna de se sentir observé.

— Qu'est-ce qu'il y a ? Pourquoi me regardes-tu ?

— J'aime bien voir ta frimousse endormie. C'est

ça, le privilège de vivre ensemble, on se découvre tous les jours différemment...

Les sourcils levés, le jeune homme resta perplexe.

— Peut-être que tu ne vas pas aimer tout ce que tu vas découvrir...

Un instant sans réponse, Clarisse sembla réfléchir.

— Tu crois ? Euh... je crois que si ! Je prends tout.

— A tes risques et périls !

— OK. Idem pour toi. Tu ne sais pas encore mais peut-être que je ronfle !

— Non, pas ça ! Impossible, ma belle ne ronfle pas. Ce serait contre-nature.

Il la serra dans ses bras. Quelques instants plus tard, elle se dégagea pour atteindre le tiroir de la table de nuit. Elle en sortit un étui noir, s'assit dans le lit et le tendit à Gaspard.

— C'est mon cadeau de Noël.

Surpris, il s'assit à ses côtés.

— Qu'est-ce que c'est ?

Clarisse l'embrassa sur la joue et lui répondit gaiement :

— Un mammouth empaillé... Euh, non... Un camion-citerne rempli de champagne. Ou peut-être bien une montgolfière à ton nom ?

Il l'écouta, amusé.

— Si je te le dis, ce ne sera plus une surprise ! Ouvre vite...

Il ôta le bolduc et ouvrit l'étui. Ses yeux fixèrent

un moment l'objet qui scintillait sur le velours rouge. Gaspard prit entre ses doigts la longue chaîne en argent. A son extrémité, un pendentif représentant le Canada.

Il interrogea Clarisse du regard, dans l'attente d'une explication. Elle lui prit la main avec tendresse.

— Le Canada, parce que tu l'as dans le cœur et…

— Et ?

— … et que j'adorerais que tu me le fasses découvrir.

Il n'en crut pas ses oreilles. Il balbutia quelques mots qui eurent du mal à sortir :

— Tu viendrais avec moi, là-bas… ?

— Oui, pour un mois de vacances, dès que ce sera possible à la cave.

Un large sourire éclaira le visage de Gaspard. Ce sourire radieux qu'elle aimait tant. Il l'embrassa avec une ferveur qu'elle lui rendit bien. Il prit son visage entre ses mains, et plongea son regard noir dans le sien. Son émotion était palpable.

— Tu ne pouvais me faire plus plaisir ! Je me dis que je ne te mérite pas…

Un rayon de soleil traversa la fenêtre et illumina la chambre. Il vint effleurer les corps des deux amoureux, dont les caresses avaient plus que jamais des airs de toujours.

Ce ne fut que plus tard dans la matinée qu'ils réussirent à s'extirper du lit. Ils prirent leur douche ensemble, se savonnèrent mutuellement et restèrent encore un moment à s'embrasser sous le jet d'eau chaude. Ce n'est qu'après avoir bu un café noir qu'ils s'habillèrent pour le repas de Noël. Lorsque Clarisse rejoignit Gaspard au salon, celui-ci resta bouche bée. Elle avait passé une jolie robe noire à l'encolure de danseuse, qui marquait sa fine taille et s'évasait sur les hanches. Des escarpins rouges allongeaient ses jambes. Elle avait attaché sa longue chevelure qui retombait en cascade dans son dos. Un maquillage léger venait rehausser son teint doré et rougir ses lèvres. Les deux petits trèfles à quatre feuilles pendaient à ses oreilles.

Peu habitué à la voir autrement qu'en jean, le jeune homme cherchait ses mots.

— Qu'est-ce qu'il y a ?

— Tu es… magnifique !

— Merci, m'sieur !

Elle vint s'asseoir sur ses genoux. Il déposa ses lèvres sur son décolleté, s'imprégna de l'odeur de sa peau et découvrit une de ses épaules pour mieux l'embrasser. Clarisse rit.

— Tu vas finir par me déshabiller. On va être en retard…

— Hum… Tu es tellement appétissante !

Puis, remontant l'encolure avec regret :

— Tu as raison, filons, sinon je ne réponds plus de rien.

Au mas, les deux femmes s'étaient affairées des heures durant pour dresser une jolie table et préparer un vrai repas de fête. Yvonne tenait à respecter les traditions, les trois nappes et les treize desserts, plus par habitude que par croyance. Elle avait sorti sa plus belle vaisselle et les verres en cristal de la mamé Fabre d'où les serviettes de table brodées se déployaient en éventail.

Un petit sapin de Noël posé sur le buffet dominait une crèche qu'Anna avait installée avec soin. De grands santons un peu décolorés y avaient été disposés. Une expression mélancolique sur leurs visages figeait la scène. L'ambiance était chaleureuse, peut-être un peu plus que d'habitude. Les cadeaux attendaient leurs destinataires près de la crèche. Lorsque les jeunes gens arrivèrent, Yvonne se réjouit de leurs mines épanouies et de leurs jolies tenues.

— Mais que vous êtes beaux ! Anna, viens voir…

L'Italienne quitta sa cuisine, le torchon sur l'épaule, et apparut devant eux.

— *Mamma mia ! Ma che bello !*

Yvonne se retourna vers elle et la taquina :

— C'est ce que j'ai dit. Viens, on va aller se changer, les invités vont arriver.

Anna acquiesça, dénoua son tablier et partit dans le couloir. Yvonne la suivit. Gaspard s'avança vers la cuisine, le nez en l'air, alléché par des odeurs délicieuses. De la chambre, la voix de sa grand-mère se fit entendre.

— Eh, Gaspard ! Ne mets pas tes doigts dans les plats. Compris ?

Surpris, il suspendit son geste.

— Mais bien sûr, nonna…

En vitesse, il ingurgita un mini feuilleté à la brandade. Clarisse, qui venait de le rejoindre, s'amusa de le voir faire.

— Si Anna te surprend, ça va être ta fête.

La bouche pleine, le jeune homme tenta de se justifier :

— Mais non, regarde, il y en a une quarantaine…

Il réajusta les autres feuilletés pour cacher l'espace laissé par celui qu'il venait d'engloutir. Tout content, il se frotta les mains.

— Voilà, ni vu ni connu.

A cet instant, Anna entra.

— Comment ça, ni vu ni connu ?

Pris au piège, une miette rebelle collée au coin de la bouche, Gaspard resta sans voix. C'est à ce moment que la sonnette de la porte d'entrée retentit. Il sauta sur l'occasion pour se défiler.

— Je vais ouvrir !

Et il s'engouffra dans le couloir. Anna, qui avait mis les deux mains sur ses hanches, regarda Clarisse et rit de bon cœur.

— Tu sais, ma petite, les hommes font les durs à cuire, mais au fond d'eux, ils restent toujours des enfants.

— Je vois ça…

Dans l'entrée, une voix féminine se fit entendre. La jeune femme la reconnut aussitôt. Elle s'approcha et retrouva un Gaspard surpris et souriant.

Clarisse lui avait parlé de l'éventuelle venue d'une dame âgée dans le besoin... Devant lui se dressait une Eugénie Bonhomme méconnaissable. Il n'était plus question de la vieille blouse fleurie et des bas noirs. Elle avait revêtu une robe grenat, certes passée de mode mais très élégante, un manteau de laine gris d'une belle coupe et un chapeau noir. La fantaisie de sa tenue venait du boa rose qui enserrait son cou, mais aussi du rouge à lèvres écarlate qui colorait sa fine bouche. Elle se tenait bien droite, fière de l'impression qu'elle venait de faire sur le charmant jeune homme qui l'accueillait. Clarisse s'avança pour la saluer.

— Mais vous êtes magnifique ! Entrez. Je vous présente mon compagnon.

Eugénie prit le temps de reluquer Gaspard de haut en bas.

— Bel homme.

Puis elle entra. Gaspard, amusé, la remercia :

— Merci beaucoup, madame.

Elle se retourna pour le reprendre :

— Mademoiselle !

— Oh, pardon...

Yvonne et Anna l'accueillirent à leur tour et la mirent tout de suite à l'aise. Gaspard consulta sa montre, le regard sombre. Eugénie quitta son manteau et ouvrit le sac en plastique qu'elle tenait à la main. Elle en sortit une boîte de calissons d'Aix qu'elle offrit à ses deux hôtesses. Celles-ci furent touchées par le geste. Puis elle se tourna vers Clarisse et lui tendit une grosse boîte d'allumettes. Elle s'empressa d'ajouter :

— Je n'avais rien pour l'emballer alors...

La jeune femme l'ouvrit. Elle contenait une broche cuivrée en forme de cœur. Gênée, elle lui dit qu'elle ne pouvait accepter, que c'était très gentil mais qu'elle n'aurait pas dû lui acheter un cadeau. Alors, la petite femme se raidit et lui expliqua :

— Je ne l'ai pas achetée. Elle n'a pas de valeur marchande, juste une valeur sentimentale. Cette broche me vient de ma mère. Je l'ai toujours gardée précieusement. Je suis vieille et je n'ai pas d'enfants. C'est à toi que je veux la donner.

Touchée, Clarisse la questionna :

— Mais pourquoi moi ? Nous ne nous sommes vues qu'une fois, vous ne me connaissez pas... Je vous ai juste invitée à déjeuner...

Eugénie se planta devant elle, la dévisageant avec insistance.

— Si, je te connais, et je sais que tu es une belle personne.

Clarisse n'osa pas la contredire. Elle se pencha et l'embrassa sur la joue. La vieille femme parut tout émue mais s'empressa de le cacher.

— J'en prendrai grand soin, je vous le promets, Eugénie.

Celle-ci lui offrit un sourire édenté. Gaspard, qui l'observait, la trouva attachante.

Yvonne les invita à la salle à manger pour boire

l'apéritif. Clarisse remarqua que la table était dressée pour huit alors qu'ils n'étaient que cinq.

— Qui attend-on encore ?

Yvonne resta évasive et changea vite de conversation.

— Des amis, mais je ne sais pas s'ils viendront. Bon, maintenant, on va ouvrir les cadeaux. Viens avec moi, Anna.

Sa compagne la rejoint. Yvonne saisit un gros paquet et le tendit à Clarisse et Gaspard.

— C'est pour vous deux, de la part d'Anna et moi.

Les deux jeunes gens l'ouvrirent.

— Un grille-pain ! Bonne idée. Ça va sentir bon le pain grillé le matin à la grange. Merci !

Ils embrassèrent les deux femmes. A leur tour, ils leur offrirent leur cadeau. Deux places pour un opéra de Puccini au théâtre d'Avignon. Les grand-mères furent ravies. Anna attrapa ensuite un paquet souple et s'approcha d'Eugénie qui était restée un peu à l'écart.

— Ce n'est pas grand-chose. Juste un pull que j'avais tricoté pour moi il y a deux ans. Je ne l'ai jamais mis parce qu'il est trop petit. J'ai pensé qu'il était dommage de ne pas l'utiliser. J'espère que la couleur vous plaira.

— Il ne fallait pas.

Les petites mains d'Eugénie s'emparèrent d'un tricot rose fuchsia. Anna vit tout de suite qu'elle était contente.

— Merci, j'adore le rose !

La sonnette retentit. Gaspard se précipita pour ouvrir. Des rires et des voix familières fusèrent. Héloïse et Momo apparurent dans l'encadrement de la porte.

— Surprise !

Clarisse regarda tour à tour Yvonne et Gaspard.

— Vous passez Noël avec nous… ? Ah ça, c'est chouette alors !

Toute joyeuse, elle se jeta dans les bras de ses amis.

— Bandits ! Vous ne m'avez rien dit.

Momo secoua la tête d'un air dépité.

— Ça a été difficile !

Héloïse confirma :

— Mouais… Heureusement que j'étais là. Il a failli gaffer mille fois.

— Oh, t'exagères…

— Non, même pas.

La jeune femme offrit un bouquet de roses multicolores aux maîtresses de maison et une paire de bas rayés à Clarisse. Momo avait apporté deux grandes fougasses aux grattons de canard, fraîchement cuites à la boulangerie, et une tartelette en forme de cœur pour son amie.

— Vous êtes adorables. Vos cadeaux sont à la grange, je vous les donnerai plus tard.

Gaspard observa la tartelette destinée à sa compagne et s'approcha de Momo :

— Dis, Momo, je voulais te demander…

— Oui ?

— C'est au sujet de ton cadeau à Clarisse. Tu l'aimes comment ? Comme un ami ou bien autrement ?

Le jeune homme bafouilla :

— Meuh non... Quand même pas...

Tout le monde rit de bon cœur. Ils s'installèrent pour boire l'apéritif, heureux et joyeux. Gaspard, cependant, surveillait toujours sa montre. Anna déposa sur la table un plat avec les petits feuilletés, en ne manquant pas de lancer un regard insistant à son petit-fils. Celui-ci lui fit un sourire des plus espiègles. Eugénie se sentit vite à l'aise dans cette ambiance des plus conviviales. Elle parla de sa jeunesse avec Yvonne et Anna, de la vie d'artiste qu'elle avait menée à Paris des années durant. Momo et Héloïse, surpris par son récit, la questionnèrent sur son métier, ses rencontres, sur la vie nocturne dans la capitale pendant les années 1930. La vieille dame se livra comme elle ne l'avait pas fait depuis longtemps. Elle se sentait bien, presque redevenue danseuse, déambulant dans la lumière de la scène. Momo n'en perdait pas une miette.

— Vous deviez être belle avant ! Enfin, je veux dire... vous êtes encore belle mais... un peu moins.

Eugénie rit, ce qui déclencha l'hilarité générale.

— Toi, tu es un sacré coco ! Tu sais comment parler aux femmes.

Quand Héloïse lui demanda si elle avait été mariée, son regard perdit de son intensité. Calmement, elle raconta son histoire :

— Non, je n'en ai pas eu le temps. J'étais fiancée à un Anglais. Graham Wilson. Aussi blond que Gaspard est brun. Des yeux bleus d'une transparence inouïe qui captivaient toutes les femmes. Il n'était pourtant pas très beau mais il avait un charme particulier. Nous nous étions rencontrés en 1930, dans une soirée parisienne. Il était marchand d'art et voyageait souvent. Nous nous sommes plu immédiatement et nous sommes devenus amants. Au début, pour moi, c'était juste un amoureux de plus. J'étais très prise par mon métier qui passait avant tout. Je n'avais pas envie de stabilité et encore moins de mariage. Pour lui, c'était différent. Il a été patient, a attendu que mes sentiments s'affirment. Cela a pris quatre ans. Petit à petit, je me suis aperçue qu'il me manquait lorsqu'il était à l'étranger. Puis de plus en plus, jusqu'à devenir folle de lui. Un jour, enfin, il m'a proposé de l'épouser. J'ai accepté à la seule condition que je n'arrête pas de danser. Nos noces furent fixées à six mois plus tard. Je crois que c'était la période la plus heureuse de ma vie…

Ils étaient tous suspendus à ses lèvres, attentifs à son émouvant récit. Eugénie soupira, perdue dans ses souvenirs. Héloïse la questionna :

— Et alors ? Qu'est-ce qu'il s'est passé ? Il est mort ?

La vieille femme la regarda, surprise.

— Pas du tout. Il est parti avec sa cousine ! A un mois du mariage. Alors j'ai décidé que plus jamais je ne ferais confiance à un homme. Je préfère les chats. N'ai-je pas raison ?

Eugénie éclata de rire. Tous rirent avec elle. Quelle drôle de bonne femme, cette Eugénie Bonhomme !

C'est dans cette bonne humeur générale qu'on sonna à la porte. Gaspard et Yvonne se regardèrent, et cette dernière alla ouvrir. Elle réapparut avec un gros bouquet de fleurs dans les bras. Elle était accompagnée d'un homme que tous eurent du mal à reconnaître tant il avait soigné sa tenue et sa coupe de cheveux. Il considéra les invités d'un air gêné, comme s'il était prêt à rebrousser chemin. Clarisse, étonnée, se leva pour accueillir le Piche.

— Bonjour ! Je ne savais pas que vous deviez venir ! Quelle bonne idée ! Entrez…

Puis, en croisant sa grand-mère, elle lui lança :

— Cachottière !

Celle-ci lui répondit par un mince sourire. Le Piche s'avança, serra la main de tout le monde et embrassa Eugénie.

— Vous vous connaissez ?

La vieille femme répondit.

— Oh oui… depuis longtemps. Mathurin est mon ami.

Anna s'étonna :

— Mathurin… C'est joli comme nom. Pourquoi vous a-t-on toujours appelé « le Piche » ?

L'homme, qui semblait se détendre en la présence de son amie, expliqua :

— Ça date de Grégoire, quand il avait quinze ans. Un jour, j'étais arrivé aux champs, très en retard, la chemise en dehors du pantalon, assez débraillé. En plaisantant, il m'a appelé comme ça. C'est resté. Bon, je reconnais que je ne fais guère d'efforts pour ma toilette d'habitude…

Anna le complimenta :

— Vous êtes sacrément beau !

Gaspard la taquina :

— Ben alors, nonna, tu te lâches ?

— Oh mais non ! Ne pensez pas à mal. J'ai des yeux pour voir. Et puis, à mon âge, on peut tout se permettre. N'est-ce pas, Yvonne ?

— Tu as bien raison.

Anna lui demanda :

— Est-ce que je peux vous appeler par votre prénom à partir d'aujourd'hui ?

L'homme parut surpris un court instant, puis il hocha la tête.

— J'en serai très heureux.

Clarisse lui servit une flûte de champagne.

— Et je vous propose un toast à la mort du Piche et à la naissance de Mathurin !

Ils levèrent tous leurs verres. Gaspard lança un regard amoureux à sa belle. Le jeune boulanger se dressa d'un coup.

— J'ai quelque chose à demander moi aussi. Et si on ne m'appelait plus Momo mais Benjamin ?

Héloïse trancha :

— Pas question ! Quand tu auras du poil au menton, on verra.

— Mais j'ai du poil au menton !

— Pas assez.

— Tu sais, Momo, auprès des filles, ça le fait pas.

Héloïse s'entêta :

— Non, n'insiste pas.

Clarisse interrogea sa grand-mère :

— Tu aurais pu inviter Malek et sa femme puisque le Piche… pardon… Mathurin est là.

Yvonne, qui ne s'attendait pas à cette remarque, se sentit soudain mal à l'aise. La jeune femme perçut ce changement d'attitude. Gaspard vint à son secours :

— Ils étaient en famille.

Il pensa que c'était le dernier mensonge qu'il aurait à lui dire. Ce soir, tout serait fini. L'apéritif dura une heure encore, puis Anna, revenant de la cuisine, annonça qu'il fallait se mettre à table. Eugénie s'assit à côté de son ami et fit signe à Momo d'occuper la place opposée. Il s'y installa avec plaisir, amusé par le caractère original de la vieille dame. Ils dégustèrent un repas gargantuesque avec entrain. Seul Mathurin resta discret malgré la sollicitude de tous. Son regard se posait souvent sur Clarisse qui ne s'en aperçut pas. Anna s'était surpassée. Eugénie n'en croyait pas ses yeux. Elle dit avec un rire d'enfant :

— Je ne sais pas si j'ai déjà autant mangé de toute ma vie !

Yvonne expliqua que son amie craignait toujours que ses invités restent sur leur faim. Alors, avec cet état d'esprit, un repas de fête devenait vite un festin. Momo annonça que, dorénavant, il prendrait pension au mas car la cuisine était délicieuse. Anna rit de bon cœur. Comme d'habitude, Héloïse se moqua de lui :

— A dévorer comme tu dévores, tu auras vite un derrière large comme la porte d'Aix !

— C'est ça...

Anna prit la défense du jeune homme :

— Mais laisse-le se régaler, ce petit, ça fait plaisir à la cuisinière.

Momo, victorieux, se retourna vers Héloïse :

— Ah, tu vois ! Il n'y a qu'Anna pour comprendre le pauvre brimé que je suis...

Eclats de rire général. Lorsque le moment de servir la bûche arriva, Yvonne prit son courage à deux mains. Elle s'approcha de Clarisse et lui demanda si elle voulait bien aller chercher un carton de champagne qu'elle avait laissé à la cave.

— A la cave... Oui. Gaspard, tu viens me donner un coup de main ?

Il regarda Yvonne puis Mathurin, ennuyé. Il répondit sans enthousiasme :

— Si tu veux...

Alors, Mathurin se leva, presque autoritaire.

— C'est moi qui vous accompagne, Clarisse.

La jeune femme étonnée n'osa le débouter. Il semblait très décidé...

— D'accord.

Gaspard, Anna et Yvonne croisèrent les doigts.

25

Habillés chaudement, ils sortirent tous les deux du mas. Le froid vint leur piquer le visage. Ils marchèrent en silence. Clarisse l'observait du coin de l'œil. Anna avait raison. C'est vrai qu'il était charmant sans ses vieux habits informes qui flottaient autour de son corps. Elle n'avait jamais pu lui donner d'âge. Aujourd'hui, il affichait une cinquantaine passée, bien portée. Il semblait transformé. Peut-être avait-il une petite amie ? Elle n'osa pas lui demander. Ils se respectaient beaucoup l'un et l'autre mais n'étaient pas assez complices pour se confier. De son côté, l'homme avait le cœur qui battait à mille à l'heure. La moiteur de ses mains trahissait son inquiétude. Il fallait qu'il parle. Tout se bousculait dans sa tête. Il lui dit seulement :

— Vous n'avez pas froid ?

— Non, ça va.

Ils arrivèrent au grand portail que Clarisse ouvrit. Elle se retourna vers lui :

— Je voulais vous dire, c'est bien que vous soyez

venu passer Noël avec nous. Pourquoi ne pas l'avoir fait avant ?

Il baissa les yeux.

— Parce que ce n'était pas ma place.

Clarisse regretta presque sa question.

— Mais si, Grégoire vous aimait beaucoup.

— Je sais. C'était réciproque.

Elle n'insista pas. Elle ouvrit le bureau et trouva le carton de six bouteilles laissé par Yvonne. Alors qu'elle se penchait pour le saisir, il intervint :

— Attendez, laissez-moi faire.

Elle suspendit son mouvement et lui fit face. Son visage était fermé. Impossible de déceler la moindre intention. De longues secondes passèrent avant qu'il parvînt à articuler quelques mots :

— Il faut que je vous parle.

Elle l'observa et comprit que l'instant était grave. Par amitié, elle décida de le mettre à l'aise.

— Mais oui, dites-moi…

Alors il inspira un grand coup, implora secrètement celle qui était au fond de son âme de l'aider. Il se pencha, attrapa derrière des cartons un paquet large et plat et le tendit à la jeune femme.

— C'est pour vous.

— Pour moi… Mais pourquoi ?

Il ne put répondre, la gorge nouée. Il avait envie de la prendre dans ses bras, de la serrer fort contre lui, enfin ! Après toutes ces années à la regarder vivre à côté de lui, sans pouvoir lui dire… Mais il ne put. Elle vit son trouble, sans comprendre. La jeune femme libéra le paquet de ses liens de ficelle, déchira le papier kraft et le découvrit.

Il lui sauta aux yeux et au cœur. Ce tableau aux couleurs flamboyantes, ce regard si doux et pétillant qu'elle avait tant regardé sur la photo en noir et blanc... Elle était là, entre ses mains et elle lui souriait. Valentine ! Clarisse leva un regard interrogatif vers l'homme qui se tenait en face d'elle, les yeux embués. Dans un souffle, elle murmura :

— Ma mère...

Il hocha la tête. Elle vit des larmes perler au coin de ses yeux. Il pleurait en silence. Puis il dit son prénom comme une plainte, une prière, un appel au secours :

— Ma Valentine ! Celle que j'aimais d'un amour fou, celle que la vie m'a arrachée si tôt... Oui, Clarisse. Votre maman.

Un inconnu était dressé devant elle. Un être secoué par la passion et le chagrin. Comment avait-il pu emprisonner tout ça dans cette carapace d'homme taciturne et taiseux ? Elle ne l'avait jamais compris. Pourtant, elle le connaissait depuis toujours... Elle le scruta. Les mots sortirent sans qu'elle s'en rende compte :

— Est-ce que vous êtes le peintre de Sanary ? Mon père ?

Il essuya ses joues et se redressa.

— Oui, c'est moi.

Le sang monta à la tête de Clarisse. Elle se mit à marcher en tous sens, à la fois habitée par une immense joie et une immense colère, un sentiment confus qu'elle n'avait jamais ressenti auparavant. Elle avait envie de se jeter contre sa poitrine, de s'agripper à celui qui lui avait donné le jour dans des circonstances mystérieuses, à celui qui était le dernier lien vers son histoire. En même temps, elle voulait lui hurler sa peine d'avoir été abandonnée. Il lui saisit soudainement les bras, la stoppant net dans son va-et-vient, ce qui l'obligea à lui faire face de nouveau. Il parla avec douceur en la tutoyant pour la première fois :

— Ecoute-moi. Il faut que je t'explique...

— Que vous m'expliquiez quoi ? Que vous m'avez abandonnée puis regardée grandir sans jamais me prendre dans vos bras ?

Le ton de sa voix se fit plus agressif qu'elle ne l'aurait voulu.

— Remarquez, c'est mieux ainsi. Les bras de Grégoire étaient sûrement plus sincères !

Mathurin Joffre encaissa le coup. Il pensa que la colère de sa fille était légitime. Pourtant, il ne se découragea pas. C'était maintenant ou jamais.

— Laisse-moi te raconter notre histoire. Tu comprendras mieux ensuite.

Clarisse lut une grande sincérité dans son regard. Elle se calma. Il était temps d'en savoir plus. Elle hocha la tête et il en fut soulagé. Ils s'assirent sur les cartons, côte à côte. Mathurin se racla la gorge, essayant de chasser l'émotion qui déformait le timbre de sa voix, et commença son récit.

— La première fois que nous nous sommes rencontrés avec ta maman, c'était un dimanche du mois de mai 1951. Je m'en souviendrai toute ma vie. C'était une magnifique journée. Grégoire et moi étions allés à vélo à la fête foraine de Nîmes. Il avait vingt et un ans et moi vingt-quatre. Dans la foule, nous avons croisé quelques-uns de ses amis d'apprentissage. Heureux de se retrouver, ils sont partis boire un verre ensemble, tandis que moi, je suis allé me balader dans la foire. Je m'étais adossé près d'une baraque à chichis et je regardais les manèges. L'ambiance était joyeuse tout autour de moi. Un groupe de filles riait près d'un stand de tir. Une d'entre elles a attiré mon attention. Elle ne ratait jamais sa cible, faisant l'admiration de ses copines. Elle était ravissante avec sa chevelure flamboyante et sa taille de guêpe. Lumineuse comme un soleil, si différente des autres…

Il s'arrêta de parler et posa son regard sur Clarisse.

— Tu lui ressembles énormément, tu sais ?

Oui, elle savait. Elle lui fit un geste de la tête pour qu'il continue. Elle l'écoutait avec attention, buvant littéralement ses paroles.

— Je l'observais de loin, mais elle ne semblait pas me voir. Puis mon attention fut attirée ailleurs et en un instant, elle avait disparu. J'allais partir rejoindre Grégoire quand, à ma grande surprise, elle fut devant moi. Avec un magnifique sourire, elle m'a demandé si je voulais lui offrir un chichi. En échange, elle m'a donné un petit ours blanc qu'elle venait de remporter au stand de tir. Elle s'appelait Valentine Pradier, elle avait vingt et un ans et elle était de Carpentras.

Valentine Pradier de Carpentras. Clarisse pouvait enfin mettre un nom sur le portrait en noir et blanc…

— Nous nous sommes promenés et nous avons parlé pendant des heures, sans nous rendre compte du temps qui passait. Nos yeux ne pouvaient se quitter. Je n'avais jamais rien ressenti de pareil auparavant. Je crois que ça s'appelle un coup de foudre. C'était envoûtant.

Une grande douceur traversa le visage de Mathurin. Visiblement, il revivait la scène.

— Elle m'a raconté qu'elle était venue en voiture, elle venait d'avoir son permis de conduire. Elle occupait un emploi de standardiste dans une grande entreprise et était fiancée au fils d'un industriel de Carpentras, un certain Jérôme Pastre qu'elle devait épouser trois mois plus tard. Cet aveu m'a refroidi mais je n'en étais pas moins attiré par elle. Je lui ai parlé de mon travail d'ouvrier agricole et de ma passion pour la vigne. Valentine m'a écouté, attentive. Et il a été temps de se quitter. Elle devait retrouver ses amies et rentrer. Nous nous sommes serré la main. Je l'ai gardée longtemps, toute douce entre mes doigts. Nos regards se sont caressés, incapables de se laisser. Elle m'a dit qu'à la Pentecôte elle irait passer la journée au pont du Gard, seule avec ses amies. Apparemment, son fiancé n'aimait pas sortir. Elle m'a demandé si j'irais aussi. Je lui ai répondu que oui. Nous nous sommes quittés sur ce rendez-vous plein de promesses. J'ai rejoint Grégoire et ses copains. Ils commençaient à être bien éméchés. Nous sommes rentrés à Saint-Côme, avec pas mal de difficultés car ton oncle était malade. Tout le long du trajet j'avais le visage de Valentine devant moi. J'étais gai comme un pinson. Même le fait de voir Grégoire affalé sur son vélo me faisait rire. Ce jour-là, il ne s'est douté de rien.

Clarisse comprenait petit à petit la passion qu'avaient vécue ses parents. Elle la compara à celle qui les habitait, Gaspard et elle. Elle se fit plus indulgente vis-à-vis de Mathurin.

— Vous vous êtes revus le mois suivant ?

— Non, et je le regrette encore... Je n'avais pas envie de « m'amuser » avec Valentine. Je rêvais de mieux la connaître, mais pas comme ça. Pas à la va-vite. Pas pour un soir. Elle m'avait ébloui. Les jours suivants, j'ai beaucoup réfléchi à ma situation et à la sienne. Elle allait se marier avec un homme qui pourrait lui assurer une vie confortable. Moi, je n'avais rien, juste un vélo et une caravane. En plus, Valentine était une citadine qui travaillait, habituée aux sorties, aux magasins et à la vie en société. Moi, je n'étais qu'un sauvage. Qu'avais-je à lui offrir ? Nos vies étaient si différentes. J'ai hésité jusqu'au dernier moment. J'avais tellement envie de la revoir ! Et puis la Pentecôte arrivée, au moment de monter sur mon vélo, j'ai réalisé que c'était impossible. J'ai eu peur que ses amies se moquent du paysan que j'étais et que je suis encore. Alors, j'ai renoncé. Je me suis terré dans les vignes, m'abrutissant de travail pour ne plus penser à elle. Ça a été difficile. Il m'a fallu de longs mois. Et puis, il y a eu ce marché à Carpentras, en juillet 1953...

Mathurin se tut un instant. Clarisse sentit le poids de la tristesse sur ses épaules. Sans s'en rendre compte, elle posa sa main sur la sienne. Surpris, il tourna son regard vers elle. Elle réalisa son geste et la retira vivement.

— Que s'est-il passé deux ans plus tard ?

— Ah oui... le marché de Carpentras. Cette année-là, Yvonne avait décidé qu'il serait bien d'être présents sur les gros marchés de la région. Toujours avec Grégoire, nous sommes partis faire connaître et vendre les vins de la Cave des Hautes Vignes. Nous avons fait des affaires avec plusieurs restaurateurs et les commandes régulières donnaient raison à Yvonne. Nous nous sommes forgé une clientèle stable. Elle décida alors de nous envoyer au-delà du Gard, au marché de Carpentras, qui était l'un des plus courus du Vaucluse. Elle décida que la cave y serait représentée tous les vendredis. Ça s'est passé la deuxième fois que nous installions notre banc. Je ne l'ai pas vue tout de suite parce qu'il y avait beaucoup de monde. Je l'ai aperçue de dos et elle a disparu. J'ai pensé que j'avais rêvé. Une heure plus tard, elle passait devant notre stand sans me voir. Elle avait ses cheveux noués dans le dos, un air préoccupé et un petit garçon dans une poussette.

— Un petit garçon… ?

Mathurin acquiesça.

— Oui, un garçon âgé d'un an environ.

Clarisse était troublée. Elle ne s'était jamais posé la question de savoir si elle pouvait avoir des frères et sœurs…

— Lorsque je l'ai vue, j'ai été bouleversé, complètement retourné. Je l'avais rêvée et elle était là, à passer devant moi. Alors je n'ai pas réfléchi. J'ai laissé le stand à Grégoire en prétextant que j'avais une course urgente à faire. Dans la foule, je l'ai perdue, mais je l'ai retrouvée qui quittait la grand-place vers une ruelle. Je l'ai abordée à mon tour. Lorsqu'elle a entendu son prénom, elle s'est retournée. Valentine m'a regardé intensément, comme si elle avait vu un fantôme. Je lui ai demandé si elle me reconnaissait. Elle a dit « bien sûr », d'une voix blanche. Alors, je me suis excusé de l'avoir abordée, j'étais très mal à l'aise. Elle ne disait rien, le regard fixe. Au moment où j'allais partir, elle m'a demandé pourquoi je n'étais pas venu au pont du Gard. J'ai été surpris. C'était difficile de lui expliquer de but en blanc ce que j'avais ressenti, en pleine rue. Je n'avais pas envie de la quitter, alors je lui ai proposé d'aller prendre un café. Elle a accepté et m'a emmené dans un petit bistrot très reculé du marché. Là, elle m'a présenté son fils Arnaud, né en juin 1952, juste dix mois après son mariage.

Au fur et à mesure que nous parlions, la même envie de ne plus nous séparer grandissait. Elle s'est détendue, a repris confiance et m'a souri. Nous avions retrouvé notre complicité, c'était si bon ! Ses yeux étincelaient de nouveau et moi, j'étais fou de joie, comme deux ans auparavant. Pourtant, nous n'étions plus les mêmes. Elle avait dû quitter son travail à la naissance de son fils car il était né chétif, et était souvent malade. Elle avait préféré s'en occuper elle-même.

Cette remarque blessa Clarisse qui serra les poings. « Quelle chance il a eue, celui-là, sa mère pour lui tout seul ! » Mathurin ne s'en aperçut pas et poursuivit :

— Je lui ai expliqué les craintes que j'avais éprouvées quant à nos vies si différentes. Valentine me confia alors qu'elle avait espéré plus que tout que je vienne à notre rendez-vous du pont du Gard. Elle aurait rompu ses fiançailles, annulé son mariage pour moi ; elle m'aurait suivi n'importe où. J'étais bouleversé. Je ne soupçonnais pas qu'elle avait eu ce même embrasement des sens que moi. Je l'ai serrée dans mes bras et je lui ai affirmé qu'il était encore temps ! Elle s'est renfermée et m'a répondu que non, qu'il était trop tard…

Clarisse, émue, lui demanda :

— Pourquoi trop tard ? Parce qu'elle était mariée ?

— Non, ce n'était pas son mariage qui la freinait. Elle n'avait jamais été heureuse avec Jérôme

Pastre. Cet homme orgueilleux et autoritaire avait pourtant fini par la séduire, lui, qui ne l'avait toujours convoitée que comme un trophée. Au début de leur relation, elle avait été flattée et avait vite déchanté. Non, c'était à cause d'Arnaud qu'elle ne voulait pas partir. Lors d'une dispute, son mari lui avait signifié que si elle le quittait, elle ne reverrait jamais leur fils. Alors elle est restée, pour le petit...

— Et moi là-dedans ?

— Toi, tu as énormément compté pour elle. Malgré tout ce que tu peux croire, Valentine a été une bonne mère.

Clarisse leva les sourcils, sceptique.

— Lorsqu'on s'est quittés ce matin-là, on s'est promis de se revoir la semaine suivante, et c'est ce qui s'est passé. Valentine est revenue avec son fils. Elle était encore plus belle qu'auparavant. Ses cheveux tombaient jusqu'au bas de son dos, ses yeux brillaient de mille feux. Je me suis échappé, comme la fois précédente. J'ai dit à Grégoire que j'avais un cousin à Carpentras que je n'avais pas vu depuis longtemps. Il n'a pas cherché à en savoir plus. Nous sommes allés nous promener dans un parc. Nous avions mille choses à nous raconter. Nous avons essayé de n'être que des amis mais la passion a pris le dessus. Lorsque nous avons dû nous séparer, je n'ai pas résisté, je l'ai embrassée. Je n'oublierai jamais cet instant. C'était magique. On s'est promis de se revoir le vendredi suivant. La semaine d'après m'a paru durer une éternité.

Valentine m'a confié plus tard que, pour elle aussi, le temps ne s'accélérait que lorsque nous étions réunis. Ce jour-là, elle est venue seule. Une amie lui gardait le petit. Elle avait pris les clés de la maison vide de sa grand-mère. Je n'ai pu m'échapper qu'à la fin du marché, pendant que ton oncle allait déjeuner avec de nouveaux amis. Nous avions deux heures devant nous. Nous sommes partis en courant comme des enfants qui venaient de faire une bêtise. Nos cœurs battaient la chamade. La maison se trouvait dans le centre-ville. Dès que Valentine a eu refermé la porte derrière nous, nos vies ont basculé. Nous nous sommes aimés comme des fous. Il n'y avait plus de place pour la raison, son mariage, nos vies si dissemblables. Tout ça n'existait plus. Nous étions libres, seuls au monde avec notre passion.

Une larme vient s'écraser sur la main de Clarisse. Elle avait rêvé d'être le fruit de l'amour, et c'était le cas. Mathurin passa son bras sur son épaule. Elle se laissa faire et s'abandonna contre lui. A cet instant, la porte de la cave grinça. Gaspard, inquiet, apparut. Lorsqu'il les vit l'un contre l'autre, il fut soulagé. Le père et la fille l'aperçurent et se redressèrent. La jeune femme lui tendit la main.

— Viens.

— Je m'inquiétais… Mais je ne voulais pas vous déranger.

Mathurin lui sourit.

— Tu ne nous déranges pas. C'est grâce à toi

que la vérité éclate aujourd'hui. Je n'aurais jamais pensé pouvoir tenir un jour Clarisse contre moi.

La jeune femme les observa tous les deux, tour à tour.

— Expliquez-moi.

Gaspard était anxieux et craignait qu'elle lui en veuille de ne pas lui avoir dit la vérité. Il se justifia en racontant la scène avec la vieille femme à Sanary, la découverte de la signature du peintre sur le portrait lacéré.

— Pourquoi ne m'as-tu pas appelée lorsque la voisine est venue ?

— Parce que je ne voulais pas que tu entendes toutes les horreurs qu'elle disait sur ta mère. En plus, elle te prenait pour elle. Ça t'aurait bouleversée. Et puis, lorsque j'ai découvert le nom de Mathurin Joffre, j'ai préféré préparer le terrain pour que tout soit possible entre vous... Je suis désolé de t'avoir menti.

Clarisse le regarda avec tant d'intensité qu'il comprit qu'elle ne lui en tiendrait pas rigueur. Elle se dit qu'elle ne pouvait rêver compagnon plus prévenant et plus amoureux. D'un geste tendre, elle lui caressa la joue. Mathurin sourit tristement.

— Ta mère faisait ça aussi...

Gaspard éprouva de la compassion pour cet homme brisé. Il souhaitait qu'il retrouve une vie plus apaisée, et il n'y avait que la compagnie de sa fille qui pourrait y contribuer. A les observer tous les deux, c'était apparemment en bonne voie.

Il proposa de rejoindre leurs amis au mas qui les attendaient pour manger la bûche. Clarisse hésita. Elle était impatiente d'entendre la suite de son histoire.

— Maintenant ?

Son père comprit son raisonnement. Il la rassura :

— Je te promets qu'après le dessert tu connaîtras la suite.

Elle accepta. Ils s'éloignèrent tous les trois sur le chemin du mas.

26

Lorsqu'ils ouvrirent la porte d'entrée, ils furent surpris par des chansons qui venaient de la salle à manger. Un esprit de fête avait envahi la maison. Momo et Eugénie gesticulaient, debout sur leurs chaises, en chantant une ancienne chanson de Maurice Chevalier, *Dans la vie faut pas s'en faire.*

A côté de la vieille dame, Anna catastrophée, les mains sur les joues, surveillait chacun de leurs mouvements.

— Mais vous allez tomber, Eugénie !

Et Eugénie se trémoussait encore plus. Yvonne et Héloïse riaient de plus belle.

— Mais laisse-la s'amuser, c'est Noël...

A l'entrée des trois arrivants, Momo s'écria :

— Eh bien, vous en avez mis du temps !

La jeune femme lui sourit. Yvonne remarqua les yeux rougis de sa petite-fille et comprit que Mathurin lui avait parlé. Elle sentit la tension accumulée ces derniers jours se relâcher. Elle s'approcha de Clarisse et l'embrassa affectueusement, sans dire un mot.

— Eugénie nous donnait un aperçu de son répertoire.

— Oui, j'ai trouvé un jeune homme aussi fou que moi, c'est pas peu dire !

Héloïse sauta sur l'occasion :

— C'est pas moi qui l'ai dit…

Yvonne revint de la cuisine avec le dessert dans les mains.

— Et si on mangeait la bûche ?

Les deux chanteurs descendirent de leurs chaises et s'assirent enfin, au grand soulagement d'Anna. Tous s'installèrent autour de la table. Clarisse prit place entre Mathurin et Gaspard. Ils savourèrent le dessert au chocolat et trinquèrent dans la bonne humeur. Héloïse porta un toast à l'avenir, auquel son amie ne répondit pas. Ses pensées étaient parties auprès de deux amants qui s'aimaient comme des fous.

Eugénie se pencha vers son jeune voisin. En montrant Héloïse du bout du menton, elle lui souffla :

— Ton avenir, il est en face de toi.

Momo, surpris, ouvrit de grands yeux.

— Vous croyez vraiment ?

— J'en suis sûre. Cette fille a le béguin pour toi. Entre femmes, on sent cela.

Alors, il plongea son regard sur Héloïse, en affichant un sourire jusqu'aux oreilles.

— Quoi, qu'est-ce qu'il y a ?

— Rien, rien…

Momo pensa : Une sacrée bonne femme, cette

Eugénie ! Délicieusement déjantée. Elle irait bien avec… Ah mais oui !

A son tour, il se renseigna auprès de la vieille dame.

— Vous connaissez le père Fournier ? Il habite à Saint-Côme. C'est un ami. Un ancien biker.

— Riton ? Euh… Henri ? Oui, je le connais bien. Il passe quelquefois me voir chez moi…

— Ah oui ? Pourquoi il ne m'a jamais parlé de vous ?

Eugénie laissa échapper un petit rire nerveux. Ses yeux se plissèrent en une grimace qui amusa le jeune homme. Elle laissa échapper quelques mots au sujet de l'ami de Momo :

— Il est quelquefois cachottier, mais qu'est-ce qu'on se marre ensemble !

— Ça ne m'étonne pas !

Elle lui répondit avec un adorable sourire. Héloïse, qui avait entendu la conversation et vu l'émotion de la vieille dame, fit des yeux ronds. Plus tard, elle avoua à son ami qu'elle ne comprenait pas que l'on puisse encore aimer à quatre-vingts ans. Momo avait répliqué un peu sèchement :

« Parce que tu crois qu'il y a un âge pour être amoureux ? Quand on vieillit, c'est le corps qui se dégrade, pas le cœur ! Pourquoi l'amour serait-il uniquement réservé aux jeunes ? L'amour est la plus belle chose qu'il reste aux personnes âgées ! Toi, il va falloir que je te prenne en main… »

Dans l'après-midi, Clarisse proposa à Mathurin

d'aller se promener un peu. Lorsqu'ils sortirent, Héloïse s'étonna :

— Qu'est-ce qu'ils ont ces deux-là maintenant à être toujours ensemble ? C'est nouveau ça…

Gaspard lui fit un clin d'œil et Momo l'interpella :

— T'occupe ! Viens plutôt te ruer sur mon corps d'athlète…

Elle le regarda en grimaçant. Il en conclut qu'elle était folle de lui.

Dehors, Clarisse et Mathurin empruntèrent le chemin du bois des Fontenelles. Le froid était vif, mais les rayons de soleil égayaient la campagne. Elle l'observait de temps à autre comme si elle le découvrait. Elle se disait « c'est mon père » et un trouble indéfinissable venait envahir son cœur. Bien qu'elle ressemblât comme deux gouttes d'eau à Valentine, elle nota qu'elle avait les yeux bruns de Mathurin. Elle sourit en elle-même.

Clarisse lui proposa de monter au rocher d'Emile Loup. Il avoua qu'il aimait bien cet endroit lui aussi. Lorsqu'ils furent arrivés en haut, ils s'assirent au pied du roc. Ils observèrent un instant Saint-Côme et sa campagne. Il y avait beaucoup d'animation en ce jour de fête. La jeune femme sollicita son père :

— Continue à me parler d'elle, s'il te plaît.

Sans s'en apercevoir, elle l'avait tutoyé. Il en fut très touché.

— Notre liaison a duré huit mois. Les plus beaux

de ma vie. Nous nous sommes vus dans les mêmes conditions jusqu'à fin septembre. Entre-temps, j'avais passé mon permis de conduire. En octobre, on a arrêté le marché de Carpentras car il y avait moins de passage. Les dernières fois que je m'y suis rendu, il était de plus en plus difficile de se voir. Le fils de Valentine était souvent malade et son mari commençait à devenir méfiant. Cela a été une période pénible pour tous les deux. C'est le destin qui est venu à notre secours. Sa maman, Allegra, vivait seule à Toulon. Elle était tombée malade ce même mois d'octobre.

— Allegra…

— Oui, c'est son nom que tu portes. C'était une femme intelligente et vive d'esprit. Elle lisait beaucoup, aimait l'art, la musique et la mer. Elle détestait son gendre qui rendait sa fille malheureuse.

— Comment était-elle physiquement ?

— Elle était petite, un peu forte, très dynamique. J'ai eu la chance de faire sa connaissance, ta maman me l'a présentée.

— Elle t'a présenté à sa mère en tant… qu'amant ?

— Oui, enfin… Elle n'a pas employé ces mots, même si elle aurait pu. Allegra avait l'esprit ouvert pour son âge. Valentine a dit : « Maman, je te présente l'homme que j'aime le plus au monde, celui qui me rend heureuse » ! J'avais un trac fou. Je pensais qu'elle allait me mettre à la porte. Mais non. Elle m'a regardé droit dans les yeux et m'a dit que j'étais le bienvenu chez elle. Mais je vais trop vite dans l'histoire. Quand elle a fait son malaise cardiaque en octobre, elle n'avait que soixante ans. Ta mère a accouru à son chevet. Pendant une semaine, Allegra est restée dans un état critique, puis, petit à petit, elle a été mieux. Elle devait se ménager. Valentine s'y rendait tous les week-ends, seule. Son mari, qui faisait tout pour ignorer l'existence de cette belle-mère immigrée, aux revenus modestes de surcroît, n'émit pas une seule fois l'intention de lui rendre visite. Le petit Arnaud était confié à une jeune nounou qui se déplaçait à domicile. D'ailleurs, Valentine soupçonnait Jérôme d'avoir une liaison avec la jeune femme. Elle fermait les yeux car elle ne l'aimait plus et cette situation l'arrangeait bien. A force de passer du temps ensemble, Valentine s'était confiée à Allegra. Elle lui a parlé de nous. C'est à ce moment qu'elle a voulu me rencontrer. Je lui ai plu. Nous avions beaucoup d'affinités tous les deux. Elle a compris la sincérité de mes sentiments. Puis elle a fait une proposition étonnante à sa fille : « Dis à ton mari que mon état est toujours grave et que tu dois continuer à venir à Toulon toutes les fins de semaine. Il ne viendra jamais vérifier et vous aurez tout le temps de vous voir. » Nous étions stupéfaits qu'elle nous encourage à l'adultère. Elle a ajouté : « On n'a qu'une vie, c'est pour être heureux ! »

— Comme elle avait raison ! Et vous vous êtes retrouvés à la Bellevue ?

— Oui. C'était une maison que j'avais eue en

héritage de ma tante. Je ne m'en étais jamais vraiment occupé et je comptais la vendre un jour, car je n'imaginais pas quitter le Gard auquel je m'étais tant attaché.

— Mais tu vivais dans une caravane… Tu n'as jamais eu envie d'avoir les moyens de t'acheter une maison à Saint-Côme ?

— Avant Valentine, jamais. Ce mode de vie me convenait bien.

— Combien de temps avez-vous vécu là-bas ?

— De fin octobre 1953 à février 1954. Nous pouvions laisser éclater notre bonheur au grand jour. C'était notre nid d'amour. Jusqu'à ce que…

Il se tut soudain. Clarisse n'osa le questionner. Ces souvenirs semblaient pénibles à évoquer. Quelques minutes plus tard, il continua son récit :

— Les derniers mois, la situation était devenue très difficile pour Valentine. Jérôme avait de plus en plus de soupçons. Un dimanche de fin janvier, en rentrant, elle avait eu la surprise de le retrouver seul à leur domicile sans le petit. Quand elle avait demandé où se trouvait son fils, il lui avait répondu qu'il avait fait une crise d'asthme et que la nounou l'avait amené à l'hôpital. Elle s'y était précipitée, folle d'inquiétude et de remords de l'avoir laissé pour me rejoindre. Arrivée là-bas, aucun petit garçon n'avait été admis ce jour. Elle avait insisté, pensant que les infirmières étaient mal informées. Mais elle avait dû se rendre à l'évidence. Son mari lui avait menti. En rentrant, une violente dispute avait éclaté. Il avait éloigné Arnaud pour que Valentine comprenne ce qu'elle éprouverait si elle devait vivre sans son fils. Elle en fut bouleversée. A partir de ce jour-là, lorsqu'on se retrouvait à la Bellevue, elle n'était plus la même. Elle vivait avec la peur au ventre. Je la sentais si malheureuse. Un après-midi, alors que nous revenions de la boulangerie, nous avons trouvé Jérôme et un autre type dans le petit jardin. Il avait fait suivre sa femme par un détective privé. Celui-ci l'avait amené jusqu'à nous. Lorsqu'il nous a vus arriver tous les deux enlacés, il est devenu fou de rage. Il a traité Valentine de tous les noms. Je me suis interposé, nous nous sommes violemment battus. Le type qui l'avait accompagné s'y est mis aussi. Ta mère les a suppliés d'arrêter mais ils ont continué de plus belle. J'ai perdu connaissance. Lorsque je suis revenu à moi, Valentine n'était plus là et la maison était dévastée. Il avait tout cassé, jeté les draps de lit et nos vêtements dans le jardin. Même le tableau de Valentine traînait au milieu des buissons…

— C'est sûrement à ce moment-là que la voisine l'a volé…

— Oui, je pense. Je ne m'étais jamais aperçu que cette femme m'aimait à ce point…

— D'après Gaspard, elle était folle de toi. Qu'est-ce que tu as fait ensuite ?

— Je me suis traîné comme j'ai pu jusqu'à la voiture. J'avais énormément de mal à conduire, il m'était impossible de rentrer à Saint-Côme dans cet état. J'avais le nez et plusieurs côtes cassés. J'ai roulé comme j'ai pu jusqu'à Toulon. Allegra m'a soigné. Je voulais qu'elle téléphone à sa fille pour savoir si ça allait. Elle l'a fait. C'est Pastre qui a décroché. Il a insulté la pauvre femme sans lui donner de nouvelles. Ce n'est que le lendemain que Valentine a réussi à la joindre en cachette. On s'est parlé. Son mari n'avait pas été violent avec elle. Elle avait dû l'implorer pour qu'il ne lui enlève pas son fils. Valentine avait dit alors qu'il ne fallait plus qu'on se voie, qu'elle m'aimait plus que tout mais que c'était fini entre nous. J'ai essayé de la raisonner, mais rien n'y fit. Elle était effondrée. Je me suis dit qu'avec le temps la situation se calmerait et que nous trouverions le moyen de nous retrouver un jour… Mais non. Son mari la tenait. Notre magnifique histoire était finie.

Clarisse était révoltée.

— Ça se serait passé aujourd'hui, rien n'aurait été pareil. Elle aurait pu divorcer et elle aurait eu la garde de son fils.

— Tu as raison. Nous aurions pu vivre ensemble et tu n'aurais jamais été abandonnée.

— Raconte-moi la suite, s'il te plaît…

— Notre histoire a pris fin en février 1954. Les mois qui suivirent, je me suis terré pour essayer de l'oublier. Je n'y suis jamais arrivé. Je reconnais que l'alcool a souvent endormi ma douleur. Je m'y suis plongé allègrement. Personne au mas n'a compris mon changement d'attitude. Grégoire, en véritable ami, était inquiet pour moi. Le 7 septembre suivant, j'ai eu des nouvelles de ta mère. Elle a cherché à me joindre, est tombée sur Anna, qui est venue me chercher. Valentine s'était fait passer pour ma sœur alors que je n'ai pas de sœur. J'ai rejoint le mas en espérant que ce fût elle. Je pensais que j'étais fou. Lorsque j'ai entendu sa voix, mon cœur a failli s'arrêter.

— Elle voulait te revoir ?

— Pas vraiment. Elle était affolée. Elle venait de te donner le jour à l'hôpital d'Avignon, et Pastre, qui savait bien que tu n'étais pas de lui, au dernier moment, avait décidé de t'abandonner. Valentine était horrifiée ; elle me demandait de venir et de t'enlever. Une amie infirmière était de mèche avec elle pour obtenir un certificat d'abandon. Je n'ai pas hésité, j'ai foncé à Avignon. Je n'arrivais pas à réaliser. Valentine avait eu un enfant de moi. Ma Valentine ! Et moi, je ne savais pas. Arrivé sur place, je l'ai retrouvée, méconnaissable. Ses beaux yeux lumineux étaient éteints. Son visage était d'une pâleur à faire peur. Lorsqu'elle me vit, elle s'agrippa à moi et se mit à pleurer. Elle m'implora de lui pardonner parce qu'elle ne m'avait rien dit de sa grossesse. Elle ne savait pas que Pastre destinait notre bébé à l'orphelinat. Elle pensait pouvoir te garder avec elle, et t'élever avec le petit Arnaud. J'ai essayé de la calmer, mais c'était impossible. Valentine expliqua qu'elle s'était aperçue de sa grossesse juste après que son mari nous avait surpris à la Bellevue. Pour ne pas perdre son fils, elle a tu son état. Je lui ai dit qu'elle avait bien fait de me prévenir.

Serrant Clarisse contre lui, il retint un sanglot.

— Et puis tu t'es mise à pleurer. Enfin, pleurer est un bien grand mot. Ta petite voix semblait m'appeler. Alors je me suis approché du berceau et je t'ai vue. J'ai eu un coup au cœur. Tu étais si petite ! Ton visage fin avec ce petit nez en l'air… Et tes cheveux roux comme ceux de Valentine. Je suis tombé sous le charme. Je ne pouvais détacher mes yeux de toi. Une infirmière est entrée dans la chambre. Heureusement, c'était l'amie de ta mère. Elle avait apporté des biberons de lait dans un grand sac, des langes et quelques habits. Elle nous pressa de partir. Elle avait aperçu Jérôme se garer sur le parking de l'hôpital. Valentine tremblait et me supplia de ne jamais m'éloigner de toi. Je promis. Elle t'enveloppa soigneusement dans le châle de sa mère, me dit qu'elle t'avait appelée Clarissa Allegra et te serra contre elle. Nous nous sommes embrassés longuement, et je me suis enfui avec toi dans mes bras. Je ne savais pas que c'était la dernière fois que je voyais Valentine.

Mathurin éclata en sanglots. Ces douloureux souvenirs faisaient remonter son chagrin à la surface. Clarisse pleura aussi. Ses parents l'avaient donc aimée. Elle se blottit contre son père. Elle ressentait ses hoquets, le mouvement de ses épaules. Ils se rassurèrent l'un contre l'autre. Quelques minutes passèrent avant qu'il ne se redresse et ne termine son récit.

— Je t'ai ramenée à Saint-Côme. Je ne savais pas quoi faire. Si je te gardais dans ma caravane, ça semblerait suspect. Tout le monde penserait que j'avais volé un nourrisson et personne ne croirait que tu étais ma fille. Aucun papier ne le prouvait. Alors, j'ai pensé aux Fabre. C'étaient des gens bons et bienveillants. Ils prendraient sûrement soin de toi, et je serais tout près. Tout s'embrouillait dans mon esprit. J'étais perdu. Je t'ai donné un biberon et je t'ai gardée toute la nuit contre moi. Au petit matin, je t'ai déposée dans le camion de Grégoire, juste avant qu'il ne parte au travail. Je n'avais pas pensé qu'il était normal que les gendarmes soient prévenus. Lorsqu'ils t'ont emmenée à l'hôpital puis à l'orphelinat de Nîmes, j'ai cru devenir fou. Je n'avais pas tenu la promesse faite à ta mère. Je me suis senti encore plus minable. Je t'ai rendu visite plusieurs fois aux Mimosas mais je n'ai pas pu te voir.

Clarisse hocha la tête.

— Il fallait que je laisse mon identité et c'était impossible. J'ai eu peur de gâcher tes chances d'être adoptée par une famille unie qui aurait eu tout à t'offrir. Quelques mois après ta naissance, j'ai pu avoir des nouvelles de Valentine. J'ai téléphoné plusieurs fois chez elle, j'avais besoin d'entendre sa voix. J'étais devenu dingue sans elle, sans toi. C'est la nounou qui a décroché. Elle m'a annoncé que madame Pastre était décédée le mois précédent, peu après la mort de sa mère. Mon monde s'est un peu plus écroulé. J'ai voulu en savoir plus. J'ai attendu devant l'hôpital d'Avignon deux jours en espérant revoir l'infirmière, l'amie de ta maman. Par chance, mon entêtement a payé. Nous avons pu boire un café ensemble. Elle connaissait la femme de ménage des Pastre, à qui elle avait pu soutirer des informations. Ce jour-là, elle m'a raconté la vraie version des faits... Ta maman ne s'est jamais remise de ton abandon. Elle était abattue, pleurait sans arrêt. Lorsqu'elle est sortie de la maternité, son mari l'a enfermée et a interdit toutes les visites. Il racontait que le bébé était mort à la naissance et que Valentine faisait une dépression. Son état s'est terriblement aggravé lorsque Allegra a fait une seconde crise cardiaque un mois plus tard, cette fois fatale. Ta maman a perdu tous ses repères et est restée prostrée dans le noir. Elle ne s'occupait plus de son fils, ne parlait plus, ne mangeait plus. Elle s'est éteinte doucement quelques mois plus tard. Personne n'a rien pu faire.

— Mon Dieu... Moi qui lui en ai tant voulu ! J'étais certaine que mes parents ne m'aimaient pas. C'était tout le contraire.

— Pour t'avoir avec moi, il aurait fallu que je t'adopte, puisque légalement tu étais née fille de Jérôme Pastre. Vu ma situation de célibataire et mon mode de vie, l'administration ne m'aurait jamais confié un enfant. Imagine mon émotion quand j'ai vu pour la première fois la petite fille qu'Antoine et Colette Fabre sont allés chercher à l'orphelinat. Je t'ai immédiatement reconnue. Je voulais te confier aux Fabre, le destin a fait que tu as été élevée par eux. C'était juste incroyable. Ensuite, lorsque Grégoire t'a prise sous son aile, j'ai été comblé. J'ai pu te voir grandir, tu ressemblais de plus en plus à ta maman, c'était frappant.

— Est-ce que Grégoire était au courant que tu étais mon père ?

— Je le lui ai dit bien plus tard, quand il a appris qu'il avait une tumeur au cerveau. Avant, je ne me suis pas octroyé le droit de me glisser entre vous. Il t'aimait tant…

Clarisse ne put qu'acquiescer. Grégoire avait tenu une si grande place dans sa vie…

— Que t'a-t-il dit quand tu lui as tout avoué ?

— Nous avons beaucoup parlé, il a compris ma position. Je lui ai parlé de la maison de Sanary. Je voulais absolument qu'elle te revienne, mais je voulais rester dans l'anonymat. Avec la maladie de Grégoire, ce n'était pas le moment de te bouleverser encore plus. Il était normal que tu te consacres à lui jusqu'au bout. Alors nous avons opté pour une donation. La suite, tu la connais…

— Sais-tu que, dans sa lettre, Grégoire m'a suggéré de m'associer avec toi ?

Mathurin, sincèrement étonné, reconnut bien là l'amitié que lui vouait son ami.

— Je ne savais pas. Il a dû vouloir nous rapprocher…

Clarisse hocha la tête, un peu mécaniquement, essayant de digérer toutes les informations bouleversantes de son histoire.

— En fait, tu as toujours veillé sur moi, de loin…

— Oui, toujours. Je suis content que tu aies retrouvé Gaspard. C'est un garçon bien. Il t'aime plus que tout et veut ton bonheur. J'ai beaucoup d'estime pour lui.

Il lui sourit. Il était mieux placé que quiconque pour reconnaître la passion. Même si elle s'était éloignée, sa Valentine était toujours avec lui. Puis il fronça les sourcils.

— J'étais fou quand Jean-Louis te tournait autour. Un soir, j'ai attendu qu'il sorte de la cave et je lui ai réglé son compte. C'est pour ça qu'il me cherchait toujours des noises au boulot. Il voulait me faire virer.

— Personne ne t'aurait jamais viré. La cave sans toi, ce ne serait plus la cave. Dis-moi… Pourquoi personne n'a jamais dit que tu peignais ?

— Parce que j'ai arrêté de peindre depuis longtemps. Depuis le portrait de Valentine. Je n'y avais plus goût…

— Maintenant, tu vas recommencer ?

— C'est possible… Eugénie me pousse à m'y remettre depuis longtemps. Belle personne que cette vieille femme délurée. Un jour, nos chagrins se sont rencontrés et nous nous sommes compris.

Un soir plus alcoolisé que les autres, je me suis confié à elle. Ça m'a fait du bien. Depuis, notre amitié est solide et si précieuse.

— C'est pour cela qu'elle semblait me connaître lorsque je l'ai rencontrée pour la première fois...

— Oui, je lui ai tellement parlé de toi !

Clarisse observa son père. Elle le trouva beau. Elle glissa sa main dans la sienne et la serra. En regardant vers l'horizon, elle lui ouvrit son cœur.

— Je pense qu'on a du temps à rattraper. Je veux qu'on passe du temps ensemble. Tu es d'accord ?

Les larmes aux yeux, il embrassa le dos de sa main.

— Comment pourrais-je ne pas l'être ? Tu n'auras pas honte de moi, de mon style de vie ?

Elle plongea ses yeux noirs dans ceux de son père. Il comprit sa détermination.

— Jamais je n'aurai honte de toi. Peu importe la façon dont tu vis, tu es mon père.

Il la prit dans ses bras et elle se jura de s'y blottir souvent. Ils restèrent là, longtemps, à regarder au loin. Clarisse finit par dire :

— Mais qu'est devenu le fils de Valentine, Arnaud...

Mathurin soupira. Il était triste pour Clarisse mais il lui devait la vérité.

— Il y a quelques jours, lorsque Gaspard a compris qui j'étais, il est venu me voir à la caravane. Comme tu le sais, je lui ai raconté notre histoire comme je viens de le faire. Je lui ai aussi parlé d'Arnaud. Alors il est parti à Carpentras et a fait son enquête. Il a retrouvé le domaine des Pastre sans mal car ils sont connus là-bas. Il a appris que Jérôme s'était tué il y a une vingtaine d'années dans un violent accident de la route.

— Ce n'est que justice, il vous a fait tant de mal…

Mathurin ne put qu'acquiescer.

— Gaspard a rencontré Arnaud… Et il lui a parlé de toi.

— Et alors ?

— Apparemment, il n'a pas eu une enfance heureuse. Son père était dur avec lui et sa mère n'était plus là pour le consoler. Il a passé sa jeunesse en pension. Il ne lui reste comme famille que des grands-parents paternels qu'il ne fréquente pas.

— Il n'a pas eu de chance. Est-ce qu'il veut me rencontrer ?

Mathurin baissa la tête.

— Non. Il est resté froid aux demandes de Gaspard. Il a répondu qu'il n'en avait rien à faire d'avoir une demi-sœur. Gaspard était furieux quand il est rentré. Je suis désolé pour toi.

Clarisse plissa le nez en une grimace de désinvolture, mais au fond d'elle, elle était déçue.

— Ça m'aurait plu de rencontrer le fils de maman… Tant pis pour lui, il ne sait pas ce qu'il perd.

Clarisse l'optimiste ne resta pas longtemps sur une note triste. En analysant sa courte vie déjà bien remplie, elle en fit le bilan à haute voix :

— J'ai vécu une enfance heureuse, choyée par tous. J'ai des amis formidables, de vrais amis. Je vis avec l'homme que j'aime depuis toujours et je viens de retrouver mon père... Je n'ai pas le droit de me plaindre. Quand je fais le compte, je me dis que la vie m'a quand même bien gâtée.

Mathurin, ému, se pencha et l'embrassa affectueusement sur le front.

— Tu m'es précieuse, Clarisse. Tu ne peux pas t'imaginer à quel point je suis fier d'être ton père.

Elle lui offrit un regard d'enfant où scintillaient mille feux. Un regard qui disait : « Je ne te quitterai plus jamais. » Il se souvint du nourrisson qu'il avait tenu contre lui toute une nuit, le cœur ravagé par la peine. Cette toute petite fille qu'il avait déposée dans cette grange où elle vivait désormais. Elle était là aujourd'hui, contre lui. Il respira le délicieux parfum de ses cheveux, et serra sa main dans la sienne. Que de temps perdu, qu'il était bien décidé à rattraper ! Il retrouva dans les yeux de sa fille l'expression aimante de Valentine.

Ils observèrent le paysage caressé par les derniers rayons du soleil : les damiers de terres brunes si chères à leurs cœurs, bordés de haies verdoyantes, les sillons de vignes qui ondulent comme les courbes d'une amoureuse sous des caresses, les champs d'oliviers centenaires dont le vent effleure le velours. Et, dans le fond, la vigoureuse vigne du papé Fabre, celle qui avait fait naître la passion dans l'âme de cette famille d'enracinés. Les mots n'étaient plus nécessaires. Tous deux vivaient cette terre, aussi intensément que ce même sang qui coulait dans leurs veines.

Epilogue

Plus de cinq ans avaient passé. En ce début septembre 1985, l'effervescence régnait au mas. Les vendanges n'allaient pas tarder à commencer. L'été avait été chaud, la récolte s'annonçait abondante. Mais aujourd'hui, on ne parlait pas de raisin. On fêtait l'anniversaire de Clarisse.

Une longue table avait été dressée au milieu de la cour. Yvonne et Anna, toujours fidèles au poste, s'affairaient pour que la fête soit belle. Mathurin sortait les chaises de la salle à manger quand un couple d'amoureux arriva. C'étaient Héloïse et Momo, les bras chargés de cadeaux et de bon pain. Gaspard mit de la musique.

Clarisse était prête. Elle les rejoignit, plus belle que jamais, avec son ventre arrondi. Gaspard s'empressa de venir au-devant d'elle. Ils l'embrassèrent tous.

A cet instant, une voiture pénétra dans la cour. Un homme en descendit. Depuis plusieurs années, il faisait partie de leurs vies. Arnaud Pastre s'avança vers sa petite sœur, un bouquet de fleurs à la main.

Club des Amis de Terres de France
12, avenue d'Italie
75627 Paris cedex 13

MIXTE
Papier issu de
sources responsables
FSC™ C003309
FSC
www.fsc.org

Composition et mise en pages
Nord Compo à Villeneuve-d'Ascq

Imprimé en Espagne par Cayfosa
Dépôt légal : juin 2016